GEORGES FLIPO

Tote Dichter lügen nicht

Buch

Kommissarin Viviane Lancier, 37 Jahre alt und Single, kämpft nicht nur gegen das Verbrechen, sondern auch gegen die Pfunde. Und mit jeder neuen Diät verschlechtert sich ihre Laune. Das bekommt auch der Neuzuwachs ihrer Abteilung, Lieutenant Augustin Monot, zu spüren, der erst seit acht Tagen für sie arbeitet und dessen Bericht sie wegen der blumigen Sprache auseinandernehmen will. Mit seinem Studium der Geisteswissenschaft und seinem Hang zur Literatur weiß Viviane Lancier ohnehin nicht so recht, was er überhaupt bei der Polizei zu suchen hat. Und dass er in seinem Übereifer ihrer unterbesetzten Abteilung dann auch noch einen Mordfall aufgehalst hat, bringt ihm keine Bonuspunkte ein. Außerdem sind dem Anfänger Fehler unterlaufen, die Viviane fast zur Verzweiflung, zumindest aber zum nächsten Schokoriegel führen. Wer sonst käme auf die Idee, ein Beweisstück, wie einen abgepackten Pfannkuchen einfach zu essen, weil man hungrig ist – auch wenn er für die Ermittlung nicht von Bedeutung ist?

Autor

Georges Flipo wurde als Hörfunkredakteur für eine literarische Radiosendung bekannt. Er hat bereits mehrere Romane und Kurzgeschichten in Frankreich veröffentlicht. *Tote Dichter lügen nicht* ist sein erster Roman in deutscher Übersetzung.

Weitere Romane des Autors sind bei Blanvalet in Planung.

Georges Flipo

Tote Dichter lügen nicht

Roman

Aus dem Französischen
von Norma Cassau

blanvalet

Die französische Originalausgabe erschien 2010
unter dem Titel »La commissaire n'aime point les vers«
bei Editions de La Table Ronde, Paris.

MIX
Papier aus verantwortungsvollen Quellen
FSC® C014496
FSC
www.fsc.org

Verlagsgruppe Random House FSC-DEU-0100
Das für dieses Buch verwendete
FSC®-zertifizierte Papier *Holmen Book Cream*
liefert Holmen Paper, Hallstavik, Schweden.

1. Auflage
Deutsche Erstveröffentlichung August 2012 bei Blanvalet,
einem Unternehmen der
Verlagsgruppe Random House GmbH, München.

Umschlaggestaltung: bürosüd°, München
Redaktion: Alexandra Baisch
ED · Herstellung: sam
Satz: Buch-Werkstatt GmbH, Bad Aibling
Druck und Einband: GGP Media GmbH, Pößneck
Printed in Germany
ISBN: 978-3-442-37882-1

www.blanvalet.de

»Wenn die öffentliche Meinung zum Gericht wird, verlassen wir das Beratungszimmer für eine Art Arena, in der sich alle schieflachen und auf eine Fortsetzung des Spektakels hoffen …«

ALAIN FINKIELKRAUT IN EINER DEBATTE MIT JACQUES JULLIARD (*LE FIGARO*, 10. MÄRZ 2008)

Kapitel 1

Montag, 21. Januar

KOMMISSARIN Viviane Lancier
3. PARISER KRIMINALABTEILUNG

Wenn die Tür zu ihrem Büro geschlossen war, war dieses kleine Schild im ganzen Großraumbüro von Weitem zu sehen. Es sollte ihr Territorium abstecken und die Hierarchie untermauern; aber für Vivianes Männer bedeutete es genau das Gegenteil: War die Tür zu, wussten sie, dass es kein Büro mehr war, sondern ihr Boudoir. Sie war dann etwas weniger Chef, etwas mehr Frau.

Das kam im Laufe eines Tages immer nur kurz vor. Um die Essenszeit herum zum Beispiel, die selten länger als zwanzig Minuten dauerte. Diesen Montag hatten fünfzehn Minuten gereicht und waren sogar mehr als genug gewesen angesichts des Speiseplans.

Viviane Lancier, Kommissarin der 3. Pariser Kriminalabteilung, legte die Plastikverpackung ihres Hühnchens auf Gurke in Joghurtsauce weit unten in den Mülleimer und versteckte sie unter einer Zeitung: Das Mittagessen einer Frau ging ihre Männer nichts an und ihre ganz persönlichen Ziele noch weniger. Sie räumte die Zeitschrift *Beauté Express*, »Abnehmen nach den Feiertagen: Zehn Diäten, die funktionieren«, in die Schublade. Dieses kalorienarme Essen war nichts für sie, sie war noch hungrig; zum Glück gab es den jungen Monot, den sie zum Anbeißen fand. Sie nahm das Telefon zur Hand.

»Monot, ich habe die Aussage gelesen, die Sie Freitagmorgen aufgenommen haben, die Sache mit dem Obdachlosen am Quai Conti. Kommen Sie mal zu mir.«

Sie bestand auf dem *Sie*, wenn sie mit ihren Männern sprach. Nur in Fernsehserien duzte man sich. Um einen Assistenten herunterzumachen, gab es nichts Besseres als ein gutes *Sie* mit einem eisigen Lächeln. Sie machte ihre Assistenten, ihre Untergebenen, häufig herunter. Alles Männer, zum Glück: Sie mochte es, »meine Männer« zu sagen, »meine Männer und Frauen« zu sagen, konnte sie sich nicht vorstellen.

Frauen? Im Namen der sehr heiligen Frauenquote hatte man versucht, einige Frauen in ihre Dienste zu bestellen. Nette, Lustlose, Fleißige – keine hatte es lange ausgehalten. In ihrem Team war Viviane die Frauenquote. Viviane und ihre Männer. Die Nette, die Lustlose, die Fleißige, das war sie. Sie, die Kommissarin, *la Commissaire*.

Sie drehte den Kopf, um ihrem Spiegelbild im Fenster nicht begegnen zu müssen. Wozu sich quälen, wo doch alles rundum erneuert werden müsste? Die kurzen braunen Haare hatten vor wenigen Jahren noch ihren Charme gehabt, als Viviane acht Kilo weniger wog; aber an einer

Frau von siebenunddreißig Jahren wirkten sie einfach lächerlich und unterstrichen nur ihr feistes Gesicht, in dem sich ihre grauen Augen verloren. Das Ganze steckte auf einem Meter einundsechzig, womit sie sich nicht abfinden konnte. Ein paar halbhohe Absätze hätten darüber hinwegtäuschen können, aber wenn sie lange damit lief, taten ihr die Füße weh. Ob sie saß oder lag – ihr Körper tat ihr weh, ihre Diäten taten ihr weh, ihr Leben tat ihr weh, ganz zu schweigen von ihrem Singledasein. Nur die Arbeit tat ihr nicht weh. Alles hing miteinander zusammen, da war sie sich sicher: Würde die Arbeit ihr mehr Zeit lassen, könnte sie abnehmen und etwas aus sich machen, so wie früher. Sie hätte den Männern gefallen können, sogar den Schönen. Dem jungen Monot zum Beispiel.

Er war eingetreten. Einfach unwiderstehlich, der Leutenant Augustin Monot, den würde sie sich nicht entgehen lassen.

Sie las laut und mit gelangweilter Stimme die Aussage vor: »*Mein Name ist Tournu, Gérald, geboren am 28. Februar 1980 in Bagneux, ich bin verantwortlich für die Lieferungen bei Hélio 92, Drucker in Malakoff* … Géraaald? Heißt Ihr Zeuge nicht eher Gérard? Macht Sie das nicht stutzig, ein Lieferant, der in Bagneux geboren wurde und Gérald heißt?«

Sie schaute zu Monot auf, in der Erwartung, ihn betreten dastehen und etwas stammeln zu sehen. Stattdessen setzte er sein Pfadfinder-Stammesführer-Lächeln-im-Regen auf, schwang seine schlanke Gestalt herum und strich die blonde Strähne, die seine großen grünen Augen bedeckte, wieder an ihren Platz.

»Nein, Commissaire, er heißt tatsächlich Gérald, ich habe nachgefragt. Im Übrigen habe ich im Internet eine amüsante Sache entdeckt: Gérard und Gérald werden nicht vom selben Stamm abgeleitet. Gérald kommt aus dem Deutschen, von *ger* ›Speer‹ und *wald* ›Chef‹, also der mit dem Speer regiert. Gérard hingegen kam im XI. Jahrhundert mit den Normannen aus England. In Verbindung gebracht hat man die beiden erst später. Lustig, nicht?«

Sie zuckte mit den Schultern, Lieutenant Monot schloss schnell: »Nun ja, ich meine ja nur so …«

»Nein, seien Sie einfach ruhig. Sie sind Bulle, kein Entertainer. Und sehen Sie mal, was für amüsante Sachen ich noch für Sie finde.« Sie las laut weiter: *»An diesem Freitag, den 18. Januar kam ich gegen elf Uhr mit meinem ›Partner‹ von einer Lieferung Broschüren in der Rue Turbigo.* Aha. Ist der schwul, Ihr Gérald?«

Sie warf kurz einen forschenden Blick auf Monot, um zu sehen, wie er reagierte. Aber der Lieutenant schaute ebenso zurück. »Der ›Partner‹ ist sein Peugeot-Lieferwagen, wissen Sie …«

»Ach so, natürlich … *Ich fuhr auf dem Pont-Neuf, fast menschenleer, so klirrend war die Kälte, um zur Rive Gauche zu kommen, als ich auf zwei Leute vor mir auf dem Gehweg aufmerksam wurde, die sich verdächtig benahmen.* Hat der wirklich so geredet, Ihr Gérald Soklirrendwardiekälte? Ich habe es Ihnen schon einmal gesagt, Sie sollen eine Aussage aufnehmen, nicht nachdichten. Tippen, nicht schreiben. Klar, Monot?«

Der Lieutenant nickte bekümmert. Er war zu süß, der

arme Schatz, man hatte gute Lust, ihn zu trösten, ihn an sich zu drücken, ganz fest.

Sie fuhr fort: *»Beide gingen in Richtung Quai Conti. Der eine war eher älter und schien sich in einem ausgesprochenen Rauschzustand zu befinden, seinem Gang nach zu urteilen …* ausgesprochen, seinem Gang nach, pfff! *Über seiner Schulter trug er eine Tasche, die er an sich drückte. Ein Junge folgte ihm dicht, mittelgroß, ausstaffiert …* ausstaffiert! *mit einer Sporthose und einer Weste, deren Kapuze seinen Kopf bedeckte. Der Junge ging leichtfüßig, wie eine Raubkatze.* Raub-katze? Hat der Zeuge das gesagt?«

»Nein, Commissaire, er hat den Gang nachgeahmt; ich habe nur die richtigen Worte dafür gefunden.« Monot hielt es für angebracht nun seinerseits den Gang des Tigers nachzuahmen, um seine Behauptung zu unterstreichen.

Viviane sah ihn bestürzt an. Es war das erste Mal, dass einer ihrer Assistenten sich für eine Raubkatze hielt. Aber es stand ihm gut, das musste sie zugeben. *»Sie waren gerade am Square du Vert-Galant vorbeigegangen, als alles plötzlich sehr schnell ablief. Der Junge hat sich auf den anderen gestürzt und versucht, ihm die Tasche zu entreißen. Der Alte hat sich festgeklammert, und der Junge hat ihn mehrere Meter über den Gehweg geschleift, dabei ist der Kopf des Alten heftig auf die Ecke des Fußes einer Straßenlaterne gestoßen. Ich habe angehalten und geschrien ›Lass ihn los!‹* – sind Sie sicher, dass er nicht noch ›Du niederträchtiger Schurke‹ gerufen hat, Ihr Gérald? –, *da ist der Junge weggelaufen. Ich habe mich um den Alten gekümmert, der benommen schien. Er ist aufgestanden, hat seine Tasche an sich gedrückt und gestammelt: ›Meine hundert*

Mäuse, meine hundert Mäuse!‹; er ist ein paar Meter torkelnd weitergelaufen und dann an der Ecke Quai Conti zusammengebrochen. Ich habe die Neugierigen verscheucht und mit meinem Handy Hilfe gerufen. Ein Polizist, der gerade vorbeikam – der Polizist, das waren Sie, richtig? –, *hat mir geholfen, ihn an den Rand zu legen, um der Feuerwehr die Arbeit zu erleichtern. Die sind sogleich aus der nächstliegenden Wache angerückt und haben ihn ins Krankenhaus gebracht. Der Polizist hat mir angeboten, meine Aussage im Café am Platz aufzunehmen und …* blablabla … *gelesen, bestätigt und unterschrieben.*«

Sie blickte Monot unverwandt in die Augen. Zarte grüne Augen, zum Dahinschmelzen.

»Eine Zeugenaussage im Bistro ist schon höchst ungewöhnlich. Wenn die dann noch in Times 12-Punkt getippt und mit einem Laserdrucker ausgedruckt ist, dann ist das schon ein starkes Stück.«

»Eine Aussage im Bistro ist keineswegs gegen die Vorschriften. Aber ich hatte sie auf einer Papierserviette aufgenommen und unterschreiben lassen, das sah nicht sehr professionell aus. Also habe ich sie, zurück im Kommissariat, sauber abgetippt.«

»Und die Unterschrift des Zeugen?«

»Ich habe ein kleines Gekritzel daruntergesetzt.« Er hielt plötzlich inne, verwirrt von der Einfachheit seiner Äußerung. »Ja, natürlich, vor einem Richter wird das wertlos, aber ich habe die Serviette aufgehoben.«

»Aber Monot, welchen Wert hat denn diese Aussage? Sie liefert nicht einmal eine genaue Beschreibung des Jungen.«

Lieutenant Monot zögerte, bevor er hinzufügte: »Dem Zeugen nach hatte der Junge eine schwarze Brille auf. Er glaubt auch gesehen zu haben, dass er braune, gelockte Haare hatte. Er *glaubt*, das gesehen zu haben. Ich habe das nicht aufgenommen, weil … von hinten, mit der Kapuze über dem Kopf, das fand ich fragwürdig. Hätte ich das aufgenommen, hätten Sie mir die Meinung gegeigt.«

»Braun und gelockt«, wiederholte die Kommissarin tonlos.

Es folgte argwöhnische Stille. Viviane hoffte auf einen neuen Anstoß. Monot war erst acht Tage hier, was hatte er für Ideen? Aber er schwieg, er war gerissen, der Kerl, mit seinem Unschuldsblick.

Sie seufzte und reichte ihm das Blatt. »Verstehen Sie, warum die ganze Truppe auf Sie sauer sein wird?«

Der Lieutenant erblasste. Der arme Wurm, er verstand es nicht.

Sie seufzte wieder. Mit seinem Abschluss in Literaturwissenschaften würde er einen Verfahrensverstoß nach dem anderen begehen. Selbst den Assistenten mit Jura-Abschluss passierte das manchmal. »Es kommt noch schlimmer, Sie waren übereifrig. Den Alten, den hätten Sie nicht vom Fleck schaffen dürfen. Solange er an der Ecke der Brücke lag, wäre er ein Fall für die Kollegen von der Rive Droite gewesen. Dank Ihnen lag er schließlich am Quai Conti, und Sie haben die Aussage aufgenommen. Also ist es jetzt unser Fall. Als hätten wir nicht genug zu tun. Ihr Pennbruder ist tot, wenn ich richtig verstanden habe?«

»Ja, ich war noch im Krankenhaus Pitié-Salpêtrière, um ihn zu befragen. Da war er gerade seinem Schädel-Hirn-Trauma erlegen. Ich habe um einen Totenschein gebeten und ihn ins Leichenschauhaus bringen lassen. So ist doch das übliche Prozedere?«

»Wenn identifiziert, wäre es perfekt.«

»Ich habe in der Tasche seinen Ausweis gefunden, bevor ich ihn ins Leichenschauhaus habe bringen lassen: Pascal Mesneux, zweiundfünfzig Jahre alt. Gemeldet in der Rue Diderot in Asnières, aber dort wohnt er nicht mehr. Ich habe dort angerufen, seine Exfrau ist rangegangen. Er hat das gemeinsame Heim vor acht Jahren verlassen. Seitdem lebte er auf der Straße.«

»Haben Sie den Erkennungsdienst um ein Foto gebeten?«

Lieutenant Monot biss sich auf die Lippen, Kommissarin Viviane Lancier seufzte und biss sich dann auch auf die Lippen: Sie sollte sich gar nicht erst angewöhnen zu seufzen, sobald Monot mit ihr sprach.

»Sie meinen also, mein kleiner Augustin, Akte geschlossen, bis sich ein Mörder findet? Ja?«

Der *Augustin* war Viviane herausgerutscht. Der Lieutenant hatte es nicht gehört, er hob den Kopf, lächelte dümmlich.

»Stört Sie da nichts, Monot?«

»Doch, natürlich, ein Toter in unserem Revier, das ist immer störend.«

»Das auch, aber *stellen wir uns einmal vor,* Sie gehörten zu diesem Vorstadtgesindel und das Stadtzentrum von Paris wäre Ihr Jagdrevier. Auf welche Art Opfer würden Sie abzielen?«

Monot machte große Augen. Er schien ob dieser undenkbaren Vorstellung in Panik zu verfallen. Er tat Viviane leid, sie musste ihm auf die Sprünge helfen. »Ich meine, würden Sie es mitten auf einer Brücke auf die Tasche eines Penners absehen? Nicht eher auf die Handtasche einer reichen Dame, die gerade von Chanel kommt, oder auf die Brieftasche eines Touristen auf der Terrasse vom Deux Magots?«

Sie schaute ihn zärtlich an: Über seinem blonden Engelsköpfchen schien der Heilige Geist zu schweben. Halleluja! Er kam herab!

»Ja, das ist merkwürdig, Commissaire. Aber in der Tasche war nichts Interessantes. Übrigens habe ich sie zusammen mit der Leiche ins Leichenschauhaus bringen lassen.«

Wenn Blicke töten könnten! Die der Kommissarin waren waren auf einmal sehr finster.

»Ach, entscheiden jetzt Sie, ob ein Element aus diesem Fall interessant ist?«

»Ich sage das, weil ich die Tasche sorgfältig durchsucht habe – ich erinnere mich an: ein Buch von Victor Hugo, eine Unterhose und Socken, ein paar Utensilien zur Körperpflege, seine alte Brieftasche mit ein paar Euro, Klo papier. Und eine Art Pfannkuchen.«

»Und doch wollte man ihm das klauen. Haben Sie heute Abend schon etwas vor, Lieutenant?«

»Ja, ich will mit einer Freundin …«

»Na, dann haben Sie jetzt etwas anderes vor, Sie gehen ins Leichenschauhaus. Aber nicht alleine, keine Sorge: Ich spiele Ihre Freundin, ich fahre Sie hin.« Der letzte Satz erregte in ihr eine gewisse, beinahe schelmische Leichtigkeit.

Fast den ganzen Nachmittag saß sie ihren Männern im Nacken, sie wollte wissen, was mit José Tolosa war, dem Gangster, der von Europol[1] gesucht wurde und den man angeblich bei Denfert-Rochereau gesehen hatte. Einen nach dem anderen schickte sie hinaus, um Informationen zu sammeln, dann schloss sie sich in ihrem Büro ein, um sich die neuesten administrativen Rundschreiben anzutun. Das alles langweilte sie, sie fieberte dem Abend mit ihrem Assistenten entgegen. Gleich um achtzehn Uhr rief sie nach Monot, nachdem sie ihrem Schrank ein paar Nitrilhandschuhe sowie den digitalen Fotoapparat ihres Teams entnommen hatte. Eigentlich gehörte er ihr, aber weil es ihr Team war …

Zwanzig Minuten später standen sie beide vor der Leiche von Pascal Mesneux. Nur mit seinem Namensschild bekleidet, das am großen Zeh baumelte, war der Obdachlose nicht sehr appetitlich anzusehen. Aber Viviane betrachtete gern nackte Männerleichen, vor allem in Gegenwart eines anderen Männchens. Es weckte nicht ganz lupenreine Gefühle in ihr, etwas, das einen Psychologen in helle Aufregung versetzen würde, das war ihr klar. Wahrscheinlich war es aber nichts Schlimmes.

---

1 Europäische Polizeibehörde, die den Austausch von Informationen zwischen den nationalen Polizeibehörden Europas vereinfacht, besonders im Bereich Schwerkriminalität.

Die Rippen standen hervor, die Beine waren übersät von Krampfadern, die blauen Flecken, die seinen Körper bedeckten, waren erbarmungslos darüber verteilt. Am Kopf, hinter dem Ohr, ein riesiges bläulich grünliches Hämatom – der Tod war bereits zugange –, ergraute Haare, die ihm in die Stirn fielen, und ein dicker, etwas hellerer Bart, unter dem sich ein Teil der krebsroten Visage versteckte.

Viviane improvisierte eine kurze Grabrede: »Säufer hoch zehn, der arme Alte, hat sich das Leben schon vor dem Tod versaut.«

Es gefiel ihr, die Leber des Toten zu tasten, seinen Bizeps, ihn umzudrehen, an ihm zu riechen, nur um Monot zu beeindrucken, der den Blick abwendete. Sie zog die Handschuhe über, um die Tasche zu durchsuchen: Die Unterwäsche war erstaunlich sauber. Sie zog das Buch hervor, *Die Züchtigungen* von Victor Hugo. »Was halten Sie davon, Monot?«

»Das ist nicht das, was ich von seinem lyrischen Werk bevorzugen würde. *Strahlen und Schatten* oder *Die inneren Stimmen* sagen mir mehr zu. Am Ende meines Studiums hatte ich bei den Übungen ...«

Viviane verkrampfte sich. Tat er nur so, oder war er wirklich so bescheuert? »Ihr Studium ist mir völlig schnuppe, Monot. Ich interessiere mich nicht für Literatur. Ich frage Sie, ob Ihnen das nicht merkwürdig vorkommt: ein Penner, der Gedichte von Victor Hugo liest.«

»Oh, Commissaire, alle Welt liest Victor Hugo. Pensionäre, Studenten, Bullen. Warum also nicht auch Penner?«

Sie steckte den Seitenhieb ein. Sie hatte nie Victor

Hugo gelesen. Als Nachttischlektüre war sie eher auf Krimis abonniert. Oder auf das Strafgesetzbuch.

»Und Penner, die einen auf Victor Hugo machen – kennen Sie da viele von?« Sie hatte die Haare des Verstorbenen nach hinten gestrichen und hielt das Foto des gealterten Dichters, das auf dem Buchrücken abgebildet war, neben sein Gesicht. Die Ähnlichkeit war frappierend. »Sehen Sie, Monot, darum sollte man der morphologischen Psychologie keinen Glauben schenken. Mit der gleichen Visage endet der eine im Panthéon, der andere im Leichenschauhaus. Machen Sie ein Foto von ihm, es könnte weiterhelfen.«

Während er sich an die Arbeit machte, durchwühlte sie weiter die Tasche.

»Das ist aber merkwürdig, da fehlt ja etwas. Der Pfannkuchen ist verschwunden.«

Der Lieutenant zog die Schultern ein, als würde Viviane ihn gleich ohrfeigen. »Das war ich, Commissaire, ich habe ihn gegessen.«

Die Kommissarin konnte ihren Ekel nicht unterdrücken. »Sie haben ihn *gegessen?* Sind Sie wahnsinnig?«

»Ich hatte nicht gefrühstückt, und weil ich im Pitié-Salpêtrière zu viel Zeit verloren hatte, konnte ich es auch nicht mehr nachholen. Und weil der Pfannkuchen ordentlich in Papier eingepackt war, dachte ich, in puncto Hygiene spräche nichts dagegen.«

»In Puncto Hygiene ist das Ihre Sache, aber in Puncto Beweismittel? Lieutenant Monot haut sich also den Bauch mit den Beweismitteln dieses Falls voll – ist das eine neue Methode? Und wie war er, dieser Pfannkuchen?«

»Ganz lecker. Eine Art Pancake, ziemlich fettig, dick, mit Schinken drin. Und Käsegeschmack. Roch recht stark, die Tasche riecht immer noch danach.«

Sie seufzte, lange. Dieses Mal lag in diesem Seufzer kein Ärger; nur der Wunsch, gelassen zu bleiben. Die Kommissarin rief den Diensthabenden, damit er den Verstorbenen wieder verstaute, und ging; die Tasche nahm sie mit. Monot folgte ihr auf dem Fuße wie ein großer Hund.

Draußen angekommen sagte er: »Die Sache mit dem Pancake, wie kann ich das wiedergutmachen?«

Dieser Pancake war natürlich völlig bedeutungslos. Aber Viviane wollte ihm einen Denkzettel verpassen, nur eine kleine pädagogische Gemeinheit, damit Monot nie wieder auf die Idee käme, auch nur das geringste Beweismittel eines Falles zu vernichten.

»Ich wüsste da was. Morgen werden Sie herausfinden, wo Mesneux seinen Pancake gekauft hat. Was er an diesem Tag gemacht hat? Verstehen Sie, was ich meine? Los, such, Struppi, such.«

Sie ließ ihn im eisigen Januarregen stehen und stieg in ihren Clio, ohne ihm anzubieten mitzufahren. Sie musste sich beeilen, auf dem Pont d'Austerlitz würde noch Stau sein. So lange wie sie dann zu ihrer Zweizimmerwohnung in der Rue Simenon brauchte, lief sie Gefahr, dass ihr Lebensmittelladen schon zu war.

Sie fuhr noch knapp über Gelb, weswegen ein junger Verkehrspolizist sie zur Seite pfiff. Was sollte sie ihm erklären? Dass man selbst als Kommissarin bei der Kripo Einkäufe zu erledigen hatte?

Kapitel 2

Zwei Minuten und einige beschwichtigende Äußerungen später startete die Kommissarin wieder, scheinbar reuevoll. Die echte Reue hob sie sich für Lieutenant Monot auf. Es war stärker als sie, warum musste sie mit Männern, die Schwäche zeigten, so sein, so hart und verletzend? Sobald eine Mauer einen Riss hatte, musste sie mit dem Rammbock hineinstoßen.

Viviane hielt in zweiter Reihe vor dem Lebensmittelladen in der Rue Simenon, gegenüber von ihrer Wohnung. Der Tunesier war gerade dabei, die eisernen Rollgitter hinunterzulassen, als sie ihm ein Lächeln zuwarf, das erste an diesem Tag. Es verfehlte seine Wirkung nicht. Der Lebensmittelhändler kurbelte den Rollladen wieder hinauf. Dann warf er ihr ein etwas aufdringliches Lächeln zu. Na wunderbar, jetzt würde er wieder versuchen, ihr ein oder zwei Strafzettel aufs Auge zu drücken.

Sie lief an den kleinen Auslagen entlang, schnappte sich ein paar probiotische Joghurts, eine Packung mageren Schinken und tiefgekühlte grüne Bohnen, dann kam sie zur Kasse.

»Falls es Sie interessiert, Commissaire, bei mir gibt es

jetzt auch frisches Gemüse und Obst. Ich habe die Kisten schon weggeräumt, aber ich kann alles holen, was Sie brauchen.«

Was Sie brauchen, hatte er gesagt, nicht *was Sie möchten*. Er war furchtbar indiskret, dieser Typ, hatte schon begriffen, dass sie eine neue Diät ausprobierte. Viviane ließ sich von ihm noch einen Salat, Tomaten und einen Apfel holen. Während sie auf ihn wartete, ging sie zu einem Ständer mit Süßigkeiten und wählte vier große Mars-Riegel aus, die sie an die Kasse legte – eigentlich nur, um daran zu erinnern, dass sie eine freie Frau war.

Er kam mit dem Gemüse, dem Apfel und drei ganz frischen Strafzetteln zurück. »Ich schenke Ihnen die Einkäufe«, sagte der Lebensmittelhändler. »Wenn Sie mir einen kleinen Gefallen tun würden …«

»Die Zeit für Geschenke zum Jahresende ist seit drei Wochen um, danke. Wie viel macht es?«

Sie bezahlte, ließ ihm seine Knöllchen da und ging ohne ein Lächeln. Es war nicht das erste Mal, aber der Lebensmittelhändler war so hartnäckig, es wurde schon beleidigend.

Zu Hause legte sie eine CD von Johann Sebastian Bach in ihren CD-Spieler, die sie wahllos aus der Box griff. Sie war sich nicht sicher, ob sie Bach wirklich mochte, aber Ludovic, dieser Idiot, hatte ihr einmal das Gesamtwerk geschenkt. Während sie die *Toccata* hörte, fiel ihr auf, dass sie weder Öl noch Essig hatte, um den Salat anzumachen. Sie fand nur noch eine fette *Pommes-Sauce spezial* von *Bénédicta*, die sie wütend über Tomaten und Salat kippte.

Sie brütete über dieser Sache vom Pont-Neuf. Das war eine Geschichte wie bei irgendwelchen kleinkriminellen Taugenichtsen. Was sie mochte, war Drogenhandel, räuberische Erpressung, Fälle, bei denen es zur Sache ging. Aussichtslose Fälle waren nichts für sie. Noch schlimmer war, dass sie den Fall mit dem jungen Monot zusammen übernommen hatte.

Sie hatte an Monot gedacht, hatte geseufzt. Nur hatte sie diesmal einen guten Grund: Sie arbeitete lieber mit Lieutenant Rambert, einem Pfeiler ihrer Truppe. Aber der Pfeiler war zusammengebrochen: Rambert war neuerdings, nach einer Verfolgungsjagd über die Dächer mit schlechtem Ausgang, Invalide auf Lebenszeit. Um ihn zu ersetzen, hatte Viviane um einen erfahrenen Lieutenant gebeten, einen ernsthaften, ohne Vorgeschichte. Daraufhin hatte man ihr diesen Hornochsen von Anfänger, Augustin Monot, geschickt. Das nannte sie bürokratischen Witz.

Die Sache verlangte nach einem Mars-Riegel, den sie in ihren 0%-Fett-Joghurt tunkte. Sie fühlte sich schon besser. Morgen würde sie den dicken Brigadier Escoubet auf diesen Fall ansetzen. Mit ihm würde alles einfacher sein.

Viviane schaltete den Fernseher ein. Die Folge von *Without a Trace – Spurlos verschwunden* hatte schon begonnen. Sie blätterte durch ihre Sammlung kopierter DVDs und holte einen alten *Kommissar Navarro* heraus, den sie sich freudlos ansah. Sie bekam miese Laune von diesem Kommissar. Seine ewigen Moralpredigten und dann diese viel zu einfachen Fälle. Der zweite Schokoriegel beruhigte sie, und sie ging schlafen, voller guter Vorsätze. Morgen:

strengste Diät. Und ein Besuch in Asnières bei der Witwe Mesneux. Das würde vielleicht ausreichen, um den Fall abzuschließen, das wäre so schön wie bei Navarro.

Es war ihr erster Tag an diesem Fall. Und ihre erste Fehleinschätzung, sie wusste das nur zu gut, aber es hinderte sie nicht daran einzuschlafen.

Dienstag, 22. Januar

Das Haus war klein, weiß, sehr modern, fast zu modern für Asnières. Die Witwe wohnte in der letzten Etage, von wo aus man Ausblick auf den Park hatte, aber das genügte nicht, um Patricia Mesneux freundlich zu stimmen. Viviane war fünf Minuten später gekommen, als sie am Telefon vereinbart hatten, die Witwe war sauer – wie sie anscheinend ihr ganzes Leben damit verbrachte, sauer zu sein. Sie war eine kleine, hagere Frau, ohne Charme, blässlich.

»Lassen Sie uns zur Sache kommen, Commissaire, ich bin leitende Standesbeamtin im Rathaus. Da wird nicht auf mich gewartet, die Leute werden geboren und sterben, auch wenn Kommissare Befragungen durchführen wollen. Also, was möchten Sie über meinen Exmann wissen?«

Alles wollte Viviane wissen, und sie bekam auch alles zu hören. Nachdem Patricia Mesneux einmal angefangen hatte, vergaß sie ihr Standesamt, sie schien stolz darauf, ihre Geschichte ausbreiten zu können; als würde sie von ihren verhunzten Ferien erzählen. Sie hatte Pascal im Abiturjahr am Michelet Gymnasium in Vanves kennengelernt. Sie wollten beide Erzieher werden, um den gleichen Arbeitstag und die gleichen Ferien zu haben. »Verstehen Sie?« Nein, Viviane verstand nicht, sie hatte weder geregelte Arbeitstage noch Ferien. Und schon seit zwei Jahren niemanden, mit dem sie das hätte teilen können. Aber Patricia Mesneux erzählte weiter, sie war schon bei ihrem Psychologiestudium, das sie nie abgeschlossen hatte, obwohl sie den Abschluss für das Lehrerseminar brauchte, während Pascal einen Abschluss in Literaturwissenschaften machte, bevor er das Staatsexamen ablegte. Die Witwe quasselte ihr das Ohr ab.

»Verzeihen Sie, aber Ihre Abschlüsse interessieren mich nicht. Ich möchte wissen, wie Ihr Mann obdachlos geworden ist.«

Und schon ging es weiter, noch fröhlicher als vorher: Nun kam sie zu den Niederlagen ihres Ex, jetzt kam die Rache. Er erhielt einen Posten in Gennevilliers, »Gennevilliers, können Sie sich das vorstellen? Vanves, das ist Paris, aber Gennevilliers ist nicht einmal ein Vorort, das ist schon übelstes Randgebiet. Also haben wir uns in der Nähe eingerichtet, in Asnières, das ist eher unsere Welt, und er arbeitete dort drüben. Dann wurde er mit Französischunterricht an einer berufsbildenden Schule beauftragt. Können Sie sich vorstellen, Madame, wie er diesen Trotteln von Metallbauern Victor Hugo nahebringt?«

Nein, Viviane konnte sich das nicht vorstellen. Sie konnte sich noch gar nichts in Bezug auf Pascal Mesneux vorstellen, sie begriff lediglich, dass diese Frau kein Geschenk war. »Warum sagen Sie Victor Hugo? Sie könnten auch Molière sagen.«

Patricia Mesneux hob die Augen zum Himmel. »Weil er sich nicht an den Lehrplan hielt, er erzählte ihnen die ganze Zeit von Victor Hugo. Am Anfang ging es ihm um Lyrik im Allgemeinen, er dachte sich, das sei der beste Weg, um diese Jungs an Literatur heranzuführen. Als könne man sie da heranführen! Dann hat er sich auf Lyrik des 19. Jahrhunderts konzentriert und blieb bei Victor Hugo hängen. Sein Unterricht bestand nur noch daraus. Man fing an, sich über ihn lustig zu machen, nannte ihn Victor Hugo. Er hat sich einen Bart wachsen lassen und angefangen zu trinken. Zunächst nur Canaris am Nachmittag, zwischen den Stunden, und dann ...«

»Canaris? Was ist denn ein Canari?«

»Ein Canari, das ist eine Mischung aus Pastis, Zitronensirup und Wasser natürlich. Dann hat er irgendwann morgens schon mit Blanc gommé begonnen.«

Viviane gab zu, dass sie auch Blanc gommé nicht kannte.

»Umso besser für Sie, das Zeug ist widerlich, Weißwein mit Zitronensirup. Er kam immer betrunkener in den Unterricht. Sie werden mir jetzt sagen, seine Schüler auch ... Am Ende konnte von Unterricht gar keine Rede mehr sein. Er leierte Gedichte von Victor Hugo herunter, stammelte, ließ Verse aus. Es hörte ihm ja sowieso niemand zu. Manchmal stellte er sich auf seinen Tisch und die Schüler dann auch, das war noch der beste Moment seines Unterrichts, ein glorreicher Augenblick. Es gab Beschwerden von Eltern, Untersuchungskommissionen, man wollte ihn zur Entziehungskur schicken. Er wollte nicht, er sagte, es sei das Leben, das ihn vergiftete, Sie verstehen. Dann hat er alles aufgegeben.«

»Das muss Sie schockiert haben, oder?« Viviane stellte diese Frage aus Höflichkeit, fast aus Routine. Sie ahnte schon, wie die Antwort ausfallen würde.

»Nein, ich war erleichtert. Endlich war ich ihn los, um ehrlich zu sein. Er hat mich sowieso schon seit Jahren nicht mehr angefasst. Ich hatte meinen Job beim Standesamt, die Stadtverwaltung vermietete mir eine Wohnung, meine beiden Jungs und ich, wir kamen sehr gut ohne ihn zurecht. Mit allem.«

Viviane fragte sich, wie weit dieses »mit allem« wohl ging. Sie ließ ihren Blick durch das Zimmer schweifen, blieb an einem Foto mit Glasrahmen hängen, das an der Wand hing. Ein Junge von etwa fünfzehn Jahren, groß, blond, hielt einen jüngeren an der Schulter, der vielleicht zehn war, kohlrabenschwarze Locken und dunklere Haut hatte. Beide hatten den harten Blick ihrer Mutter Patricia Mesneux. Sie hatte ihnen bereits beigebracht, einen solch unnachgiebigen Blick auf das Leben zu haben, und genauso schauten sie wohl auch ihren Vater an, der vor seinem Blanc gommé saß, wenn sie morgens in die Schule gingen.

»Von wann ist dieses Foto?«

»Aus der Zeit, als er gegangen ist. Er hat sich nicht einmal von ihnen verabschiedet, auch nicht von mir. Er ist irgendwann abgehauen, humpelnd, nachdem er im Unterricht von seinem Tisch gefallen war.«

»Und bevor er ging, wie lief das Familienleben da ab?«

»Wie bei allen, vor der Glotze. Erst schaute er ein paar Sendungen an, dann zog er sich in die Küche zurück, um Gedichte in kleine Hefte zu schreiben. Manchmal kam er und versuchte, uns während einer Sendung welche vorzulesen, in seiner inspirierten Art. Also drehten wir den Ton auf, und er ging wieder. Seine Gedichthefte füllen einen ganzen Karton im Keller.«

Viviane konnte sich den Anblick gut vorstellen. Pascal Mesneux tat ihr leid. Wahrscheinlich war er bei sich zu Hause ebenso unglücklich wie in der Berufsschule. Worüber sie sich wohl unterhielten? Und wo schlief Pascal, wenn die Glotze ausgeschaltet wurde? Trotzdem bei seiner Frau, oder auf dem Sofa im Wohnzimmer? War der Jüngste von ihm? Hatte er wegen seiner Schüler oder seiner Frau mit dem Trinken begonnen? Wie viele solcher Fälle gab es unter den Lehrern? Über solche Themen hätte sie nur mit dem Toten selbst reden können.

Patricia schaute unverhohlen auf die Uhr, und die Kommissarin begriff, dass die Unterhaltung sie nicht mehr amüsierte. »Hatte er Feinde?«

»Nur Feinde, Commissaire, er hasste sie alle, seine Kollegen, seine Nachbarn, seine Familie. Alle, außer Victor Hugo.«

»Nein, ich meinte umgekehrt, Leute, die ihm etwas antun wollten, ihn hassten?«

»Ich glaube, da gab es nur mich. Den anderen war er eher egal. Schlimmstenfalls ein Typ, von dem man sich fernhielt.«

Diese Frau war jetzt von einer furchtbaren Ehrlichkeit, sie machte Angst.

»Und wissen Sie, wo er sich so herumtrieb?«

»Ein paar Kollegen erzählten mir, ihn in Paris, in der Nähe der Étoile gesehen zu haben. Er muss dort gewohnt haben, wenn man das ›wohnen‹ nennen kann. Kann ich jetzt zur Arbeit gehen?«

Die Kommissarin hätte gerne noch mehr Fragen gestellt. Sie hätte mit den unbedeutendsten Dingen, den improvisierten Fragen aufgehört, die sie gerne stellte, um einen Menschen einschätzen zu können. Aber Patricia hatte schon einen schwarzen Ledermantel übergezogen und begleitete die Kommissarin zur Tür, um sie schneller loszuwerden.

Viviane verließ niemals einen Befragten, ohne nach seiner Handynummer zu fragen und die eigene zu hinterlassen. Die Witwe nahm ihre nur widerstrebend an, denn sie hatte es eilig, sie musste auf dem Standesamt Urkunden von anonymen Geburten ausstellen.

Wenige Minuten später stoppte die Kommissarin vor einem dunklen Bistro – man wähnte sich fast im Randgebiet –, um einen gestreckten Espresso zu bestellen. Und ein Croissant, das sie wegen der Diät wieder abbestellte.

Sie rief den Wirt zu sich: »Servieren Sie oft Blancs gommés?«

»Gommés? Nie. Blancs limés, mit Limonade, das ist schon vorgekommen, aber jetzt mache ich keine Limonade mehr. Hätten Sie einen gewollt?«

»Nein danke, nicht zum Kaffee. Und Canaris?«

»So früh morgens, nein. Ab elf Uhr, ja, aber eher selten. Die Canaris sind eine besondere Klientel, häufig Rauschtrinker.«

Was trieb sie hier eigentlich, was interessierte sie an diesem Toten, den sonst niemand interessierte, nicht einmal seine Witwe? Es war schon vorgekommen, dass sie einer falschen Fährte folgte, aber das hier war einfach kein richtiger Fall, sondern eine simple Meldung aus der Rubrik »Verschiedenes«. Oder nicht einmal das: ein Vorfall aus dem Frankreich von heute. Ein Jugendlicher, der ein wenig Spaß haben wollte. Manchmal zündeten sie Autos an, bedrängten ein Mädchen im Zug oder nahmen einen kleinen Supermarkt auseinander. Hier hatten sie einen Obdachlosen angegriffen. Wir wollten nichts Schlimmes tun, Herr Richter, wir machen das nicht mehr. Viviane spürte ein bekanntes Gefühl schlecht unterdrückter Gereiztheit aufkommen, und dann war es wieder so weit, sie hasste die Jugendlichen, die Richter, das Frankreich von heute, das Pariser Leben, sie hasste die ganze Welt, sie wurde wie Pascal Mesneux, sie dachte sogar kurz daran, sich einen Canari zu bestellen, zur Beruhigung.

Sie kehrte ins Kommissariat zurück, noch voller Hass, es war wohl die Diät, die sie in einen solchen Zustand versetzte. Sie wickelte ein paar alltägliche Akten ab, wunderte sich, dass es keine Infos über Tolosa gab, schimpfte über alles und jeden, selbst über Monot, der noch immer nicht zurück war, sondern vermutlich durch die Arrondissements rannte und nach seinem Pancake suchte. So kalt wie es war, würde er sich totfrieren, Viviane fühlte sich schuldig: ein nutzloser Tag und ein krankheitsbedingter Ausfall in Sicht – wegen eines Falls, der keiner war.

Monot kam bei Anbruch der Dunkelheit zurück, mit roter, tropfender Nase. Aber fröhlich: Er hielt eine kleine braunrote Tüte in der Hand.

»Ich hab's gefunden, Commissaire! Der Pancake, der war von McDonald's.« Er öffnete die Tüte und holte zwei Pancakes heraus, die das Büro mit einem schweren Geruch nach süßem Fett erfüllten. »Das gibt es dort zum Frühstück. Ich musste warten, bis weniger los war, damit sie mir ein paar davon machen konnten. Ich habe sie probiert, das sind sie.« Er legte Viviane den Pancake vor die Nase. »Wollen Sie kosten?«

Einmal mehr gesündigt in ihrer Diät, aber sie wollte Monot nicht beleidigen und nahm einen Bissen. Kalt, fettig, ein bisschen geräuchert und gleichzeitig salzig, der Teig klebte am Gaumen. Aber besser als die Schale mit Gemüse und Schinken, die sie sich heute Mittag angetan hatte. Sie nahm einen weiteren Bissen. »Gar nicht übel, Monot, das Frühstück von McDonald's. Hat einen Beigeschmack von ›Besuchen Sie uns bald wieder‹.«

Der Lieutenant wartete, bis sie sich den Mund fertig abgewischt hatte, und schloss: »Pascal Mesneux war ganz Ihrer Meinung, er ging jeden Morgen dorthin.«

Kapitel 3

Dieser Fall hatte eindeutig alles, was sie nicht mochte: Obdachlose, Literatur, und jetzt auch noch McDonald's.

»Wie haben Sie das herausgefunden?«

»Ich habe in einem Forum für Jugendliche gepostet und die Beschreibung des Pancakes dort hinterlassen. Die Antwort kam prompt, sogar zehnfach. Alle hatten den Brunch von McDonald's erkannt.«

»Ja, natürlich.«

Viviane ging niemals brunchen, schon gar nicht bei McDonald's. Sie trieb sich auch nicht in Foren herum, vor allem nicht in solchen für Jugendliche. Sie fühlte sich irgendwie betrogen. Hinter ihrem Rücken entstand eine neue Welt.

»Ich musste nur noch die Runde durch alle McDonald's machen und Mesneux' Foto herumzeigen. Ich hatte vergessen, mir einen Abzug machen zu lassen, also habe ich ein Buch von Victor Hugo gekauft, mit einem Foto von ihm als altem Mann darin. Ich lasse Ihnen das Buch da, wenn Sie wollen. Ich habe *Betrachtungen* genommen, ich glaube, das könnte Ihnen gefallen. Er hat das geschrieben, als …«

»Beim Thema, Monot, bleiben Sie beim Thema.«

»Es war kompliziert bei den McDonald's, weil die Crews ständig wechseln, je nach Tag und Uhrzeit.«

»Ja, ja, ich weiß«, unterbrach sie ihn, während sie noch überlegte, wer mit »Crews« gemeint war.

»Ich bin überall umsonst gewesen, die letzte Filiale war die richtige, obwohl sie mir am unwahrscheinlichsten schien, das McDonald's auf den Champs-Élysées. Er war jeden Morgen dort, sobald es öffnete. Jeder dort kannte ihn. Er ging nach oben zu den Toiletten wie in sein Badezimmer, putzte sich die Zähne und wusch sich den nackten Oberkörper. Man ließ ihn machen. Er war sauber, noch nicht betrunken und störte zu dieser Zeit niemanden. Dann kam er nach unten und aß sein Frühstück. Das musste für ihn der Höhepunkt gewesen sein: Manchmal las er sogar seinem Nachbarn, wenn er einen hatte, ein paar Verse Victor Hugo vor.«

Sie stellte sich Mesneux vor, wie er jeden Morgen bei McDonald's wieder bei null anfing. Er hatte sich für ein Leben als Penner entschieden, um vor seinen Victor-Hugo-Vorlesungen zu flüchten und gab dann Victor-Hugo-Vorlesungen, um vor seinem Leben als Penner zu flüchten. Viviane begann diesen Typen zu mögen. Sie wollte diese Sache ins Reine bringen, so unbedeutend sie auch war. Aus Freundschaft zu diesem unbedeutenden Unbekannten. Sie sah durch das Fenster den klebrigen Schnee, der gerade fiel und drohte liegen zu bleiben. Morgen würde es kalt werden. Egal, Dienst war Dienst.

»Monot, finden Sie heraus, was er am Freitag vor seinem Tod gemacht hat, zwischen dem Moment, als er das McDonald's verließ und dem, als er auf den Pont-Neuf kam. Er hatte etwas Geld bei sich. Bei der Kälte ist er vielleicht hier und da etwas trinken gegangen. Fragen Sie, ob irgendwo Canaris oder Blancs gommés serviert werden, das spart Ihnen Zeit.«

»Canaris, Blancs gommés? Was ist das denn?«

»Tja, informieren Sie sich doch in einem Forum, aber in einem für Alte!«

Sie bemerkte Brigadier Escoubet im Großraumbüro, der ihrer Unterhaltung lachend folgte. Ah, das amüsierte ihn, den Dicken! Sie rief ihn zu sich. »Escoubet, Sie lassen einen Abzug der letzten Aufnahme im Fotoapparat anfertigen, die bärtige Leiche, damit suchen Sie in Paris nach …«

»Den Fotoapparat hat Lieutenant Juarez heute Mittag mitgenommen, für den Fall des Falles, Commissaire. Er hat eine Information über eine Drogenlieferung bekommen.« Escoubet lachte immer noch. Er glaubte wohl, sich damit aus der Affäre zu ziehen.

Viviane zog die Nitrilhandschuhe über, reichte dem Brigadier auch ein Paar und holte aus der Tasche des Toten den Band von Victor Hugo heraus. »Wenn das so ist, machen Sie eine Fotokopie vom Umschlag, das Porträt ist dem des toten Obdachlosen wie aus dem Gesicht geschnitten, Monot erklärt's Ihnen. Sie suchen morgen nach der Ecke, in der dieser Herr sich eingerichtet hat.«

Sie schaute sich die Tasche aufmerksam an. Der Riemen war mit zwei Karabinern, die in eine kleine Kupferplatte eingehakt wurden, an der Tasche befestigt. Einer von beiden war halb geöffnet. Als der Täter versuchte, die Tasche zu klauen, hatte er sie wahrscheinlich dort gepackt. Sie beauftragte Monot damit, sie der Spurensicherung zu übergeben, um eventuelle Abdrücke sicherzustellen, auch wenn es dafür wahrscheinlich zu spät war, das hätte er schon längst tun müssen. Dann vertiefte sie sich freudlos in ihre Akten.

Aber da kam schon Brigadier Escoubet, hielt ihr ein Buch und einen Umschlag entgegen. »Das lag in dem Buch, Commissaire.«

Der Umschlag war verschlossen. Ein grauer, sehr dünner, leichter Umschlag, der vermutlich nur ein einziges Blatt enthielt. Auf der Rückseite des Umschlags, in kleinen Druckbuchstaben: *X. B.*, *Rue du Bois*, *Pantin*. Auf der Vorderseite dieselbe Schrift, nur origineller: *An den Dichterfürsten*, *Académie Française*, *Quai Conti*, *Paris. Z. Hd. Victor Hugo.*

Viviane schaute lange auf diese Adresse, die sie zu verhöhnen schien. Sie mochte Krimis, keine Literatur. Und nun wurde sie in diesen Fall verstrickt, wo man an jeder Ecke darauf stieß. Aber angesichts des Empfängers musste sie diesen Fall wohl ernst nehmen.

Sie zeigte dem jungen Monot den Umschlag. »Was ist das, ein Dichterfürst?«

»Das sagt mir was. Ich glaube, das war Verlaine, oder Mallarmé. Oder ein anderer. Ronsard vielleicht.«

»Kurz, Sie wissen es nicht.«

Der Lieutenant hatte nach dem Umschlag gegriffen, drehte ihn, wog ihn mit der Hand ab, versuchte den Finger in den Spalt des Klebeverschlusses zu schieben.

»Nur zu, Monot, tun Sie sich keinen Zwang an, Nitrilhandschuhe, Fingerabdrücke, da stehen Sie drüber! Und machen Sie ihn doch bitte gleich auf, wo Sie schon dabei sind! Wissen Sie, was eine Verletzung des Briefgeheimnisses kostet? Vor allem in diesem Umfeld? Morgen bringe ich den Umschlag selbst in die Académie. Den Inhalt nehme ich dann für die Ermittlungen an mich. Schreiben Sie mir schon mal die Adresse von der Rückseite ab.«

Viviane reichte ihm ein grünes Post-it, dann schickte sie ihn hinaus. Sie wollte noch einmal Gérald Tournu treffen, das war der einzige Ansatzpunkt, den sie bisher hatte. Sie rief bei Hélio 92 an und fragte nach dem Lieferanten. Man sagte ihr, er sei zum Surfen nach Biarritz gefahren und komme erst Donnerstag wieder.

Surfen im Januar, bei diesem Wetter, der musste übergeschnappt sein! Die Empfangsdame war ganz ihrer Meinung. Gérald wollte den *Off the Lip* und den *Three Sixty*, *Frontside* und *Backside* machen, im Neoprenanzug am Strand, obwohl sie ihm dasselbe vorgeschlagen hatte, nur unter der Bettdecke, er musste verrückt sein. Sie gab Viviane die Nummer des Helden, nicht ohne sie vorzuwarnen: Er würde bis Mittwochabend nur über seinen Anrufbeantworter zu erreichen sein, er hatte sein Handy im *Partner* vergessen.

Viviane rief Gérald Tournu trotzdem an und hinterließ die Nachricht, dass er sich melden solle. Sie vertiefte sich wieder in ihre Akten, aber las, ohne zu lesen. Die Sache vom Quai Conti wurde immer merkwürdiger als erwartet, sie fühlte sich schon jetzt überfordert.

Zurück zu Hause gönnte sie sich einige von Johann Sebastians Suiten für Violoncello und etwas Gegrilltes mit Zucchini. Sie schlief schlecht. Vielleicht lag es an ihrer säurehaltigen Diät. Oder, was wahrscheinlicher war, an diesem Fall.

Mittwoch, 23. Januar

Der Schnee war geschmolzen, die Kälte geblieben. Trotzdem holte Viviane ihr Kostüm von Caroll heraus, um zur Académie zu gehen. Es war lächerlich, und es war rosa, aber sie hatte es sich letzten Sommer gegönnt und nie getragen, was noch viel lächerlicher war. Als sie es kaufte, hatte sie sich zarte Candle-Light-Dinner vorgestellt. Und noch nicht einmal unbedingt bei Kerzenschein, aber eben solche, wo jemand beim Dessert nach ihrer Hand griff. Schlechte Investition, es hatte nie solche verliebten Dinner gegeben. Kein Herzklopfen mehr seit Ludovic, diesem Dreckskerl von Ludovic.

Sie versuchte, die Hose anzuziehen. Fast wäre sie auch drin gewesen, musste dann aber aufgeben: An den Hüften zwickte es, natürlich. Eine Welle des Hasses gegen Frauen, die an den Oberschenkeln zunahmen, überkam die Kommissarin, die hatten Glück, das sah man weniger; dann Hass gegen Frauen, die sich den Bauch vollschlagen konnten, ohne zuzunehmen – die Welt war ungerecht. Sie holte ein gutes altes unförmiges Alltagsensemble hervor und zog dazu ihre kleinen grauen Schuhe an, die ihr passend schienen, um die Mitglieder der Académie zu treffen.

Weil sie den Umschlag im Kommissariat vergessen hatte, fuhr sie schnell dort vorbei, Zeit genug, um sich über die Kommentare ihrer Männer zu den grauen Schuhen zu ärgern, bevor sie zum Quai Conti weiterfuhr. Wie bemerkten die das bloß?

Die Académie Française! Viviane hatte stets eine nebulöse Vorstellung davon gehabt: nicht mehr ganz junge Männer und Frauen, die es für angebracht hielten, sich wie zum Karneval zu verkleiden, um einander ehrwürdig zu empfangen. Glorreiche Namen, die sich versammelten, um über die Bedeutung unbekannter Wörter zu diskutieren, die schon niemand mehr benutzen würde, wenn die nächste Ausgabe ihres Wörterbuchs erschien.

Sie klingelte und wartete, etwas eingeschüchtert. Ihr war noch nicht klar, wie sie die Lage erklären sollte. Ein kleiner Mann, versteckt unter einer Baskenmütze, öffnete ihr. Eine Karikatur von Concierge, der Typ Mann mit dem man ganz alltägliches Französisch sprechen musste.

»Ich bin Kommissarin …«

Sie hielt inne, irritiert. Nein, dieses *Kommissarin* würde ihr vielleicht als zu feministisch ausgelegt werden; ein Fehler an diesem Ort des Sprachpurismus.

»Ich bin Frau Kommissar …«

Der Concierge sah sie beunruhigt an, er mochte wohl keine Transen.

»Ich soll Ihnen das hier bringen.«

Sie zeigte ihm den Umschlag, den der kleine Mann

nachdenklich las: »*Zu Händen von Victor Hugo* … Ich weiß nicht, ob Sie nun Kommissarin oder Frau Kommissar sind, aber Victor Hugo sind Sie jedenfalls nicht.«

»Ja, ja, aber da er tot ist, komme ich an seiner Stelle.«

Der kleine Mann warf einen Blick auf den gegenüberliegenden Gehsteig und schien die versteckte Kamera zu suchen, das Missverständnis musste aufgeklärt werden.

»Victor Hugo wurde ermordet, der Arme.«

Der Concierge lächelte ihr panisch zu und schloss langsam die Tür.

Viviane zückte ihren Dienstausweis mit der Trikolore. Das schindete selbst an solchen Orten Eindruck. Sie wedelte mit dem Umschlag. »Ich muss nur dem Dichterfürsten diesen Brief übergeben. Da bin ich doch hier richtig?«

Sie las im Blick des Concierge das Entsetzen des Kultivierten angesichts barbarischen Wahnsinns. Am liebsten hätte er die Tür einfach wieder verriegelt.

Viviane gab nicht nach: »Ich möchte wenigstens mit einem Akademiemitglied sprechen, das ist eine ernste Angelegenheit.«

»So früh am Morgen sind keine Akademiemitglieder zu sprechen, nicht für Victor Hugo, und nicht für eine Kommissarin oder eine Frau Kommissar. Und noch weniger gibt es bei uns einen Dichterfürsten, wir leben hier in einer Republik. Warten Sie noch etwas, dann können Sie dem Sekretär unserer ständigen Sekretärin den Umschlag übergeben.«

»Dem Sekretär der Sekretärin? Gibt es keinen … Verantwortlicheren?«

»Die ständige Sekretärin ist außerordentlich verantwortlich. Sie ist Akademiemitglied, eine ›Unsterbliche‹. Die Sekretärin ist beständig-unsterblich, haha!«

Er wiederholte noch einmal, dass die ständige Sekretärin beständig-unsterblich sei, was ihn zu amüsieren schien, dann schloss er abermals die Tür und bat Viviane auf dem Gehweg zu warten, man würde sie holen kommen. Das Eindringen einer Frau, die soeben den Tod Victor Hugos verkündet hatte und behauptete, an seiner statt zu kommen, musste ihn entsetzen. Er war ein Mistkerl, ein Angeber, der eine Woche lang nur davon erzählen würde, dass er einen Bullen in der Eiseskälte draußen hatte stehen lassen. Wahrscheinlich würde er sogar von einer *Bullin* reden, so ein Typ war das.

Viviane wartete geduldig im perfiden Januarfrost. Ihre kleinen grauen Schuhe waren letztendlich keine gute Idee gewesen: zu leicht, vor allem, um sich damit die Beine in den Bauch zu stehen. Sie spürte, wie der Frost in ihren Körper kroch.

Endlich öffnete sich die Tür, und ein alternder Student mit steifen Manieren rettete sie. Der Sekretär der ständigen Sekretärin. Er führte sie in ein kleines Büro, ließ sie sich vorstellen und hörte ihr mit besorgtem Wohlwollen zu.

»Commissaire Viviane Lancier, 3. Pariser Kriminalabteilung.«

»Ah ja, Quai des Orfèvres, nicht wahr?«

»Nein, es gibt drei Kriminalabteilungen, meine ist die in der Avenue du Maine. Die Kriminalabteilungen sind in gewisser Weise die Pariser Filialen vom Quai des Orfèvres – für die weniger wichtigen Fälle.«

»Eine Sache, die die Académie Française betrifft, ist also nicht wichtig?«

Viviane legte ihm den Fall dar, um ihn zu beruhigen, aber er schien wenig überzeugt. Er erging sich in einem langen, traurigen Monolog: Einen Dichterfürsten gebe es in der Académie nicht, nur drei Dichter, Jean Matsuyama, Félicien Driscoll und Armand de Lalande. Dichter würden nicht geschätzt – er senkte die Stimme, um anzudeuten, welch enorme Vertraulichkeit er im Begriff war auszuplaudern: Viel lieber empfange man hier Romanciers, natürlich, aber auch Essayisten, eine gute Nische, müsse sie wissen – als wolle er Viviane zu einer Kandidatur bewegen. Dann gebe es noch die Kritiker, Historiker, Politiker, Filmemacher und Texter, gewissermaßen wäre alles sehr in Mode, nur Dichter nicht. Einen Dichterfürsten, nein, Madame, so etwas gebe es in diesem Hause nicht. Wie es sie im Übrigen nirgendwo mehr gebe: Um Dichterfürst zu werden, müsse man von dichtenden Kollegen dazu auserkoren werden, deren Werke in einem ordentlichen Verlag erschienen. Und da es kaum mehr Verlage gebe, die Gedichte veröffentlichten, gebe es auch keinen Dichterfürsten mehr, ob sie folgen könne?

Er klopfte diskret mit den Fingern auf seinen Knien herum, wie um zu unterstreichen, wie lästig er diesen Besuch fand. »Was ich Ihnen anbieten kann, Commissaire, ist, dieses … *Kuvert* der Frau Sekretärin zu übergeben. Morgen ist Wörterbuchsitzung, da sollten alle da sein.«

Aus dem Umschlag war also nach seinem Eintritt in die heiligen Hallen ein *Kuvert* geworden! Viviane vertraute es ihm widerstrebend an. Mit Handschuhen und den üblichen Vorsichtsmaßnahmen. »Ich lasse es Ihnen hier, aber der Inhalt ist wichtig für uns. Sie müssen ihn mir danach zurückgeben.«

Als sie in ihren Clio stieg, klingelte das Handy. Es war Brigadier Escoubet. »Commissaire, ich habe einen Kollegen von Mesneux ausfindig gemacht. Ich halte ihn hier noch ein bisschen fest, aber es wäre besser, Sie würden ihn sehen, bevor er völlig hinüber ist: Wir sitzen in einem Bistro, im Melting-Potes, Rue des Trois-Bornes, im 11. Arrondissement.«

Aus den heiligen Hallen ins Melting-Potes – das gehörte zu den Freuden ihres Polizeiberufes. Viviane setzte ihr Blaulicht aufs Dach und fuhr die Quais entlang.

Die Fassade des Bistros bekannte bereits Farbe: Sie war lila bis weinrot. In einer Ecke saß ein Obdachloser mit krebsrotem Gesicht, versunken in einem Mantel, der einmal braun gewesen sein musste. Er süffelte langsam ein bauchiges Glas Rosé und schaute Escoubet zärtlich und tief in die Augen.

Der Brigadier empfing die Kommissarin lachend. »Ich habe ihn gebeten, sich zu gedulden, nun hat er doch schon angefangen zu erzählen. Aber der Typ hat sowieso auf Wiederholung gestellt, erzählt alles dreimal.«

»Der Typ! Ich bin kein Typ, ich bin Pitän«, lallte der Obdachlose. »Pitän, weil früher war ich Ka-pitän in der Fremdenlegion.«

Er hatte den schönsten Zustand des Rausches erreicht – wenn man zwar noch die Kontrolle über seine Zunge hatte, aber nicht mehr über das, was man sagte. So würde die Unterhaltung leichter sein.

»Also, Pitän, Sie kennen Pascal Mesneux?«, versuchte Viviane ihm auf die Sprünge zu helfen.

»Nee, kenn ich nich. Keiner kennt einen Mesneux. Wir haben ihn alle Victor Hugo genannt. Und ich, ich bin Pitän, weil ich früher ...«

»Ja, Commissaire«, unterbrach Escoubet. »Glücklicherweise hatte ich das Foto aus dem Buch dabei, so konnte ich ...«

»Victor Hugo und ich, wir haben uns im Obdachlosenheim kennengelernt«, sagte der Obdachlose wieder, »bei der Heilsarmee, Rue Bouret, sehen Sie. Wir haben uns dort jeden Dienstag zum Duschen getroffen.«

Viviane nickte, als wüsste sie Bescheid. Man musste diesen Typen ermuntern, der Satz war lang gewesen, er schien erschöpft. »Möchten Sie etwas trinken?«

»Ich würde noch einen Rosé nehmen. Nicht, dass ich den mag, aber Roten darf ich nicht mehr, hab eine Entziehungskur gemacht.«

Viviane rief den Kellner. »Einen Rosé und einen Blanc gommé.«

»Ah, Sie waren eine Freundin von Victor Hugo, Sie wollen Seiner damit gedenken.«

»Wieso sagen Sie *gedenken?* Wissen Sie, dass er tot ist?«

»Man sieht, dass Sie noch nie Platte gemacht haben, Madame. Immer wenn einer von uns hopsgeht, weiß man's überall, was anderes haben wir uns ja nicht zu erzählen. Die Nachricht geht um, auf den U-Bahnsteigen, in den Obdachlosenheimen.«

»Hat Sie das traurig gemacht, waren Sie gut miteinander befreundet?«

Der Blanc gommé war eine abstoßende Erfindung. Viviane schob das Glas mit einer Grimasse von sich, nachdem sie davon probiert hatte.

Pitän verstand das als Aufforderung und leerte es in drei Zügen, während er erklärte: »Zwischen uns gibt es keine wirkliche *Freundschaft*. Man tut sich zusammen, nur um sich weniger blöd zu fühlen, wenn man säuft oder mit sich redet. Oder um sich nicht ausrauben zu lassen, wenn man schläft. Victor Hugo, der hat sein eigenes Ding gemacht. War aber ein netter Kerl, wir mochten ihn. Er hatte immer Zeit für einen Plausch, wenn wir ihn trafen, und er hat uns immer einen Schluck angeboten. Armer Kerl.«

Es herrschte ein kurzes Schweigen, Pitän schien ganz versunken in die Tiefen seiner Predigt. Plötzlich tauchte er wieder auf. »Armer Kerl, armer Kerl, aber, hey, trotzdem sehr reich, der Victor Hugo.«

»Sehr reich? Sind Sie sicher?«

»Ja, sehr reich. Der Beweis: Er hatte fast nie etwas bei sich. War irgendwie merkwürdig, dieser Typ. Zum Beispiel sah man ihn nie mit einem Schlafsack oder einer Decke, brauchte er nicht, hatte seine Wohnung Avenue Victor Hugo. Können Sie sich das vorstellen? Eine eigene Wohnung, in einer Straße, die deinen Namen trägt, da muss man ganz schön Schotter haben.«

Pitän enttäuschte Viviane. Sie hatte sich einen bockigen, widerspenstigen Typen vorgestellt, dem sie mit psychologischen Tricks auf die Sprünge helfen musste, stattdessen hatte sie einen Schnapsbruder vor sich sitzen, der so geschwätzig und krankhaft verlogen war wie ein Schauspieler, wenn er im Fernsehen seinen Film vorstellt. »Vielleicht hat er das nur so erzählt, Pitän, meinen Sie nicht?«

»Sehr reich, ich sag es Ihnen. Sehen Sie, zum Beispiel neulich am Freitagmorgen, da hab ich ihn im Viertel von Les Halles getroffen. Er war schon völlig blau, wollte mich ins Bistro einladen. ›Ich hab was zu feiern, ein großes Ding, ein Haufen Kohle mit dem hier drin‹ und zeigte auf seine Tasche. Sollte man nie erzählen so was, wird man leicht ausgeraubt. Dann meinte er noch: ›Heute werde ich in die Académie Française aufgenommen.‹ Ich wollte noch bei ihm bleiben, um zu sehen, ob's stimmt. Aber er wollte lieber alleine gehen. Hat mir einen Rosé spendiert und sich aus dem Staub gemacht.«

»Und das ganze Geld, wissen Sie, wo das herkam?«

»Vielleicht aus den Rechten von den Gedichtbüchern, die er geschrieben hat, als er Professor war. Hat man Ihnen das gesagt, dass er Professor an der Sorbonne war?«

Kapitel 4

Die Kommissarin spendierte dem Obdachlosen einen letzten Rosé und ging mit Escoubet hinaus. Der Frost war noch genauso beißend und Vivianes Füße seit der Warterei am Quai Conti noch immer nicht aufgetaut. Sie schlug dem Brigadier vor, in der Nähe mit ihr zu Mittag zu essen und danach gemeinsam mit ihm in die Avenue Victor-Hugo zu fahren. Er war sehr angetan, alle ihre Männer gingen gerne mit ihr essen, sie hatten ihr einmal gesagt warum: Sie aß mit gutem Appetit und redete, wie ihr der Schnabel gewachsen war. Ein Männerkompliment.

»Wenn Sie Paella mögen, Commissaire, am Ende der Straße ist ein kleines Restaurant, das heute welche auf der Karte hat.«

Der eisige Wind war unerträglich, Viviane war bereit, alles Mögliche zu mögen, Hauptsache, sie musste dafür nicht weiter gehen als bis zum Ende der Straße.

»Escoubet, glauben Sie an diese Geschichte mit dem sehr reichen Penner, der eine Wohnung in der Avenue Victor Hugo hat?«

»Nicht mehr als an seine Aufnahme in die Académie Française. Das ist Quatsch! Oft werden Penner genau darum Penner: nur um sich ein Leben auszudenken und davon zu erzählen, ohne dass man sie unterbricht. Pitän zum Beispiel, ich bin mir sicher, dass der nicht *Kapitän* war. *Kaporal* vielleicht, aber mehr nicht. Und Mesneux, wetten, der war nie Professor an der Sorbonne?«

»Sie haben gewonnen. Aber trotzdem war in der Tasche ein Umschlag von einem gewissen Wert, vielleicht ein ›Haufen Kohle‹. Jedenfalls hat ihn das umgebracht, den Armen. Und wegen der Avenue Victor Hugo: Da drehen wir heute Nachmittag eine Runde, um die Sache zu überprüfen.«

Das Restaurant war fast voll. Man setzte Viviane und Escoubet an den letzten freien Tisch, genau neben der Tür. Wenige Minuten später traten neue Gäste ein und warteten, genau vor dem Tisch der Polizisten. Viviane ärgerte sich darüber, sie hätte sich mehr Diskretion gewünscht, sie wollte nämlich wissen, was der Brigadier von dem neuen Lieutenant hielt.

Verlegen hob er die Arme: »Klar, er kann Rambert nicht ersetzen, aber er ist kein schlechter Kerl. Sympathisch, motiviert. Ein guter Anfänger, ein Schlauer, der ein bisschen zu sehr auf schlau macht, wenn Sie verstehen, was ich meine. Er ist noch grün hinter den Ohren, aber das vergeht mit der Zeit, wenn er erst mal eine Frau und Kinder hat.«

»Und jetzt, im Moment, hat er eine Lebensgefährtin?«

»Ob er mit ihr lebt, weiß ich nicht, aber eine Freundin hat er. Wie ich verstanden habe, ist sie Reporterin bei *20 minutes*.«

»Reporterin! Also der ist wirklich noch grün hinter den Ohren. Der Idiot! Pff …«

Sie hatte zu schnell mit dem Thema abgeschlossen, nun würde es schwierig sein, noch einmal einzusteigen, denn Escoubet ritt schon auf seinem Lieblingsthema herum, den Pferdewetten vom Sonntag. Dieses Mal hatte er auf das Hochzeitsdatum seiner Eltern gesetzt, allerdings stimmte der Monat nicht. Bis auf ein Pferd hatte er alle richtig gesetzt. »Ist doch wirklich ärgerlich, oder?« Viviane gab ihm recht, und Escoubet blähte stolz die Brust über so viel Pech.

Man brachte die große Paella-Platte für zwei Personen, die Karaffe mit Cahors, und die Kommissarin entspannte sich: Jetzt konnten sie beieinandersitzen, ohne zu reden. Die gute dicke Anwesenheit von Escoubet genügte zu ihrem Glück.

Vivianes Handy klingelte. Sie hob ab, hörte zu und sah dabei den Brigadier an, während sie eine Adresse auf die Papierserviette kritzelte. Escoubet hatte sich schon treuselig erhoben. Er hatte begriffen, dass es keine Paella für ihn geben würde. »Ich schicke ihn vorbei«, schloss sie das Gespräch, bevor sie erklärte: »Lieutenant Juarez hat Tolosa beim Essen in einem Couscous-Restaurant gesehen, in der Nähe von Denfert-Rochereau. Er braucht einen erfahrenen Kollegen wie Sie zur Festnahme. Ich würde gerne selbst gehen, aber Tolosa kennt mich, er würde mich schon von Weitem erkennen. Tut mir leid, Escoubet, war trotzdem nett mit Ihnen, dieses Mittagessen.«

Murrend ging der Brigadier hinaus. Viviane rannte ihm hinterher, um ihm die Serviette mit der Adresse zu geben, die er vergessen hatte. Zurück an ihrem Tisch fühlte sie sich plötzlich alleine, schrecklich alleine, angesichts dieser Riesenportion Paella. Erst am Morgen hatte sie mit einer eiweißreichen Diät begonnen und die Frühstückseier lagen ihr noch schwer im Magen. Noch vor zehn Minuten hätte sie freudig eine Ausnahme erlaubt, nun stand ihr der Sinn nach Salat. Sie pickte sich wenig begeistert die Garnelen heraus, die, wie sie fand, säuerlich nach Kühlschrank schmeckten, die Muscheln, irgendwie scharf, und Teile des Hühnerfleischs, zu trocken. Die Chorizo-Scheiben waren sauer und speckig, der Reis schmeckte widerlich. Sie bat um die Rechnung und machte sich auf in die Avenue Victor Hugo.

Bei der Étoile angekommen, erhielt sie einen Anruf von Juarez und Escoubet. Tolosa war ihnen durch die Lappen gegangen. Als sie aus dem Restaurant kamen, mussten die drei Komplizen des Verbrechers die beiden Bullen auf dem Gehweg gegenüber erspäht haben. Wer sonst, wenn nicht ein paar Bullen, standen bei der Kälte dumm auf dem Gehweg herum? Einer der drei lief zurück, um Tolosa zu warnen, der dann durch den Kücheneingang flüchtete.

»Gut, wenn das so ist, Escoubet, kommen Sie in die Avenue Victor Hugo nach. Ich fange schon mal an, Sie übernehmen dann, wenn Sie da sind.«

In der Avenue Victor Hugo war es noch frostiger als im 11. Arrondissement. Viviane hoffte nur eines, nämlich dass man ihr ein Dutzend Mal sagen würde: »Nein, diesen Typen haben wir nie gesehen«, nachdem sie das Foto des Penners herumgezeigt hätte, um dann ins Büro zu fahren und den Nachmittag im Warmen zu verbringen.

Aber an diesem Tag ging alles schief. Der erste Befragte, ein Händler am oberen Ende der Straße, betrachtete das Foto und nickte dann. »Den trifft man oft, spätabends oder frühmorgens.« Viviane lief die Avenue weiter ab, trug immer mehr positive Antworten zusammen, je weiter sie die Straße nach unten lief. Ja, Pascal Mesneux sei hier aus dem Viertel. Er sei kein bunter Hund, aber fast. Man kenne ihn vom Sehen, er spreche mit niemandem, er störe nicht, er gehe vorbei. Man wisse nicht, wo er wohne.

Es wurde immer kälter, und Escoubet kam nicht. Die Kommissarin versuchte ihn anzurufen, aber er meldete sich nicht.

Endlich rief der Brigadier zurück: »Ich habe in der Straße einen der drei Kerle gesehen, die mit Tolosa am Tisch saßen. Ich bin ihm gefolgt, er ist in die Metro eingestiegen und bei Plaisance ausgestiegen. Jetzt gerade wartet er vor dem Krankenhaus Saint-Joseph. Was soll ich machen? Soll ich ihn festnehmen?«

»Nein, er könnte uns zu Tolosa führen. Beschatten Sie ihn weiter.«

Viviane war schon seit einer Stunde drauf und dran ins Kommissariat zurückzufahren und den Rest der Avenue Victor Hugo ihren Männern zu überlassen. Aber irgendetwas sagte ihr, dass ihre Anwesenheit an diesem Nachmittag, bei diesem Wind und in dieser Kälte für die weiteren Ermittlungen von Bedeutung sein würde. Sie verließ sich stets auf ihr Gefühl, also machte sie dort weiter, wo sie war.

Sie befragte die Concierges jedes dieser ansehnlichen

Häuser. Man betrachtete sie argwöhnisch: Zwar hatte man an diesen Orten gerne Polizisten um sich, aber nicht im eigenen Haus. Man wich beim Sprechen ihrem Blick aus, suchte die Unterhaltung abzukürzen. Ja, dieser Typ wohne wahrscheinlich in der Gegend, aber nicht in einem Haus wie diesem hier, nein, nicht hier, jemand wie er passe nicht hierher. Viviane trat aus überheizten Hausmeisterlogen in eisig kalte Vorhallen. Draußen war es noch schlimmer, es graupelte heftig. Sie fühlte sich immer kränker. Das Fieber stieg, das Essen wollte nicht hinunter. Würgereiz zwischen den Hustenanfällen.

Als es Nacht wurde, hatte Viviane über fünfzig Häuser abgeklappert und war resigniert: Pascal Mesneux war jeden Morgen und Abend die Avenue entlanggegangen, wie ein armes Kind vor den Weihnachtsauslagen der Geschäfte, er mochte die Atmosphäre, wusste aber auch, dass nichts davon für ihn war. Victor Hugo war ein Fremder in Victor-Hugo. Später würde sie einen ihrer Männer losschicken, um die restlichen Häuser abzuklappern, aber sie machte sich wenig Hoffnung.

Sie ging nach Hause und legte sich mit klappernden Zähnen ins Bett. Sie erfreute sich einer sehr guten Gesundheit und war an Viren und Bakterien nicht gewöhnt, in Krankenhäuser ging sie nur nach Arbeits- oder Sportunfällen. Das Eindringen einer Krankheit in ihren Körper schien ihr entwürdigend, und sie sah sich in dieser Nacht hinabsteigen in die tiefsten Gefilde der Schande. Lange Nacht der Grausamkeit: Der Husten ließ sie nicht schlafen, der Brechdurchfall setzte ihr zu, und sie musste regelmäßig aus dem Bett, um geleert wieder hineinzusteigen, übellaunig und torkelnd von dem Fieber, das sich zu aller Freude noch dazugesellt hatte.

Donnerstag, 24. Januar

Was bei Morgengrauen von der Kommissarin nach Erbrechen und Durchfall noch übrig geblieben war, war nur noch ein Körper mit 41° Fieber. Sie rief den Notarzt, schaltete das Handy aus, legte den Telefonhörer neben den Apparat und rollte sich wieder unter ihrer Decke ein, um besser zu sterben. Sie wunderte sich, noch am Leben zu sein, als es an der Tür klingelte.

Der Arzt untersuchte sie, es schien ihm lästig, als dürfe man ihn unter 42° nicht stören. Es sei nur eine Bronchitis in Verbindung mit einer üblen Lebensmittelvergiftung. Er wollte genau wissen, was sie gegessen hatte. Die Beschreibung der Paella versetzte ihn in Staunen: Wie konnte eine Frau nur freiwillig solche Dinge zu sich nehmen!

Eine Stunde später, als Viviane ihre hilfsbereite Etagennachbarin mit einem Dutzend Schachteln Nifuroxazid, Loperamid und Acetylsalizylsäure aus der Apotheke zurückkehren sah, hatte sie eben noch Kraft genug, um mit dünner Stimmer im Kommissariat anzurufen, auf Monot zu treffen, ihm ihre Lebensmittelvergiftung anzukündigen und ihn darüber zu informieren, dass sie vor übermorgen nicht würde kommen können. Dann versank sie in Schlaf.

Kurz nach zweiundzwanzig Uhr wachte Viviane auf. Sie fühlte sich nicht geheilt, nur etwas weniger tot. Gerade genug, um im Fernsehen die Spätnachrichten anzuschauen. In diesem Moment bedauerte sie, überlebt zu haben.

Die Moderatorin sprach soeben mit einem Journalisten, der vor der Académie Française stand. Man merkte ihm deutlich die Ungeduld eines Taugenichts an, der mit seiner Schleuder gleich auf eine Ming-Vase zielen würde: die boshafte Freude am Beschädigen des Heiligen.

»Jean-Didier, heute Morgen hat es also in der Académie Française einen ganz und gar ungewöhnlichen Zwischenfall gegeben …«

»Ja, Mathilde, so ist es, ganz und gar, haha, ungewöhnlich. Offiziell gibt es von der ehrwürdigen Institution keine Stellungnahme. Aber von einem Akademiemitglied, das uns *sehr vertraulich* informiert hat – es bittet darum, anonym zu bleiben –, wissen wir alles, haha, über diesen Zwischenfall, äh, diesen ganz und gar ungewöhnlichen Zwischenfall. Ich weiß nicht, ob das Berufsethos mir erlaubt …«

»Nur zu, Didier, nur zu …«

»Also, da Sie darauf bestehen: Gestern hat eine Kriminalkommissarin hier in der Académie einen Brief zu Händen des Dichterfürsten abgegeben. Da man nicht wusste, wem man ihn geben sollte, wurde der Brief heute Morgen, noch verschlossen, in die Wörterbuchsitzung gebracht. Der alte Armand de Lalande, dessen freie Verse jeder kennt, hat ihn gegriffen und als Ältester der Académie-Dichter das Recht für sich in Anspruch genommen, ihn zu öffnen. Aber Félicien Driscoll, der berühmte Prosadichter, war der Meinung, dass ihm dieses Recht zustünde, da er am längsten Mitglied sei. Dagegen protestierte wiederum Jean Matsuyama, der Virtuose des Alexandriners, in dessen Augen nur ein klassischer Dichter als Dichterfürst bezeichnet werden könne. Also hat er Armand de Lalande den Umschlag aus den Händen gerissen, der sich mit Stockschlägen wehrte, und dabei Félicien Driscoll an der Augenbraue verletzte, als der dazwischenfahren wollte. Ein Ordnungshüter musste eingreifen, um diesem ganz und gar ungewöhnlichen Zwischenfall ein Ende zu setzen: eine Schlägerei und Blut in der Académie!«

»Und ist Ihnen bekannt, was der Umschlag enthielt?«

»Leider nein, mein Informant konnte es mir nicht sagen.«

»Nun, aber ich kann das; nächster Beitrag. Wir begeben uns nun in das Kommissariat, aus dem besagter Brief kam.«

Viviane spürte das Fieber wieder in sich aufsteigen. Dieser bekloppte Augustin Monot erschien jetzt auf dem Bildschirm, in der Hand ein Blatt.

Ein heiterer Journalist befragte ihn: »Sie sind Lieutenant Monot von der Kripo. Wenn Sie uns bitte sagen könnten, was es mit diesem Umschlag auf sich hat, der einen solchen, haha, ganz und gar ungewöhnlichen Zwischenfall zur Folge hatte, von dem alle Welt spricht.«

Monots Gesicht wurde ernst, würdevoll. Viviane hatte ihn noch nie in dieser Rolle als Charakterschauspieler gesehen, er war großartig.

»Zunächst würde ich Sie bitten, die Sache nicht auf die

leichte Schulter zu nehmen. Dieser Umschlag hat schon einen Toten auf dem Gewissen, nämlich den Obdachlosen, der ihn bei sich hatte. Man hat ihn ermordet, als er auf dem Quai Conti ankam. Der Inhalt dieses Umschlags ist ein Sonett, das ich Ihnen vorlesen werde.« Er las kaum ab. Er schien es auswendig zu kennen und sprach nüchtern. »Dieses Gedicht«, begann er, »trägt den Titel *Die Eine, die Andere.«*

Dann rezitierte er mit bebender Stimme:

»Wenn meine Seele das Göttliche ausspuckt, die Schönheit,
Die harmonischen Chöre und die Frauen, zu rein,
Mein Geschirr über einen finstren Pfad sie geleit'
Zu der Hütte voll Dunst von Vanille und Wein.«

»Großartig, das haben Sie glänzend vorgetragen, ich danke Ihnen«, schloss die Moderatorin.

»Es ist noch nicht zu Ende«, fuhr Monot mit einem vielversprechenden Lächeln fort:

»Nackt auf dem Bette erwartet mich eine Sklavin
Mit mattem Blick, ihr Körper, prächtig und schwarz, zeigt
willige Haut.
Eine sapphische Unschuld, jüdische Vestalin,
Unter ihrem Korallenmund zittert, sich windet und
faucht.«

Die Kamera hielt wieder auf die Moderatorin, die nach Worten suchte: »Dieses Gedicht ist in gewisser Weise …

ein Aufruf zur sozialen Durchmischung ethnischer Bevölkerungsgruppen, richtig?«

»Nein, nicht wirklich. Ich lese Ihnen weiter vor:

Hüfte und Brust ganz bleich, aus Ebenholz Bauch und Schenkel,
Sind nur noch Wogen eines Begehrens ungeheuer.
Oh Höllengrund, oh spaltbreit geöffneter Tempel!«

Lieutenant Monot holte Luft, er war konzentriert, als würde er die miteinander verschlungene Sklavin und die Vestalin vor sich sehen. Viviane war davon ganz berührt.

»Wir müssen zum Schluss kommen«, fuhr die Moderatorin dazwischen.

»Ich komme zum Ende«, kündigte Monot an. Mit warmer Stimme betonte er jedes Wort:

»Entreißt mir die Seufzer, schürt meine Feuer!
Und ich sehe sich verzehren im Geächz'
Die unfruchtbare Zukunft unseres Menschengeschlechts.«

Es herrschte lange Stille. Das Unwohlsein der Journalistin war deutlich spürbar. Unverblümt stellte sie die Frage, die sie beschäftigte: »Und, was haben wir davon zu halten?«

»Es ist recht gewagt, aber gut geschrieben. Jedenfalls ist es, was ich …«

»Baudelaire! Danke, Lieutenant, wir werden auf diese Sache sicher zurückkommen.«

Viviane hatte das Gedicht nicht gut verstanden, war aber

noch ganz verwirrt von der Wirkung der Stimme, die diese merkwürdigen Verse liebkost hatte. Einstweilen würde auch sie ihre Kommissarinnenstimme ertönen lassen, sehr viel weniger lieblich allerdings. Sie wählte die private Nummer ihres Assistenten, um ihm in gewählten Ausdrücken ihren Ärger beizubringen, aber er hatte sich feige hinter seinem Anrufbeantworter versteckt. Sie gönnte sich zwei Paracetamol 500, löschte das Licht und versuchte, die unfruchtbare Zukunft ihres Menschengeschlechts zu vergessen.

Freitag, 25. Januar

Es war sehr früh am Morgen, als Viviane, noch fiebrig, im Büro ankam, aber dort hatten alle bereits viel früher ihre Plätze eingenommen, als hätten sie ihre unausstehliche Laune vorausgeahnt. Es herrschte eine verlegene Stimmung.

Brigadier Escoubet opferte sich und trotzte ihrer ersten Wut: Tolosas Komplize, dem er bis zum Krankenhaus Saint-Joseph gefolgt war, hatte ihn erspäht und war ihm durch die Lappen gegangen. Mit einem Blick scheuchte sie Escoubet aus ihrem Büro. Da sah sie Monot vorbeigehen und rief ihn mit einem ruppigen »Sie, hierher! Sofort!« zu sich.

Er ließ Viviane keine Zeit zu fragen, sondern erzählte gleich von selbst, mit dem Lächeln eines Abgeordneten: »Ist es wegen der Geschichte mit dem Sonett? Es hat Sie vielleicht überrascht, aber ich hatte so eine Vorahnung, dass es mit der Académie Komplikationen geben würde, und dieser Umschlag war wirklich sehr wichtig für uns. Also hab ich's gemacht wie früher, als ich klein war, um heimlich die Briefe der Auserkorenen meiner Schwester zu lesen. Bevor Sie vorbeigekommen sind, hatte ich den Umschlag über einen dampfenden Topf gehalten, damit der Klebeverschluss sich löste, den Inhalt kopiert und dann wieder verschlossen.«

»Und? Was war drin?«

»Das Manuskript des Sonetts, Commissaire. Aber kein Original, eine simple Fotokopie. Ich habe die Fotokopie fotokopiert.«

»Holen Sie das mal her.«

Auf dem Weg zurück zu ihr sah Viviane ihn mit den anderen Männern der Truppe leise sprechen. Sie verheimlichten etwas vor ihr.

Endlich betrat er wieder ihr Büro, und sie sah sich das Blatt an, ohne genau zu wissen, wonach sie suchen sollte. Die Schrift war alt, mit großen geschwungenen Schnörkeln. Das Papier sah abgewetzt aus, mit kleinen Flecken im Hintergrund. »Ist es das, was Sie gestern gelesen haben? Und war Ihnen das nicht peinlich, so einen Text vor aller Welt vorzulesen?«

»Aber Commissaire, das ist doch nicht schlimmer als das, was ein zehnjähriges Kind zur Primetime im Fernsehen sehen kann.«

»Doch doch, Geschichten von Lesben, schwarzen und jüdischen Frauen, und außerdem noch von Religion, bringen schnell Probleme mit sich. Was hat es eigentlich mit diesem spaltbreit geöffneten Tempel auf sich?«

»Oh, Commissaire, muss wirklich ich, als Mann, Ihnen das erklären? Der *Tempel* einer Frau … ein geschützter Ort, an den nur die Getreuen geladen werden, äh, verstehen Sie, was ich meine? Nun, dieser Tempel öffnet seine Tore manchmal einen Spaltbreit.«

Monot warf ihr ein Lächeln zu, das sie vor Scham erröten ließ. Er schaute sie genauso an wie dieser Dreckskerl von Ludovic, als es Ludovic noch gab. Ein mieser Ausdruck von Überheblichkeit und Mitleid. Dafür würde er büßen.

»Jedenfalls haben Sie das gestern schön gelesen, Lieutenant.«

Der junge Monot plusterte sich auf, gleich würde er gurren wie ein Täubchen, der Kleine.

Sie fuhr fort: »Nur eine Frage: Finden Sie das normal, Beweisstücke zu öffnen, um Ihre Show vor Kameras abzuziehen?«

»Aber Commissaire, die Journalisten waren da, der Sekretär der Académie hatte ihnen gesagt, wo Sie zu finden waren. Sie waren nicht erreichbar, und ich dachte, man müsse das Recht auf Informationsfreiheit respektieren.«

»Da haben Sie falsch gedacht, Monot. Im Strafrecht gibt es kein Recht auf Informationsfreiheit. Das ist eine Erfindung der Journalisten, dieses Recht, Ihren Kühlschrank durchwühlen zu können, um den Inhalt in den Blechnapf ihrer bulimischen Kunden zu schütten.«

»Aber Commissaire, so kann man heutzutage nicht mehr denken. Man muss die Zeichen der Zeit erkennen.«

»Sie haben ganz recht, gehen Sie zur Schutzpolizei, da können Sie die Zeichen der Zeit besser erkennen. Schreiben Sie mir einen Antrag auf Versetzung, ich werde ihn unterstützen und Sie für die Verkehrspolizei empfehlen. Da können Sie an den Kreuzungen Zeichen haben, so viel Sie wollen.«

Das Klingeln des Handys unterbrach ihren Wutausbruch. Es war der allmächtige leitende Kriminaldirektor. Er wusste, dass er im Hauptkommissariat von allen der Allmächtige gerufen wurde, er fand das lustig. Er fand überhaupt alles komisch. »Ah, meine kleine Viviane …«

Commissaire Lancier hieß, es war jemand in seinem Büro. War er allein, sagte er *meine kleine Viviane*, wie damals, als sie als Praktikantin in Marseille für ihn arbeitete.

Er fuhr zärtlich fort: »Ich bin froh, mit Ihnen sprechen zu können. Ich hatte befürchtet, Sie müssten Ihr Handy im Krankenhaus ausschalten. Froh vor allem, dass Sie noch unter den Lebenden sind.«

»Im Krankenhaus, Herr Kriminaldirektor?«

»Ja, ich habe das in *20 minutes* gelesen. Dann sind Sie also gesund und munter?«

»Aber, Herr Kriminaldirektor, wovon sprechen Sie?«

»Von dem Vergiftungsversuch, dem Sie gerade entkommen sind.«

Sie hörte einen entfernt klingenden Dialog, die Stimme des Allmächtigen, der »Natürlich, geben Sie ihn mir« antwortete und dann sagte: »Entschuldigen Sie, Commissaire Lancier, ein dringender Anruf auf der anderen Leitung, ich rufe Sie zurück.«

Kapitel 5

Viviane rief Lieutenant Monot zu sich zurück.

»Da Sie noch in meinen Diensten stehen, holen Sie mir die Ausgabe der *20 minutes.*«

Der Lieutenant kam bald wieder, mit gesenktem Kopf. »Ich erkläre Ihnen das, Commissaire.«

»Seien Sie ruhig, lassen Sie mich lesen.«

Mit der Überschrift »Tödliches Sonett« beschrieb der Artikel den Versuch, Kommissarin Viviane Lancier zu vergiften, jene Kommissarin, die den Umschlag in die Académie Française gebracht und damit die Auseinandersetzung ausgelöst hatte. Ein Absatz erinnerte daran, dass Pascal Mesneux, der dieses Dokument noch vor ihr dort hatte hinterlegen wollen, umgebracht worden war. Würde die Kommissarin besser davonkommen? Die Ärzte konnten noch nicht sagen, wie ihre Überlebenschancen standen.

Weil man nicht genügend Material gefunden hatte, um die drei Spalten unter der Überschrift zu füllen, hatte man ein Foto hinzugefügt, das dem gestrigen Nachrichtenbeitrag entnommen war, als Lieutenant Augustin Monot vor den Kameras das Gedicht rezitierte. Endlich begriff Viviane, warum ihre Männer seit heute Morgen so verlegen waren. Keiner war bereit gewesen, sich aufzuopfern und ihr davon zu erzählen.

»Jetzt erklären Sie's mir, Monot. Erklären Sie mir, dass Sie nichts damit zu tun haben.«

Sie hoffte inständig, Monot möge nichts damit zu tun haben.

»Ich habe eine Freundin, die bei *20 minutes* arbeitet, ich war gestern mit ihr verabredet. Aber da Sie nicht da waren, um das Fernsehteam zu empfangen, habe ich dieser Freundin abgesagt. Ich habe ihr erklärt, dass ich Sie vertreten muss, weil Sie Opfer eines Vergiftungsanschlags geworden sind. Ich zog es vor, keine Details auszuplaudern, um nicht indiskret zu sein. Sie fragte mich, wie ernst es sei. Um nicht genauer werden zu müssen, habe ich geantwortet, dass man darüber noch nichts sagen könne. Die Redaktion hat meine Ausführungen falsch ausgelegt. So einfach ist das.«

Betrübt sah sie ihren Assistenten an: Ein Typ, der solche Katastrophen auslösen konnte und dabei alles *so einfach* fand, der würde ihr fehlen. An wem würde sie sich dann abreagieren können?

Er war traurig, das arme Mäuschen, er schien zu überlegen, wie er sich entschuldigen könnte. Noch besser war, dass ihm tatsächlich etwas einfiel: »Jetzt hätte ich beinahe das Wichtigste vergessen! Mir ist es gelungen nachzuvollziehen, was Mesneux am Tag seines Todes gemacht hat: Er war in jedem Bistro, das hinter dem McDonald's liegt, in jedem zwischen der Rue Boétie und Les Halles, immer an der Rue du Faubourg-Saint-Honoré entlang, und er ist nicht unbemerkt geblieben. Anfangs blieb er noch auf diesem Weg, ich habe die Namen, das Charlie Birdy, die Brasserie Boétie, das Griffon …«

»Ich will von Ihnen keine Bestandsaufnahme der Bars, Monot, ich will von Ihnen wissen, was er dort gemacht, was er gesagt hat.«

»Was er gemacht hat? Was man eben so macht in einer Bar, er hat gezecht. Blanc gommé, wenn es welchen gab, sonst Muscadet. Jedes Mal, wenn er reinkam, rief er: ›Heute wird Victor Hugo in die Académie Française aufgenommen!‹, das hat ihn zum Lachen gebracht. Er wollte die Kunden dazu einladen, das mit ihm zu feiern, aber die waren davon nicht sehr begeistert, ist nicht so üblich in dem Viertel. Jedenfalls schien er eine Menge Schotter zu haben. Von seinem Weg ist er nur abgewichen, wenn nicht genügend Bars da waren: Ich habe noch das Musset in der Rue de l'Échelle, die Rotonde des Tuileries in der Rue des Pyramides …« Monot stockte kurz und merkte, dass er im Begriff war, vom Thema abzukommen. »Das alles, um zu sagen, dass er immer betrunkener wurde. Er lallte, wenn er seinen Witz von der Aufnahme in die Académie erzählte, er brüllte die Kunden an, die nicht mit ihm anstoßen wollten, er wurde aufbrausend und beteuerte, man solle ihn nicht für einen armen Schlucker halten. Man hat ihn mehrmals vor die Tür gesetzt. Gegen Mittag hat man ihn in verschiedenen Bistros in der Nähe von Les Halles gesehen. Danach nichts mehr.«

Viviane nickte. »Da haben Sie gute Polizeiarbeit geleistet, Monot. Nicht zu verkopft, viele Fakten. Das wird Ihr letzter Job bei der Kripo gewesen sein. Es ist gut, Sie werden uns in guter Erinnerung bleiben.«

Das Telefon klingelte. Es war noch einmal der Allmächtige. Die Kommissarin schickte Monot mit einer Handbewegung hinaus.

»So, meine kleine Viviane, das ist verdrießlich für Sie, die Sie keine Öffentlichkeit mögen. Gerade habe ich mit dem Büro des Premierministers gesprochen.«

Was der Allmächtige Viviane gerade erklärte, war in der Tat verdrießlich: Der Premierminister sei über den Artikel in *20 minutes* informiert worden. Er habe sich sogar heute Morgen darauf berufen, als er, bei einer Fahrt nach Lyon, vor dem neuen Jahrgang der Polizeischule in Saint-Cyr-au-Mont-d'Or eine Rede über die Schönheit und die Gefahren des Berufs gehalten habe. Er habe Kommissarin Viviane Lancier als Vorbild zitiert und einen Applaus für dieses heldenhafte Opfer eines kriminellen Vergiftungsanschlags eingefordert. Zum Schluss sei er von France 3 interviewt worden und dabei auf diese junge Kommissarin zurückgekommen, die in diesem Fall mit dem Gedicht gegen den Tod kämpfte. Er habe versprochen, dass man die Schuldigen finden würde und daraus sein *persönliches Anliegen* gemacht – das machte er immer so: Jeder Fall, der einige Millionen Wähler interessieren könnte, wurde vom Premierminister zu seinem persönlichen Anliegen gemacht.

»Herr Kriminaldirektor, darf ich Sie unterbrechen, aber das ist ein Schuss in die falsche Richtung. Ein Fehler der

Presse: Es handelt sich um eine einfache Lebensmittelvergiftung, ich bin schon wieder zurück auf meinem Posten.«

Der Allmächtige gönnte sich eine lange Pause des Nachdenkens und legte dann dar, jedes Wort betonend, dass es sich, nein, nicht um einen Fehler seitens der Presse handeln könne. Die Presse hasse es, Fehler zu machen. Tue sie es dennoch, ließe sie sich die Fehler teuer bezahlen. Würde man die Information korrigieren, riskiere man, den Premierminister in eine delikate Lage zu bringen, und die satirische Wochenzeitung, der *Canard enchaîné*, hätte etwas zu lachen. Das käme nicht infrage. Der Allmächtige redete ihr süßlich zu: »Geben Sie sich einen Ruck, Viviane, schauen wir uns diese Geschichte noch einmal ganz unbefangen an: *Wenn* – ich sage wenn – man Sie vergiftet hätte, wie wäre das dann vor sich gegangen?«

Die Kommissarin berichtete ihm ausführlich von der widerlichen Paella, von Escoubets Aufbruch, und der Allmächtige schien sich brennend dafür zu interessieren. Er wollte Details, fragte nach ihren Leiden in der Nacht, und Viviane erinnerte sich daran, dass ihr Kriminaldirektor ein begeisterter Toxikologe war.

Dementsprechend fachmännisch schloss er: »Nun, meine kleine Viviane, Ihr Fehler im Urteil liegt auf der Hand. Ein Krimineller, der Ihnen gefolgt ist, hat getan, als warte er, und sich im Restaurant vor Ihren Tisch gestellt. Er hat die Tatsache genutzt, dass Sie kurz hinausgegangen und Escoubet nachgelaufen sind, um das Gift schnell über Ihr Essen zu kippen. Aber Sie hatten verdammt viel Glück: Das Gift war falsch dosiert, Sie haben die Paella kaum angerührt und verfügen über eine gute Gesundheit. Also haben Sie überlebt.«

»Herr Kriminaldirektor, ich versichere Ihnen, ich war einfach nur krank.«

»*Vergiftet*, sage ich Ihnen. Im Übrigen kann ich Ihnen auch sagen, dass Sie mit Rizin vergiftet wurden, die Symptome sind eindeutig: Ich höre Sie sogar husten. Rizin ist furchtbar, es ist sechstausendmal giftiger als Cyanide und zwölftausendmal giftiger als das Gift einer Klapperschlange. Sie haben Glück, dass Sie das überlebt haben!«

»Aber Herr Kriminaldirektor, warum sollte mich jemand vergiften wollen?«

»Haben Sie die Zeitung nicht gelesen? Weil Sie an dem Fall des Sonetts arbeiten, das man der Académie gebracht hat! Ein Mord – so geheimnisvoll wie das Sonett selbst, sehr schöner Fall, den Medien wird das gefallen, der Öffentlichkeit auch. Haben Sie mich verstanden, Viviane, man hat Sie vergiftet und basta, Sie werden doch nicht meinem Urteil widersprechen! Das wird von nun an die offizielle Version sein, die Sie vor den Medien und vor Ihren Männern vertreten werden, und Sie würden mir einen Gefallen tun, nicht davon abzurücken.«

»Wenn das so ist, müsste der Fall eigentlich an das Sonderdezernat für Schwerverbrechen vom Quai des Orfèvres gehen. Soll ich die Geschichte vor denen auch so vertreten?«

Wieder langes Schweigen und noch längeres Nachdenken. Viviane hörte den Allmächtigen atmen. Er schien genervt, ziemlich genervt. »Nein, Viviane, das wird nicht nötig sein. Je weniger Leute an dem Fall dran sind, desto besser. Da Sie persönlich davon betroffen sind, möchte ich, dass der Fall bei Ihnen bleibt. Setzen Sie nicht zu viele Leute daran, verstehen Sie?«

»Man könnte die Truppe aus dem Großraumbüro, das direkt an mein Büro grenzt, damit beauftragen. Sieben Leute.«

»Sehr gut, sehr gut! Und jetzt an die Arbeit! Und werden Sie schnell gesund.«

Viviane rief ihre Männer zu sich. In wenigen Worten schilderte sie ihnen die neu gewonnene Wahrheit, wobei sie einen ernsten Ausdruck annahm: Der Allmächtige habe ihr soeben seine Zustimmung erteilt, es sei an der Zeit, ihnen alles zu sagen, sie bestätigte, dass man tatsächlich versucht habe, sie zu vergiften. Man könne nur bedauern, wie alles an die Öffentlichkeit geraten und wie unverantwortlich die Medien damit umgegangen seien, aber es sei nun geschehen. Sie fühlte, wie eine Welle der Verwunderung und Skepsis ihre Schäfchen überkam, aber das war ihr gleich.

»Und wen werden Sie an diesen Fall setzen?«, fragte Lieutenant Juarez.

»Ich werde mich alleine darum kümmern. Ich bin wie der Premierminister, ich mache daraus mein persönliches Anliegen. Noch Fragen? Dann können Sie gehen.«

Monot ging als Letzter, kam dann wieder zurück und schloss die Tür hinter sich. »Commissaire, ich verstehe das nicht, ich war doch derjenige, der *20 minutes* die Information gegeben hat, die dann kolportiert wurde …«

»Ich hatte Ihnen bewusst eine falsche Information gegeben, das konnte selbst die Zeitung nicht wissen. Und so ist aus der falschen wieder eine richtige Info geworden, minus mal minus gleich plus, verstehen Sie? Aber lassen wir das jetzt.«

Monot gab vor, alles verstanden zu haben, obwohl er gar nichts verstanden hatte, und zog sich zurück. Nun war der Fall also besiegelt. Man würde die Akte Mesneux ruhen lassen, man hatte sowieso zu viel Zeit damit verloren, stattdessen sollte man sich ernsthaft auf die Spur von Tolosa setzen: So oft, wie er hier im Viertel unterwegs war, hatte er sicher etwas vor. Man müsste auch versuchen, den Drogenhandel an der Gare Montparnasse anzugehen, es war ärgerlich, dass der so nah am Kommissariat ungestraft vonstatten gehen konnte. Und dann war da noch das Juwelier-Pärchen, das bei Beaugrenelle ermordet worden war, wahrscheinlich ein einfacher Fall, doch auch darum musste man sich kümmern.

Das Kommissariat fand wieder zu der guten Stimmung der vergangenen Wochen zurück, man war geschäftig, reichte sich die Telefongespräche weiter, genau wie die Akten, und man beschimpfte sich.

Gegen sechzehn Uhr machte Vivianes Gedächtnis einen Sprung. »Monot, haben Sie eigentlich das Post-it mit der Adresse, die auf der Rückseite des Umschlags war?«

»Ich muss es weggeräumt haben, ich gehe es holen.«

»Und fahren Sie bei der Académie vorbei, um den Umschlag samt Inhalt abzuholen. So war es vereinbart.«

Wenig später kam er zurück. »Es gibt da ein Problem: Der Sekretär der Sekretärin hat mir zwar wie vereinbart den Inhalt des Umschlags übergeben, aber den Umschlag selbst hat er gar nicht behalten. Das hatten Sie ihm nicht gesagt.«

»Und das Post-it?«

»Das habe ich, glaube ich, verloren.«

»Verloren? Können Sie sich an die Adresse erinnern?«

Man sah, dass er am liebsten im Boden versunken wäre, er schüttelte so heftig den Kopf, dass Viviane beinahe Mitleid bekam.

»Nein, nicht besser als ich, natürlich! Hoffen wir, dass sie Ihnen während Ihres Diensts bei der Verkehrspolizei wieder einfällt.«

Der Lieutenant zog sich im Rückwärtsgang zurück. Langsam genug, um zu sehen, wie Viviane ihre Schublade öffnete und einen großen Mars-Riegel hervorholte.

Sie kaute hektisch und ungläubig darauf herum. Sie wusste, dass in solch angespannten Momenten auch kein Schokoriegel half. Was sie brauchte, war ein Mann. Sie rief Fabien an. Er war nicht Ludovic, noch weniger war er Monot. Er war ihr alter Freund. Seit einigen Jahren geschieden und frei wie Viviane. Mit gelegentlichen Entzugserscheinungen, wie sie. Sie trafen sich ein- oder zweimal im Monat. Als Freunde, zum Abendessen. Auch als Freunde, um miteinander zu schlafen. Es tat gut und verpflichtete zu nichts. Zu nichts anderem als zu Freundschaft.

»Was meinst du, sehen wir uns heute Abend?«

Sie nannten das *sich sehen*. Ja, Fabien hätte Lust darauf, aber nicht heute Abend.

»Morgen passt es besser, Viviane. Bei dir oder bei mir?«

»Bei dir, letztes Mal waren wir bei mir.«

Warum war mit den anderen Männern nicht auch alles so einfach? Sie machte sich wieder an die Arbeit, ruhiger, ließ sich von der sanften Geschäftigkeit ihres Berufs davontragen. Da klingelte schon wieder das Telefon; alleine dieses »Guten Tag«, schrecklich weiblich, höflich, autoritär, sagte ihr, dass ihre Verschnaufpause ein Ende gefunden hatte.

»Guten Tag, mein Name ist Priscilla Smet, vom Innenministerium. Priscilla Smet, der neue head of public relations unseres Ministers.«

Der head of public relations. Eine Frau, die sich so vorstellte, konnte nur eine Pest sein. Noch schlimmer als eine Leiterin der Öffentlichkeitsarbeit.

»Ich möchte mit Ihnen gerne über Ihren Lieutenant sprechen«, fuhr sie fort, »der junge Mann, der gestern Abend im Fernsehen war.«

Zwanghaft und desillusioniert zog Viviane ihre Schublade auf: Es waren keine Schokoriegel mehr da. Nicht einmal ein Twix oder ein Bounty. »Ich bin untröstlich, es war nicht vorgesehen, dass Lieutenant Monot Interviews gibt, ich werde es Ihnen erklären.«

»Sie müssen mir gar nichts erklären. Das Unvorhergesehene hat alles sehr schön hingebogen. Ihr Lieutenant Monot ist wunderbar, mit seinem unwiderstehlichen Äußeren und seinem Brad-Pitt-Lächeln. Unser Minister war ganz hingerissen, ich auch, wir haben mit dem persönlichen Referenten darüber beraten: Wir machen aus ihm den Vorzeige-Bullen der neuen Polizei. Er bricht mit allen Klischees vom großväterlichen Kommissar oder dem Muskelprotz. Feinsinnig, gebildet, haben Sie gesehen, wie er sein Sonett vorgetragen hat? Das wird dem in die Jahre gekommenen Image der Polizei einen ganz neuen Schliff geben.«

Viviane holte Luft und kam überein, dass Monot in der Tat ganz gut Gedichte vortragen konnte, das sei überhaupt das, was er am besten könne.

»Aber Commissaire, jetzt spotten Sie nicht. Er ist wirklich sehr gut: Er wird unsere Galionsfigur in dem Fall um das Gedicht werden.«

»Das ist ein bisschen voreilig, wir sind noch nicht sehr weit …«

»Genau deswegen habe ich für Sie eine Pressekonferenz organisiert. Montag, achtzehn Uhr, im Ministerium. Für den jungen Monot: himmelblaues Ralph-Lauren-Hemd und schwarzes Jackett, wie neulich in den Spätnachrichten. Für Sie: Was Sie wollen, nicht zu elegant, damit der Kontrast besser hervorsticht.«

Die Kommissarin legte auf und rief Monot: »Schlechte Nachricht: Ihr Antrag auf Versetzung ist abgelehnt worden.«

Er wollte sich schon bei ihr bedanken, aber sie fiel ihm ins Wort: »Gehen Sie mir zwei Kinder-Bueno-Riegel holen, zur Feier des Tages!«

Sie blickte auf ihr Handy: eine Nachricht von Gérald Tournu. Er wundere sich, er habe am Donnerstag angerufen, wie vereinbart, und trotzdem niemanden erreicht. Dieses Wochenende würde er nicht zu sprechen sein, er fahre zum Surfen nach Biarritz. Sie schickte ihm eine SMS und bestellte ihn für Mittwoch, den 30., am späten Nachmittag zu sich. Der Typ konnte hilfreich sein, denn der Bericht der Spurensicherung war da: Die Fingerabdrücke auf der Tasche waren nicht zu gebrauchen. Dieser ganze Fall fing wie eine Gleichung mit zu vielen Unbekannten an.

In dieser Nacht fand Viviane kaum Schlaf. Ihr Leben war stumpfsinnig, sinnlos. Das Einzige, was sie erfüllte, war die Arbeit. Und jetzt machte man aus dieser Arbeit eine Show, ein Spiel für Marketingintellektuelle, die ihre Nase noch nie in ein Kommissariat gesteckt hatten; die noch nie den guten Geruch von Füßen und Schweiß nach einer langen Beschattung geschnuppert hatten; die nicht die Atmosphäre bezwungener Angst kannten, wenn man losging, um eine Geiselnahme zu beenden, und auch nicht das Leid, wenn man einen für immer übel zugerichteten Jungen einsammeln musste, den ein Schläger auf dem Gewissen hatte, dem es in einigen Jahren noch immer blendend gehen würde. Viviane akzeptierte dieses ganze Elend, die Hässlichkeit. Aber sie schminken, um sie in Szene zu setzen, sie dem gierigen Blick der Medien aussetzen, das war obszön.

Samstag, 26. Januar

Samstagmorgen empfing sie einige chinesische Händler von der Avenue de Choisy, die von neuen, brutaleren Erpressungsversuchen als den vorherigen berichteten. Kaum war die eine Bande hinter Schloss und Riegel, tauchte auch schon die nächste auf, noch fordernder und gewalttätiger als die alte. Sie hatte Verständnis für die Vorwürfe der chinesischen Händler: Ja, die Polizei hätte die erste Bande nicht festnehmen sollen, mit der wäre es für alle ruhiger gewesen.

Etwas später kündigte man ihr den Anruf eines gewissen Louis Saint-Croÿ an. Er drängte in der Sache des Sonetts auf einen Termin mit der Kommissarin, um ihr eine wichtige Information zu übermitteln. Sie schrieb sich die Adresse auf und rief Monot an, der in der Sache Beaugrenelle unterwegs war. »Wir treffen uns in einer halben Stunde in der Rue Robert-Étienne 10.«

»Robert-Étienne? Meinen Sie nicht Robert-Estienne? Robert Estienne, Sie wissen doch, der Drucker und Lexikograf.«

»Ich weiß gar nichts, ist aber Ecke Rue Marbeuf, in der Nähe des Gebäudes von Europe 1. Schreiben Sie mit, ich gebe Ihnen den Türcode durch.«

Viviane machte sich auf den Weg, fest entschlossen Monot umzubringen, wenn er sie mit der Biografie von Robert Estienne belästigen würde. Er kam etwas zu spät, gerade als sie klingelte, und rettete damit sein Leben, der Kleine.

Die Tür öffnete sich mit dem schweren und würdigen Geräusch von Panzertüren. Louis Saint-Croÿ war noch nicht alt, tat aber ganz so als ob. Er trug seine fünfzig Jahre leidend mit sich herum, sprach mit müder Stimme, war in ein großes Tweedjackett und einen Schal aus Alpakawolle eingehüllt. Er war glatzköpfig, unanständig glatzköpfig, seine Gesichtszüge waren zerknittert, aber sein Blick lebendig, charmant. Er lächelte, während man sich einander vorstellte, lächelte, während er seine Gäste in eine große Bibliothek führte, die nach warmem Staub roch. Er schien Viviane nur angerufen zu haben, um ihr die Schönheit seines Lächelns zu demonstrieren. »Entschuldigen Sie, dass ich Sie habe kommen lassen, aber ich bin krank.«

»Nichts Ernstes hoffentlich?«, fragte sie höflich.

»Ich bin erkältet. Wirklich sehr erkältet.«

Es gab Leute, die sich das Recht herausnahmen, die Polizei zu bemühen, wie sie vermutlich den Arzt oder die Verkäufer bemühten, nur weil sie erkältet waren. Louis Saint-Croÿs Mutter musste ihm das beigebracht haben, als er noch ganz klein war.

Die Wände des Wohnzimmers standen voller Regale mit Büchern und Ordnern. Ganz hinten in der Mitte eine Büchervitrine aus Palisander, mit kleinen Fenstern. Saint-Croÿ forderte sie auf, um einen niedrigen Tisch herum Platz zu nehmen.

»Möchten Sie etwas trinken? Grapefruitsaft? Hat viel Vitamin C, es gibt nichts Besseres, wenn man erkältet ist«, erklärte Saint-Croÿ bestimmt.

Ohne eine Antwort abzuwarten, schwang er eine kleine Glocke, woraufhin ein Dienstmädchen eintrat, das gekleidet war wie im Theater. Sie war dunkelhäutig und trug lange, kaum gelockte Haare, die von einer kleinen Haube zusammengehalten wurden. Eine schöne Frau mit einnehmendem Blick.

»Joa, mach uns dreien einen frischen Grapefruitsaft.« Dann fuhr er fort, schnurrend vor Bequemlichkeit, mit einer majestätischen Geste in den Raum zeigend: »Wie Sie sehen, mag ich seltene Ausgaben, vor allem handschriftliche Manuskripte. Ich bin wahrscheinlich einer der größten Sammler der französischen Literatur des 19. Jahrhunderts. Und was Baudelaire betrifft, nicht nur *wahrscheinlich*. Da bin ich der größte.«

»Ja … und?«, insistierte Viviane, mehr beunruhigt denn höflich; es würde wohl nie ein Ende nehmen.

»Das Manuskript des Sonetts, das im Fernsehen gelesen wurde, ist ein Vermögen wert, wenn es von Baudelaire ist.« Saint-Croÿ richtete sein unwiderstehlichstes Lächeln an Viviane, dann an Monot, bevor er mit entzückter Stimme sagte: »Und aller Wahrscheinlichkeit nach ist es von Baudelaire.«

Kapitel 6

Saint-Croÿ ließ ein andächtiges Schweigen nachhallen, hüllte sich darin ein – für wen hielt er sich? Viviane machte ihm einen Strich durch die Rechnung: »Was ist ein Vermögen wert, das Manuskript oder das Sonett?«

Der Bibliophile deutete ein verständnisvolles Lächeln an. »Wenn das Sonett von Baudelaire ist, hat es natürlich einen enormen literarischen Wert. Aber die Autografensammler bezahlen nicht für Momente genialer Eingebung, sondern nur für die Spur, die sie auf Papier hinterlassen haben. Das Manuskript ist der Schatz. Ich bin bereit, es seinem Eigentümer abzukaufen, egal zu welchem Preis. Meine Sammlung ist nämlich …«

»Es gibt keinen Preis, Monsieur. Zurzeit besitzen wir nur eine Fotokopie und kennen den Eigentümer des Originals nicht. Was den Autor angeht, handelt es sich bisher nur um eine Vermutung.«

»Ich habe keinen Zweifel daran, dass Sie bald herausfinden werden, wer der Eigentümer ist. Was den Autor angeht, kann ich Ihnen vielleicht dabei helfen, die Vermutung zu bestätigen. Könnten Sie mir eine Fotokopie der Fotokopie anvertrauen? Ich würde sie gerne studieren.«

Monot interessierte diese Unterhaltung anscheinend nicht. Er ging durch den Raum und bewunderte die alten Bücher in den Regalen.

»Fassen Sie nichts an«, schärfte Saint-Croÿ ihm ein. Der charmante Sammler war plötzlich barsch und herrisch geworden. »Meine schönsten Autografen liegen im Safe. Was Sie hier sehen, sind seltene, sehr gefragte Ausgaben, die zu zahlreich sind, um sie im Safe unterzubringen. Was Sie gerade im Begriff waren anzufassen, ist eine Erstausgabe von *Die Blumen des Bösen* von 1857, der Ausgabe, die wegen Verletzung der öffentlichen Moral verurteilt und aus dem Handel genommen wurde. Victor Hugo gewidmet! Die mit der Widmung für Delacroix wurde für mehr als sechstausend Euro verkauft.«

»Findet man solche Kostbarkeiten noch auf dem französischen Markt?«, fragte Monot begeistert.

»Oh, in der Regel muss ich sie nicht finden. Mein Ruf ist derart, dass man zu mir kommt und sie mir anbietet. Aber es kommt vor, dass ich ins Ausland fahre, um dort welche abzuholen. Vor zwei Tagen zum Beispiel war ich in Liège.«

Monot war um Saint-Croÿs Schreibtisch herumgegangen, der vor einem Fenster stand, und lehnte sich zu ihm nach vorn. »Das ist aber hübsch, die Scheiben von gegenüber.«

»Das sind die vom Treppenhaus. Wenn Sie nicht mit dem Fahrstuhl gefahren wären, hätten Sie sie im Mittagslicht gesehen, dann sind sie noch schöner.«

Viviane stand auf, sie hatte mondäne Unterhaltungen

stets verabscheut. »Haben Sie uns noch etwas Wichtiges zu sagen, Monsieur?«

»Seien Sie doch nicht so gestresst, warten Sie doch wenigstens noch auf Ihren Grapefruitsaft. Nehmen wir uns noch ein wenig Zeit zum Plaudern.«

»Ich habe viel Arbeit. Echte Arbeit. Kommen Sie, Monot.« Sie verabschiedete sich barsch von Saint-Croÿ, der sie im Treppenhaus einholte.

»Und vergessen Sie nicht die Fotokopie des Manuskripts, Commissaire, wenn Sie wollen, dass ich Ihnen helfe.«

»Lieutenant Monot bringt Ihnen das heute Nachmittag.«

Im Fahrstuhl warf sie ihrem Assistenten vernichtende Blicke zu. »Das nächste Mal tun Sie nicht so liebenswert mit diesem Schwätzer, wir sind nicht dazu da, Bücherwürmern Gesellschaft zu leisten.«

»Aber Commissaire, wir haben ihn nicht einmal befragt …«

»Dann haben Sie ja heute Nachmittag ein Gesprächsthema, von Gleich zu Gleich, so zwischen Geisteswissenschaftlern.«

Als sie auf die Straße traten, warf sie einen letzten konsternierten Blick auf die kleine Rue Robert-Estienne. Das war nicht einmal eine Straße, sondern sah aus wie ein Bühnenbild, das sich ein unbegabter Künstler ausgedacht hatte: die Schule, die im Hintergrund den Anblick versperrte, schien von einer alten Postkarte inspiriert zu sein. Die beiden Seiten der Straße waren streng symmetrisch, die gleichen Backsteingebäude, die gleichen weißen Gebäude auf der geraden und ungeraden Seite. Lediglich ein kleiner tropischer Dschungel auf einem Balkon stach hervor. Ein lustiges Detail: Der Balkon gehörte zu Saint-Croÿs Wohnung.

Fabien hatte ein weißes Hemd angezogen; er trug an diesen Abenden immer ein weißes Hemd. Im Feinkostladen hatte er das gekauft, was er für das Raffinierteste hielt: Ententerrine, Languste auf Gemüse und Nusskuchen, das Ganze mit einem Jahrgangschampagner. Nichts passte zueinander, noch weniger passte es zu Vivianes Diät, aber das war nicht schlimm, Fabien war ein guter Kumpel. Viviane und er waren sich letztes Jahr begegnet, anlässlich einer undurchsichtigen Affäre doppelter Buchhaltung, bei der Fabien als Buchhaltungsexperte eines der Kläger die Arbeit der Steuerfahndung erleichtert und die Kommissarin in Bilanzanalysen unterrichtet hatte. Er fand es lustig, mit einer Frau der Tat bekannt zu sein; sie fand es lustig, einen Zahlenmenschen zu kennen, und dann hatten sie schnell auch noch andere Dinge gefunden, mit denen sie sich vergnügen konnten.

Viviane bedauerte, dass Fabien so unansehnlich war. Er schielte leicht, was seine lange Nase betonte, die über einem riesigen, weichen Mund endete. X-Beine, überlange schlackernde Arme. Manchmal versuchte sie das zu vergessen. Es gelang ihr insoweit, dass sie Freunde sein konnten, im Schlafzimmer auch etwas mehr. Doch noch mehr war nicht möglich.

Die Nacht war enttäuschend: Während Fabien sie umarmte, dachte sie an Ludovic, wie jedes Mal. Aber an diesem Abend konnte Ludovics Geist sie in keinen anderen Zustand versetzen. Frustriert schlief sie an Fabiens behaartem Oberkörper ein.

Gegen sechs Uhr morgens streichelte Viviane diesen Oberkörper und nahm die Sache selbst in die Hand. Dominanter als sonst, auch leidenschaftlicher: Sie dachte an den kleinen Monot. Er war toll, dieser kleine Monot.

Ein wenig überrascht ließ Fabien sich führen. Am Ziel angekommen bereute er es nicht, das Ruder aus der Hand gegeben zu haben. Und Viviane noch weniger.

»Also hör mal«, meinte er einfach.

»Ja, finde ich auch«, flüsterte sie ihm ins Ohr.

Zufrieden schlief sie wieder ein. Ein guter entspannter Sonntag, und sie würde bereit sein für eine harte Woche.

Sonntag, 27. Januar

Sie schaute erst gegen zehn Uhr wieder auf ihr Handy, kurz nachdem sie zu Hause angekommen war. Sie fand dort eine Nachricht von Lieutenant Monot vor: Er bat um Rat. Viviane rief ihn an und ermahnte sich, nett zu ihm zu sein. Nach einem solchen Tagesanbruch war sie ihm wenigstens das schuldig.

»Commissaire, entschuldigen Sie, dass ich Sie am Sonntag störe, aber eben rief mich Saint-Croÿ an: Er hat Angst. Wir haben den ganzen Samstagnachmittag über das Sonett von Baudelaire geredet; das war sehr interessant, ich muss Ihnen das erzählen.«

»Bleiben Sie beim Thema. Wovor hat er Angst?«

»Man hat ihn heute Morgen mehrmals angerufen, und immer wenn er abnahm, wurde aufgelegt. Es beunruhigt ihn. Er lebt mit seinen beiden studierenden Kindern und mit seinem Hausmädchen zusammen, aber sonntags ist er alleine.«

»Hat er keine Frau?«

»Er ist Witwer. Vielleicht ist es die Einsamkeit, die ihm Angst macht. Heute Abend werden seine Kinder und das Hausmädchen wieder da sein. Bis dahin bittet er um Polizeischutz. Also ich an seiner Stelle …«

»Das ist sehr freundlich von Ihnen, Monot. Sie werden ihn also beschützen. Dann fahren Sie mal los.«

Es lag ein wenig Traurigkeit im Ja des Lieutenant, Viviane spürte einen Anflug von schlechtem Gewissen.

Sie nahm ein leichtes Mittagessen zu sich und fuhr zum Bois de Boulogne. Fünfzehn Kilometer strammes Gehen, mit kurzen Phasen langsamen Laufens, um zu schwitzen und die Niederträchtigkeiten ihres Berufes auszuschwitzen. Das war ihre wöchentliche Hygienemaßnahme.

Am frühen Abend, nach ihrem heißen Bad, hörte sie die Partiten von Bach, aß einen Salat aus gegrillten Paprika, eine Scheibe Lachs und einen Joghurt.

Wieder rief Monot an. »Es ist nichts vorgefallen. Das Hausmädchen ist wieder da. Ich gehe.«

»Tut mir leid, dass Ihr Sonntag umsonst draufgegangen ist.«

»Nein, nicht umsonst, Commissaire, dieser Typ ist faszinierend. Wir haben an dem Sonett gearbeitet …«

»Das erzählen Sie mir dann morgen. Guten Abend.«

Viviane griff nach ihrer *Prison Break*-Box, die Fabien für sie aufgenommen hatte, und sah sich zwei Folgen an. Mitten in der zweiten Folge klingelte es: schon wieder Monot! Sie kam erst gar nicht dazu, eklig zu werden.

»Commissaire, eben rief Saint-Croÿ mich an: Man hat versucht, ihn zu ermorden. Ich bin auf dem Weg zu ihm.«

Sie konnte ihm nicht mehr antworten, er hatte bereits aufgelegt. Sie hätte ihm sagen wollen, er solle vorsichtig sein, aber sie war nicht seine Mama. Sie fuhr ihm hinterher.

Der Hauseingang war eisig und in Dunkelheit getaucht. Man konnte das Treppenhaus gerade so erahnen, es wurde von einer geöffneten Etagentür nur schwach beleuchtet. Viviane hörte Monots Stimme im zweiten Stock: »Monsieur Saint-Croÿ, machen Sie auf! Lieutenant Monot hier, von der Kripo, Sie haben nichts zu befürchten!«

Monot machte das gut: autoritär, beruhigend, sehr *kripomäßig*. Viviane rief ihm zu, dass sie auf dem Weg sei, und rannte die Treppe hinauf. Auf halber Treppe kam sie an einem weit geöffneten Fenster vorbei, dann stieß sie auf dem Treppenabsatz auf Monot. Louis Saint-Croÿ hatte geöffnet und stand im Eingang. Etwas dahinter, Joa, in Ausgehkleidung, besorgt.

In immer emsigerer Kripomanier fragte Monot: »Sind Sie verletzt?«

Saint-Croÿ und Joa verneinten das gleichzeitig.

»Was ist passiert?«

Der Autografensammler schloss die Tür hinter ihnen und bedeutete den Polizisten, ihm zu folgen. »Komm mit uns, Joa«, sagte er leise.

Viviane und ihr Lieutenant gingen durch den Flur, der eine Biegung machte, bevor er ins Arbeitszimmer mündete. Im Fenster am Schreibtisch war ein schönes Loch, wie ein Spinnennetz. Im Vorbeifliegen hatte die Kugel einige Glassplitter auf dem Tisch hinterlassen, bevor sie eine Vitrine der Bibliothek zersplitterte. Man hatte vom Treppenhaus gegenüber geschossen, das Buntglasfenster stand noch offen.

»Ich saß vor dem Fernseher, im Wohnzimmer. Joa ist seit etwas mehr als einer Stunde zu Hause. Sie war gerade gekommen, um mir zu sagen, dass keine Milch mehr da sei – ich trinke jeden Abend ein Glas vor dem Schlafengehen. Sie ist losgegangen, um bei dem arabischen Lebensmittelhändler in der Rue Bayard welche zu kaufen, dann ist sie wiedergekommen.«

»Als ich wiederkam, ist mir aufgefallen, dass im Hauseingang und im Treppenhaus kein Licht mehr ging«, fügte Joa hinzu.

»Ja, dieses Detail könnte wichtig sein«, fuhr Saint-Croÿ fort. »Ich habe ihr aufgemacht, sie hat die Milch in die Küche geräumt. Ich habe mich an meinen Schreibtisch gesetzt und wollte gerade eine Chronik für die *Gazette baudelairienne* redigieren, die ich selbst mitgestalte, als Joa hereinkam, um zu fragen, ob sie noch gebraucht werde. In dem Moment wurde geschossen. Ich habe die Kugel über meinen Kopf fliegen hören. Ich bin unter den Schreibtisch gekrochen und habe um Hilfe gerufen. Joa hat ganz absurd reagiert, sie hat sich meinen großen Brieföffner gegriffen und ist ins Treppenhaus gelaufen, ohne sich der Gefahr bewusst zu sein. Ich bin ihr hinterhergerannt, habe gerufen, sie solle zurückkommen. Also ist sie wieder heraufgekommen, und ich habe Lieutenant Monot angerufen, der mir seine Handynummer dagelassen hatte. Es war einundzwanzig Uhr zehn.«

Das alles hatte er ohne Unterbrechung erzählt, sehr ruhig, stolz darauf, überlebt zu haben.

»Ich hatte keine Angst, ich hatte ja den Brieföffner«, ergänzte Joa.

»Joa kommt aus Kamerun«, ergänzte nun seinerseits Saint-Croÿ, ganz als würden sich in Kamerun alle Frauen furchtlos mit einem Brieföffner in der Hand in die Gefahr stürzen, wenn man ihren Arbeitgeber bedrohte.

Es war bald zweiundzwanzig Uhr. Der Schütze hatte reichlich Zeit gehabt, das Weite zu suchen.

»Was halten Sie davon, Monot?«, fragte Viviane.

Sie hatte bei dieser Frage keinerlei Hintergedanken, sie wollte wirklich jemanden hören, der für sie mitdachte.

»Um reinzukommen, musste der Schütze den Türcode kennen«, erklärte Monot. »Sicher kannte er sich aus.«

»Nein, ein Code ist leicht herauszufinden, man muss nur beobachten, wie ein Mieter ihn eingibt.«

Monot beharrte dickköpfig auf seiner Meinung, das war anstrengend: »Nicht nur muss er sich hier ausgekannt haben, noch viel wahrscheinlicher handelt es sich um einen

Mieter. Wie hätte er sonst den Strom abschalten können? Sicher hat der Schütze ihn abgeschaltet, um nicht mit der Waffe in der Hand im Treppenhaus erwischt zu werden.«

Saint-Croÿ war ein vernünftiger Mensch, er kam Viviane zu Hilfe. »Nichts ist leichter als den Strom im Treppenhaus auszuschalten. Der Stromkasten hängt gut sichtbar im Eingangsbereich, vor der Loge des Concierge, der hat sonntags keinen Dienst. Er kommt immer erst abends zurück.«

»Gut, sprechen wir nicht mehr davon. Was tun?«, fragte Monot mit beleidigter Miene.

Viviane zögerte. Es musste jemand an Ort und Stelle bleiben. Nicht nur um die Spurensicherung zu empfangen, die vom Fenster gegenüber Fingerabdrücke nehmen würde, sondern auch, um alle Nachbarn zu befragen und danach die Kinder von Saint-Croÿ, sobald sie nach Hause kämen. Die Kommissarin war dafür am besten geeignet. Aber sie wollte dem Fall so fern wie möglich bleiben, während Monot sich gerne einbringen wollte, es war sein erster Fall. Sie würde ihm dieses Vergnügen nicht nehmen.

»Würde es Sie stören zu bleiben, Augustin?«

Ganz eifriger Angestellter schüttelte er den Kopf, und sie erklärte ihm das Rahmenprogramm. Es würde Teil seiner Ausbildung sein. Folgsam notierte er alles.

Als sie gerade im Begriff war zu gehen, näherte sich ihr Saint-Croÿ etwas verlegen. »Commissaire, bevor Sie gehen, da wäre noch ein Detail, das ich Ihnen nicht gesagt habe, weil es mir so unbedeutend erschien. Aber jetzt, wo man versucht hat, mich zu ermorden, würde ich gerne …« Er sah aus wie ein gealtertes Bengelchen, das etwas ausgefressen hatte und gestehen wollte. »An dem Tag, als der Obdachlose umgebracht wurde, war ich genau nebenan, am Quai Conti, und diskutierte seit einer halben Stunde mit einem Antiquar. Die Feuerwehr fuhr keine hundert Meter an mir vorbei. Das ist noch nicht einmal ein Zufall, denn ich bin oft auf den Quais, man kann dort sehr Überraschendes ausgraben.«

»Sie waren Zeuge des Überfalls? Das hätten Sie gleich sagen müssen!«

»Nein, ich war nicht Zeuge, ich habe nur die Feuerwehr gesehen. Und gestern waren Sie ja nicht zum Reden aufgelegt. Außerdem gehöre ich nicht zu denen, die sich nach jedem Anschlag damit rühmen, eine Stunde vorher dort vorbeigekommen zu sein, verstehen Sie, was ich meine?«

Sie verstand. In diesen Dingen war sie wie Saint-Croÿ. Sie gab ihm ihren Segen und ging zur Tür.

Dieses Mal war es Monot, der sie zurückhielt. »Und was machen wir mit der Presse, Commissaire?«

Die hatte sie ganz vergessen. Ohne die wäre es auch zu einfach. »Minimaler Service, ich kümmere mich. Das regeln wir morgen Abend auf der Pressekonferenz.«

Der Lieutenant schien ein wenig enttäuscht. Er hatte sich doch eine Belohnung verdient.

»Sie haben mir erzählt, dass Sie eine Freundin, beziehungsweise Ihre Freundin, bei *20 minutes* haben. Rufen Sie sie an und lassen Sie die Bombe platzen. Ach, wo wir schon beim Thema sind: Ziehen Sie morgen Ihr Ralph-Lauren-Hemd und Ihr schwarzes Jackett an, für die gibt es Arbeit.«

Kapitel 7

Montag, 28. Januar

Lieutenant Monot betrat das Großraumbüro kurz vor dem Mittagessen mit müdem Blick und ging in das Büro der Kommissarin. »Soll ich Ihnen berichten?«

»Es gibt doch nichts Dringendes? Kann das bis heute Nachmittag warten?«

Viviane fing den Blick auf, den Monot ihr zugeworfen hatte. Er hatte ihr die Freude verdorben: Sie hatte es geschafft, in ihr kleines Caroll-Kostüm zu steigen, aber Monot bemerkte wohl, dass es sie etwas einzwängte.

Sie hatte genügend Arbeit, um nicht mehr daran zu denken. Die Situation im chinesischen Viertel spitzte sich zu: Der Inhaber eines Restaurants war mit einem Stahldraht erwürgt worden. Seine völlig verängstigte Witwe behauptete, es sei ein Unfall gewesen, der sich ereignet habe, als er gebratenen Reis zubereitete. Sie würde niemals reden, und Viviane wusste nicht, wie sie die Sache anpacken sollte, die langsam immer heikler wurde. Sie musste den Fall an den Quai des Orfèvres weiterleiten, wo es Capitaine De Bussche, der sich damit befasste, schwerfallen würde, das zu glauben.

De Bussche war ein guter Typ, sehr gewissenhaft. Als er in die 3. Abteilung der Kriminalpolizei berufen wurde, konnte er nicht zwischen einem Nem und einer Frühlingsrolle unterscheiden. Heute konnte er aus dem Kopf die Karte von China und Vietnam zeichnen und sogar die des 13. Arrondissement. Er war mit einer Chinesin liiert und verstand auch schon etwas Mandarin.

Monot schlich um Vivianes Büro herum. Sie war äußerst gereizt und wollte nichts mehr von dem Sonett hören.

Als er am Nachmittag noch einmal den Versuch wagte, in ihr Büro vorzudringen, wich sie ihm aus. »Lassen Sie uns das heute Abend besprechen, Monot. Da werden wir mehr Ruhe haben. Bis dahin schreiben Sie mir alles noch mal klar auf. Was Sie festgestellt haben, was man unternehmen könnte, so in der Art.«

Der Lieutenant lächelte, er hatte verstanden. Er hatte Glück: Sie, sie hatte nichts verstanden.

Um siebzehn Uhr dreißig erhob sie sich. »Gehen wir, Monot?«

Das hatte ganz unbesorgt klingen sollen, war ihr aber gründlich misslungen: Die ganze Mannschaft reckte den Hals.

»Sie gehen mit Monot zur Presseversammlung?«, fragte Capitaine De Bussche, als ob diese Vorstellung grotesk wäre. Monot?

»Diese Versammlungen sind Teil seiner Ausbildung, und schließlich sitzt er an diesem Fall, da kann er nützlich sein. Schlimmstenfalls kann er uns die Poesie vorlesen.«

Sie wollte sich korrigieren und zögerte, ihr war aufgefallen, dass Monot nie *Poesie* sondern *Gedicht* sagte. Und meistens Sonett. Sie hatte siebenunddreißig Jahre gelebt, ohne sich über diese feinen Unterschiede Gedanken zu machen, und es war ihr dabei nicht schlecht ergangen. In einigen Wochen würde sie das alles vergessen haben.

Sie saßen jetzt in ihrem Clio, jetzt konnte sie nicht mehr ausweichen. »Also, Monot, wo sollen wir anfangen?«

»Mit dem Sonett. Ich habe lange mit Saint-Croÿ diskutiert, er denkt, dass es wirklich von Baudelaire ist. Möchten Sie wissen, warum?«

»Ich habe volles Vertrauen in Sie. Könnten Sie das auf der Pressekonferenz erklären? Aber kurz, keine Literatur, verstehen Sie? Und weiter?«

»Die Sache von gestern Abend. Die Spurensicherung war da: keine Fingerabdrücke auf dem Fenstergriff im Treppenhaus. Man hat die abgefeuerte Kugel in einem Buch in der Bibliothek gefunden. Sie wird untersucht. Ich habe alle Nachbarn im Haus befragt. Dort leben nur Alte, und an diesem Abend waren alle zu Hause, ihre Aussagen decken sich: ein Schuss, der Schrei von Saint-Croÿ, der Gang ins Treppenhaus, das Rufen auf der Treppe. Der Nachbar vom dritten Stock hat seine Tür geöffnet, sich aber nicht hinuntergetraut. Er hat niemanden gesehen, nur Joa, als Saint-Croÿ nach ihr rief.«

»Und Saint-Croÿ – geht es ihm besser?«

»Er hat Angst. Man hat einmal versucht ihn umzubringen, es kann jederzeit noch mal passieren. Er hat sich bei einem Cousin in Versailles verkrochen, Joa begleitet ihn. Seine Kinder hat er in Paris gelassen und mir seine Handynummer gegeben.«

»Haben Sie mit seinen Kindern gesprochen? Wie sind die so?«

»Wie reiche Blagen so sind, Commissaire, studieren irgendwas zum Schein. Der Ältere, Pierre-Paul, ist fünfundzwanzig, er macht einen Master in Kulturvermittlung und geht bald für ein Praktikum nach Brest. Die Tochter, Laurette, zweiundzwanzig, lässt sich gerade zur Pressereferentin ausbilden. Wenn Sie mich fragen – Papa wird ihnen ihr Leben lang unter die Arme greifen.«

»Und Papa, wovon lebt der so?«

»Hat reich angefangen: Sein Vater ist vor einigen Jahren gestorben, seine Mutter ist schon länger tot. Sie haben ihm die große Wohnung im zweiten Stock hinterlassen, zwei kleine Dreizimmerwohnungen im fünften und drei Dienstbotenzimmer. Von den Mieteinnahmen, die er dafür bekommt, kann er gut leben. Der Vater des Vaters war auch ein großer Baudelaire-Kenner und hat ihm einen großen Teil seiner jetzigen Sammlung vererbt. Seine Kinder machen sich nichts daraus, worüber Saint-Croÿ ziemlich enttäuscht ist.«

»Ein alter Knacker, dem unsere Zeit über den Kopf gewachsen ist?«

»Nein, gar nicht. Ziemlich modern sogar. Kennt sich mit Internet aus, ist gut ausgerüstet, hat einen guten Scanner und ausgefeilte Programme für Schriftanalysen. Die braucht er, um die Autografen zu untersuchen. Ein Dokument, das durch seine Hände gegangen ist, gewinnt an Wert. Er kauft und verkauft übers Netz, wenn es sein muss, fährt er irgendwohin, er macht gute Geschäfte. Nur was Baudelaire betrifft, da kauft er zwar ein, verkauft aber nie etwas weiter.«

»Sonst nichts?«

»Doch, eine lustige Sache, die ich Ihnen bei der roten Ampel zeige.«

Die nächste Ampel würde grün sein, die Kommissarin fuhr langsamer, sie wollte diese lustige Sache sehen. An der roten Ampel streckte Monot ihr ein Foto hin: die nackte, herrlich nackte Joa, nur mit einer Kette und Ohrringen aus Metall und Stein bekleidet, ein Bein in der Luft, wie zu einem Entrechat.

»Saint-Croÿ hat geschlafen. Während ich gewartet habe, dass die Kinder nach Hause kommen, habe ich in ihren Zimmern herumgeschnüffelt. Das habe ich in einer Schublade gefunden.«

Viviane sah sich den *Körper, prächtig und schwarz*, lange an, ein wenig eifersüchtig: Dieses Mädchen war so schön wie ein Gedicht. Aber ihr Blick war nicht *matt*, sondern frech, spöttisch. Monot säuselte fröhlich:

»Nackt war die Liebste, nur mit Schmuck behangen -
Sie kennt mein Herz – von Kettenklang umwunden ...«

»Warum sagen Sie das, Monot?«

»Das ist der Anfang eines Gedichts von Baudelaire. Eines seiner bekanntesten.«

Die Kommissarin machte ein saures Gesicht. Dem hatte

sie nichts mehr hinzuzufügen. Monot hatte sie mit diesen beiden Versen aus dem Konzept gebracht.

»Ach, so ein Zeug hat Baudelaire geschrieben? Und das Foto haben Sie bei Pierre-Paul, dem Sohn, gefunden?«

»Nein, nein, Commissaire, bei der kleinen Laurette!«

»Na so was, Joa und die Tochter von Saint-Croÿ! Wie die Welt sich verändert! Nun, ob Baudelaire hin oder her, das Gedicht ist nicht verloren für die Welt!«

Der Lieutenant konnte sich ein Lachen nicht verkneifen. Nach kurzem Zögern sagte er: »Was ich Ihnen noch sagen wollte: Rosa steht Ihnen sehr gut.«

Zum Glück wurde es schon dunkel, denn Viviane konnte das Rosa plötzlich auf ihren Wangen fühlen.

Der Saal im Ministerium war übervoll, eine junge schlanke Frau mit kurzem aschblonden Haar nahm sie ziemlich kühl in Empfang. Noch bevor die graue Maus ihren verkniffenen Mund öffnen konnte, wusste Viviane, dass sie sie ihr ganzes Leben hassen würde.

»Ich bin Priscilla Smet, vom Innenministerium. Wir haben telefoniert.«

Die Pressetante musterte sie zufrieden von den Hufen zu den Hörnern, wie ein Viehhändler, der gerade Vieh erstanden hatte.

»Lieutenant, Ihr Look ist perfekt. Das passt sehr gut zu Ihrem Teint, dieses himmelblaue Hemd mit dem schwarzen Jackett. Sie auch, Commissaire«, schob sie mit einem fiesen Lächeln hinterher, »Sie haben sich an mein Briefing gehalten, das ist genau, was ich wollte: nicht zu elegant, als Kontrast.«

Vivianes Gedanke dazu war, dass sie dieses Luder noch nicht genug hasste.

»Kommen Sie, es geht gleich los«, meinte die Pressetante.

Als ob es ohne Viviane oder Monot losgehen könnte! Diese kleine Smet erinnerte an einen Zirkusdirektor. Wo sie auch vorbeikam, musste sie Leute einlassen, hinauslassen, zurechtweisen, um Applaus bitten. Ob sie wusste, was eine Kriminalkommissarin überhaupt war? Viviane nahm sich vor, mit dem Allmächtigen darüber zu reden. Übrigens war er auch da, eine echte Überraschung, es war das erste Mal, dass sie ihn bei einer Pressekonferenz traf. Sie hatte überhaupt noch nie so viele Leute auf einer Pressekonferenz getroffen.

»Und Sie haben nur *20 minutes* Bescheid gegeben, Monot?«

»Ja, aber die Nachricht war auch auf deren Internetseite, das war ein ziemlicher Hype.«

Jetzt musste sie sich auch noch mit einem *Hype* beschäftigen … Der Fortschritt würde sie noch umbringen! Viviane nahm Monot mit vor die Meute, setzte ihn neben sich und richtete wohlgefällig lächelnd und charmant das Wort an das Publikum: »Guten Tag, ich bin Kommissarin Viviane Lancier von der 3. Pariser Kriminalabteilung, ich will Ihnen kurz die Sachlage schildern …«

Aber die Sachlage war anscheinend hinlänglich bekannt. Man hörte kaum höflich zu. Ohne dass man ihr das Wort erteilt hätte, fasste Priscilla Smet zusammen: »Also bisher ein Mord und zwei Mordversuche. Wegen eines geheimnisvollen Sonetts, das Lieutenant Monot uns vorlesen wird.«

Mit einer ausholenden Geste – es fehlte nur der rote Frack – forderte Priscilla Smet den Lieutenant auf, sich zu erheben. Blitzlichtgewitter. Monot begann mit dem Vortrag von *Die Eine, die Andere.*

»Wenn meine Seele das Göttliche ausspuckt, die Schönheit,
Die harmonischen Chöre und die Frauen, zu rein,
Mein Geschirr über einen finstren Pfad sie geleit'
Zu der Hütte voll Dunst von Vanille und Wein.

Nackt auf dem Bette erwartet mich eine Sklavin
Mit mattem Blick, ihr Körper, prächtig und schwarz, zeigt willige Haut.
Eine sapphische Unschuld, jüdische Vestalin,
Unter ihrem Korallenmund zittert, sich windet und faucht.«

Er ließ seinen Blick lang und arglos über das Publikum schweifen und fuhr fort:

»Hüfte und Brust ganz bleich, aus Ebenholz Bauch und Schenkel,
Sind nur noch Wogen eines Begehrens ungeheuer.
Oh Höllengrund, oh spaltbreit geöffneter Tempel!

Entreißt mir die Seufzer, schürt meine Feuer!
Und ich sehe sich verzehren im Geächz'
Die unfruchtbare Zukunft unseres Menschengeschlechts.«

Der Schuft! Auch dieses Mal hatte er wieder verblüfft. Er hatte sich sogar erlaubt, eine andere Phrasierung auszuprobieren. Viviane entging nicht, dass einige Journalisten ihn verträumt ansahen, Journalistinnen vor allem. Bevor die Pressetante sich einmischen konnte, leitete Viviane über: »Wir haben dieses Sonett von einem Baudelaire-Spezialisten untersuchen lassen. Lieutenant Monot wird Ihnen die Ergebnisse mitteilen.«

»Kurzum, Lieutenant«, fiel ihr Priscilla ins Wort, »Baudelaire oder nicht Baudelaire?«

Viviane tobte innerlich: unerträglich, diese Schnepfe war unerträglich.

»Madame«, parierte Monot, »man wird das Werk von Baudelaire nicht mal eben um ein neues Sonett erweitern. Wir sprechen hier von Literatur.«

Ach, er war perfekt, der kleine Monot! Der hatte er es gegeben, der Schnalle! Viviane war ganz gerührt.

Ihr junger Lieutenant erklärte weiter: »Nach Monsieur Saint-Croÿ, einem großen Kenner und Besitzer der schönsten Autografen-Sammlung von Baudelaire, ist das Sonett authentisch. Die Prosodie ist typisch für ihn, arme Reime ohne stützende Konsonanten, *Schönheit-geleit'*, *rein-Wein*, aber reich an Bildern. Auch die Entwicklung des Gedankens ist sehr typisch für Baudelaire: Ablehnung der geltenden Moral, Abstieg in die Niederungen, um dort die Blumen des Bösen zu pflücken, die Lust am Ästhetischen, Streben nach Religiösem und Metahumanismus.«

Viviane beobachtete Priscilla: Da hatte sie es! Stützende Konsonanten und Streben nach Metahumanismus – da war sie baff, die Pressetante …!

»Könnte es sich um einen geschickten Pastiche handeln?«, fuhr Monot fort. »Das könnte man annehmen, so präsent wie die Elemente des Baudelaire'schen poetischen Universums sind: Düfte, Wein, exotische Partner, und natürlich der Lesbianismus. Muss ich Sie daran erinnern, dass *Die Blumen des Bösen* ursprünglich *Die Lesbierinnen* heißen sollten?«

Er war faszinierend, warum hatte er Viviane nicht früher davon erzählt?

»Die Lexik ist sehr typisch für Baudelaire: *Seele*, *harmonisch*, *Wein*, *Körper*, *Schenkel*, *Brust*, *Bauch*, *Hüfte*, *sich verzehren*, *Tempel*, *Höllengrund*, man findet sie zahlreich in den Gedichten, an die Sie alle denken.«

Als würde sie daran denken, die Priscilla!

»Es ist aber auch Originelles dabei, das man nicht von Baudelaire kennt: *Geschirr*, *Pfad*, *Vanille*, *Koralle*, *Wogen*. Jemand, der den Dichter imitieren will, hätte sich an die klassische Baudelaire-Lexik gehalten, damit es authentischer wirkt. Als Duft hätte er eher Amber oder Benzoe erwähnt statt zum Beispiel Vanille. Können Sie mir folgen?«

Natürlich konnten alle ihm folgen! Er war unwiderstehlich, ihr Assistent!

»Zunächst also, in Anbetracht des Gedichts – vor allem Vermutungen. Es gibt einen viel entscheidenderen Beweis, der nur leider nicht auffindbar ist: Monsieur Saint-Croÿ, von dem ich sprach, erinnert sich, vor langer Zeit einen Brief in Händen gehabt zu haben, wo ein Parnassien, ein Angehöriger der französischen Dichtergruppe, einem Freund von einer Abendgesellschaft berichtet, bei der Baudelaire anwesend war und die Hörerschaft mit seinem spaltbreit geöffneten Tempel verzückt haben soll …«

Im Saal meldete sich jemand. »Um genauer zu werden, es handelte sich um einen Brief von Pierre Dupont an Ernest Prarond, er erwähnte dort einen literarischen Abend in der Rue de Seine, bei Louis Ulbach, also um 1842 herum.«

Der Saal hatte sich dem Redner zugewandt, der ein sanftes Lächeln aufgesetzt hatte.

»Ich bin Louis Saint-Croÿ, Leiter der *Gazette baudelairienne*. Verzeihen Sie, gerade heute Morgen habe ich eine alte Notiz zu diesem Brief wiedergefunden. Den Brief selbst besitze ich nicht: Man hat ihn mir vor über zehn Jahren angeboten, aber zu einem viel zu hohen Preis für so eine kleine Mitteilung, in der Baudelaire nur erwähnt wird. Damals glaubte ich, der ›spaltbreit geöffnete Tempel‹ von dem Pierre Dupont spricht, sei der Name eines Gemäldes – Baudelaire kaufte häufig welche und verkaufte sie später mit großem Verlust weiter. Ich habe mir nicht notiert, wer der Verkäufer dieses Briefs war, das tut mir leid, ich treffe jedes Jahr auf Dutzende davon. Immer wenn ein altes Dokument auftaucht, in dem Baudelaire erwähnt wird, bin ich der Erste, den man damit aufsucht. Aber meine Sammlung ist keine Ansammlung, sondern eine Auswahl: Ich kaufe nicht alles. Ich gebe das Wort zurück an den Lieutenant, der sehr schön von Baudelaire spricht, ich könnte es nicht besser.«

Lieutenant Monot ergriff wieder das Wort. »Die Fragen, die man sich nun stellen muss, lauten: Warum blieb das Sonett so lange unentdeckt? Warum bringt es jenen den Tod, die sich ihm nähern? Haben diese beide Fragen etwas miteinander zu tun?«

Viviane war beeindruckt von der Art, an das Problem heranzugehen, man könnte meinen, ein Politiker. Warum war er zur Polizei gegangen? Eines Tages würde sie ihn das fragen. Er sprach so schön über Literatur.

»Ziehen wir das Datum in Betracht, das Herr Saint-Croÿ genannt hat, handelt es sich um ein Jugendwerk von Baudelaire, eine Erinnerung – gewürzt vom Duft seiner Reise auf die Bourbon-Insel. Und wenn das Gedicht so lange im Dunkeln geblieben ist, so weil es schlichtweg nicht zu veröffentlichen war. Keine Zeitschrift, kein Verleger hätte es gewagt, dem Publikum ein solch skandalöses Werk vorzulegen. *Lethe*, das von der Justiz inkriminiert wurde, hatte mit sehr viel weniger schockiert. Um Ihnen einige dieser sublimen Verse in Erinnerung zu rufen:

In deinen Röcken, die dein Duft erfüllt,
Will ich mein schmerzbeladenes Haupt vergraben,
Und mich am Dunst der toten Liebe laben,
Der wie aus welken Blüten zu mir quillt.«

Als Viviane diese Verse hörte, überkamen sie Schauer. War sie die Einzige im Publikum? Wie viele waren es, die davon träumten mit in Röcken vergrabenem Haupt zu versinken?

»Womöglich hat Baudelaire dieses Sonett bewusst in die Schublade gelegt, um seine Bewerbung bei der Académie Française nicht zu gefährden, die letztlich doch gescheitert ist. Das ist die glaubhafteste Lösung. Die andere ist gewagter: Das Gedicht ist Träger einer Gefahr, eines Geheimnisses, das nicht in jedermanns Hände fallen darf. Ein Geheimnis, das die Mörder zu beschützen suchen. Ich will nicht auf *Da Vinci Code* machen, mehr werden Sie von mir nicht hören. Ich hoffe, Sie nicht zum Tode verurteilt zu haben, indem ich es Ihnen vorgelesen habe. Aber ich kann Ihnen versichern, die Fernsehzuschauer haben es überlebt.« Monot unterstrich seine Worte mit einem herablassenden Lachen, das sich aufdrängte. Ein Murmeln ging durch den Saal, er breitete die Arme aus, um Ruhe zu schaffen. »Sollte die Liste der Toten länger werden, wird unsere Vernunft uns aber dazu nötigen, diese unsinnige Hypothese näher zu betrachten. Noch Fragen?«

Eine kleine zitternde Hand meldete sich. »Ich bin Journalistin bei *Entre Elles*, einer aktuellen lesbischen Zeitschrift, und ich finde es skan-da-lös, wie dieses Sonett in der Öffentlichkeit besprochen wird. Es ist doch etwas einfach, sich hinter Baudelaire zu verstecken, um den Saphismus zu karikieren und daraus eine Art voyeuristische Show nur für schwarze Sklavinnen und jüdische Jungfrauen zu machen. Das ist nicht nur widerlich, das ist eine homophobe Sichtweise, die ausdrücklich per Gesetz verboten ist.«

Monot brauchte nicht zu antworten, andere Hände schnellten hoch, streckten sich, um das Mikro an sich zu reißen. Eine schwarze Journalistin mit amerikanischem Akzent protestierte gegen den Protest und fragte, mit welchem Recht der Lesbianismus weißen, freien Frauen vorbehalten sein sollte; der israelische Korrespondent von *Maariv* fand die Rolle der jüdischen Vestalin bedauerlich, sie könne den französisch-israelischen Beziehungen nur schaden. Der Vertreter von *Familie und Glaube* verlangte schlicht und einfach die Zensur dieses abstoßenden Sonetts, das, wie die Dinge aussahen, auch leicht den Weg in die Schulen finden könnte; was wiederum den heftigsten Einwand des Chefredakteurs von *NKZdS* (Nicht-konfessionelle Zeitschrift der Schulen) zur Folge hatte, der ganz im Gegenteil die Lektüre des Sonetts als Vorbedingung für die Sexualerziehung sah, die Thema des letzten Rundschreibens gewesen sei …

Das Durcheinander war perfekt. Mit einem breiten Lächeln gab Priscilla Smet den Polizisten ein Zeichen, die Bühne zu verlassen, anscheinend war die Pressekonferenz beendet. Nur wollten die Teilnehmer nicht gehen. Sie schienen Gefallen daran gefunden zu haben, sich zu beschimpfen, zu empören. Priscilla hatte Monot am rechten Arm gegriffen, Saint-Croÿ beim linken, und promenierte die beiden von Gruppe zu Gruppe. Viviane hörte, wie ihr Assistent die einen und anderen beruhigte, sagte, dass man alles im historischen Kontext relativieren müsse, dass Shakespeare viel skandalöser und Musset viel obszöner gewesen sei.

Sie beobachtete und fühlte sich schrecklich fehl am Platz in diesem kleinen Kosmos. Die verschiedenen Medien überschrien einander, berauschten sich aneinander. Sie flüchtete mit der schmerzlichen Gewissheit, dass dieser Fall zu hoch für sie war.

Dienstag, 29. Januar

»Wir werden uns etwas Neues einfallen lassen müssen«, kündigte Monot an. »Priscilla hat mir das Versprechen abgenommen, zur nächsten Pressekonferenz mit einem besonderen Leckerbissen zu kommen.«

Viviane warf ihrem Lieutenant böse Blicke zu: Er nannte die kleine Smet beim Vornamen, was fand er nur an ihr? »Na, wenn Sie Ihrer Priscilla das versprochen haben, dann gehen Sie ihn mal suchen, Ihren besonderen Leckerbissen. Was schlagen Sie vor?«

»Wir könnten eine grafologische Analyse des Sonetts in Auftrag geben, um mit der Hypothese von Baudelaire reinen Tisch zu schaffen. Ich habe mit Saint-Croÿ darüber gesprochen, der schien zunächst wenig begeistert. Dann hat er noch einmal angerufen, um uns einen handgeschriebenen Text von Baudelaire aus derselben Zeit anzubieten, um den Vergleich möglich zu machen.«

»Wunderbar, viel Spaß damit.«

Die Kommissarin machte sich über ihr Tagesgeschäft her. In der Nähe vom Bois de Vincennes waren zwei Prostituierte ermordet worden. Sie schickte Lieutenant Monot zusammen mit Wachtmeister Pétrel dorthin. Dann fuhr sie zum Quai des Orfèvres, um die Übergabe der Akten im Fall räuberischer Erpressung im chinesischen Viertel vorzubereiten. Das Leben nahm wieder seinen Lauf.

Mittwoch, 30. Januar

Viviane probierte eine neue Diät aus, sie versuchte es mit der Trennkostmethode nach Demis Roussos. Voller Energie kam sie bei Durisly an, ihrem Kollegen von der 2. Abteilung der Pariser Kriminalpolizei, Rive Droite. Sie wollte sich austauschen, eine unvoreingenommene Meinung zur Sache mit dem Sonett hören. Durisly stand kurz vor der Pensionierung. Er hatte mit voranschreitendem Alter die Fähigkeit erworben zuzuhören, sprich, andere zum Reden zu bringen.

Nachdem sie alles losgeworden war, seufzte er. »Du bist mitten in eine Sammleraffäre geraten, und du tust mir leid. Die sind langwierig und kompliziert. Diese Leute sind Vampire, sie träumen davon, Berühmtheiten für sich zu vereinnahmen. Sie beginnen als Idealisten, bewundern einen berühmten Menschen, ergattern ein paar seltene Ausgaben. Nach und nach legen sie dann Hand auf Manuskripte, private Briefe ihrer Helden, auf Entwürfe und Haushaltsbücher. Sie werden zu furchtbaren Kapitalisten, streben nach dem Monopol, diktieren die Marktpreise, töten die Konkurrenz. Sie erlauben sich auch die krummsten Dinger, bis sie sich selbst als Alleinerben des Verstorbenen oder als seine Wiedergeburt sehen. Ich kannte mal einen, der sich irgendwann selbst für sein Idol gehalten hat, es war ihm sogar gelungen, das Haus zu kaufen, sowie Möbel und Kleidung.«

Viviane lächelte: Dieses Bild passte jedenfalls nicht zu Louis Saint-Croÿ. Sie gab Durisly gegenüber zu, dass sie nichts begriff. Es tat ihr gut, das zu sagen, sie fühlte sich erleichtert.

Als sie in ihr Büro zurückkam, fand sie auf ihrem Anrufbeantworter eine Nachricht vor, die Durisly gerade hinterlassen hatte: »Wenn du nichts begreifen kannst, dann ist es wahrscheinlich zu früh, etwas zu begreifen. Versuche nicht, Verdächtige zu finden, geh deine Begegnungen und Protagonisten noch einmal durch. Vielleicht verschweigen sie dir etwas, willentlich oder unwillentlich.«

Durislys Rat klang gar nicht blöd. Die Kommissarin entschied, ihre *Protagonisten* – bei diesem Wort musste sie lachen – noch einmal durchzugehen, dann hätte sie weniger das Gefühl zu schwimmen. Sie rief Patricia Mesneux an, die sie beinahe freundlich empfing: Es gebe da eine Sache, über die sie mit der Kommissarin sprechen wolle, so rasch wie möglich. Sie hatte das auf eine geheimnisvolle Art gesagt.

Kapitel 8

Die Vorspeise, die die Witwe gerade auf den Tisch stellte – eine Mischung aus geraspelten Mohrrüben und Mortadella –, schien widerlich. Es gab nur zwei Teller, und Viviane befürchtete schon, der zweite sei für sie, das würde nicht in ihren Trennkost-Diätplan passen.

Aber die Witwe Mesneux beruhigte sie: »Wir wollten gerade zu Tisch gehen, Gary und ich. Gary ist mein Jüngster. Der Ältere, Clément, macht gerade ein Erasmus-Auslandssemester, er ist seit einem Monat in Dublin. Wir haben nicht viel Zeit zum Reden. Gary ist in seinem Zimmer, er bereitet sich auf das Handballtraining nach dem Essen vor.« Sie sprach mit der Kommissarin und schien dabei gleichzeitig verlegen und wütend, als hätte sie sie sehen wollen, um ihr eine Rüge zu erteilen. »Nun, ich habe einen Anwalt befragt: Das Gedicht, man weiß zwar nicht, ob es von Baudelaire ist, aber es gehörte meinem Mann. Im Falle von Gegenständen ist Besitz gleich Eigentum, Artikel 2279 Französisches Bürgerliches Gesetzbuch. Also gehörte es meinem Mann – beziehungsweise mir, da wir in einer Gütergemeinschaft lebten.« Sie hatte das sehr konzentriert hervorgebracht und dann Luft geholt, um jetzt zur schwierigsten Stelle ihres Vortrags zu kommen: »Ich möchte, dass man mir das Gedicht wieder aushändigt. Die Polizei hat kein Recht, es in der Öffentlichkeit vorzulesen, und die Zeitungen nicht, es ohne meine Erlaubnis abzudrucken. Im Übrigen wird mein Anwalt Entschädigungen und Tantiemen einklagen.«

Viviane nickte. Sie fühlte in sich das Verlangen aufkommen, dieser Frau wehzutun, ihr einen kräftigen Seitenhieb zu verpassen, den sie lange spüren würde. »Wie Sie wünschen. Es ist nur eine Fotokopie, aber ich werde sie Ihnen schicken. Ich bin wegen etwas anderem gekommen: Wissen Sie, dass Ihr Mann Eigentümer einer Wohnung in der Avenue Victor Hugo in Paris war?«

Patricia setzte sich, bleich. Sie begann, ihrem Pascal nachzutrauern. Sie war beklagenswert anzusehen, gut so.

»Nein. Wie viele Zimmer?«

»Das wissen wir noch nicht, wir müssen sie erst finden. Deshalb bin ich hier, ich dachte, Sie könnten mir helfen.«

»Ich werde tun, was ich kann. Ich werde die alten Papiere durchgehen.« Die Witwe lächelte jetzt, furchtsam, ganz unterwürfig.

Viviane wusste nicht, was sie noch fragen sollte. Sie improvisierte: »Sie sagten mir, Ihr Mann schrieb Gedichte in Hefte. Könnte ich mir wohl eines dieser Hefte ausleihen?«

»Das sind nichts weiter als die Wirrungen eines drittklassigen Schriftstellers, meinen Sie, das könnte Ihre Ermittlungen voranbringen?«

Viviane fühlte einen neuen Schub von Angriffslust in

sich aufkommen. Wenn es ein Jenseits gab, würde Pascal Mesneux dort das Halleluja anstimmen. »Vielleicht, ja, mal sehen. Auf jeden Fall sind sie wertvoll. Sobald die Zeitungen darüber etwas schreiben, sieht alles gleich anders aus, das ist sicher. Das kann das Interesse der Öffentlichkeit erregen, also auch das der Verleger. Ich würde Ihnen ansonsten raten, vorsichtig mit den Medien zu sein: Sie können hilfreich sein, sind aber auch leicht erregbar, diese Medienleute.«

Zu Vivianes Überraschung brach Patricia Mesneux in Lachen aus. »Oh, das wäre lustig! Er hat Jahre damit zugebracht, einen Verlag zu finden, er hat seine Manuskripte herumgeschickt, und alle haben ihm die Tür gewiesen. Die Kinder und ich, wir haben immer auf die Absagen gewartet, ist zwar traurig, aber uns hat das zum Lachen gebracht. Es wurde dann aber ganz schön teuer, wegen der Briefmarken und Fotokopien.«

Wo hatte die Frau nur gelernt, so gehässig zu sein? War das erblich? War ihr Sohn auch so? Sie würde es herausfinden. »Könnte ich mit Gary sprechen, unter vier Augen?«

Patricia führte sie zu einem Zimmer und klopfte an die Tür. »Die Kommissarin wird jetzt mit dir sprechen, Gary. Antworte ihr, es ist wichtig.«

Sie hatte nicht gewagt zu sagen, dass dabei eine Wohnung herausspringen könnte, aber man merkte es dem Tremolo in ihrer Stimme an.

Der junge Gary warf ihr einen Blick aus verklebten Augen zu und machte sich dann wieder daran, seine Turnschuhe zu schnüren. Am Fußende standen vier weitere Paare.

»Du hast aber viele Turnschuhe!«

Er blickte auf. Er war ein gealterter Jugendlicher mit von einsamen Nächten ermüdetem Gesicht. Er hatte einen bronzefarbenen Teint, rabenschwarzes Haar und roch stark nach dem T-Shirt, das er eben erst aus seiner Sporttasche geholt und in der es wohl eine Woche gelegen hatte. »Ein Paar für die Schule, eins für die Stadt, eins zum Ausgehen, eins zum Sport, und das Paar zum Handball spielen. Und Siezen Sie mich, Sie sind dazu verpflichtet, das haben wir in Sozialkunde gelernt.«

»In dem Fall nennen Sie mich also bitte ›Commissaire‹. Können Sie sich daran erinnern, welches Paar Sie Freitag, den 18. Januar morgens getragen haben?«

»Freitag, Englisch, dann zwei Stunden Wirtschaft, das Paar für die Schule.«

»Commissaire. Das heißt: ›Es war das Paar für die Schule, Commissaire.‹ Und Sie waren auch dort, in der Schule?«

Gary sah Viviane verwirrt an, er war es nicht gewohnt, dass man ihn zurechtwies, schon gar nicht, dass man ihn über sein Privatleben ausfragte. »Bei Englisch war ich, aber zu Wirtschaft gehe ich nie, Commissaire. Viele schwänzen diese Stunde, die Lehrerin traut sich nicht, etwas zu sagen. Sie fürchtet um ihre Autoreifen. Schickt man deshalb eine Kommissarin zu mir, Commissaire? Haben Sie sonst nichts zu tun?«

Eines hatte er in der Schule gelernt, nämlich die Kunst,

mit Bullen zu sprechen. »Was haben Sie denn gemacht, wo waren Sie?«

»Beim Carrefour. Wir haben da abgehangen, Commissaire.«

»›Wir‹, wart ihr mehrere?«

»Klar, um abzuhängen, muss man zu mehreren sein. Warum? Hängen Kommissare allein ab, oder was?«

»Haben Sie Freunde, die das bestätigen können?«

»So viele Sie wollen, Commissaire.«

So viele Freunde, wie Viviane wollte, bereit zu bezeugen, worum Gary sie bitten würde: Diese kleinen Kerle waren schlimmer als Gangster. Sie musste das Thema wechseln, ihn über die Gefühlsschiene packen. »Mochten Sie Ihren Vater?«

Gary hob den Blick, aber nicht zum Himmel, sondern nur zur Decke. »So eine Frage, pff, da kann man ja alles Mögliche antworten, kann keiner nachprüfen.«

Null Punkte für Gefühle. Der Bengel hatte einen Schrank geöffnet und nahm eine Dose mit Gel heraus, das er sich auf die Hand schmierte, bevor er damit seine Frisur bearbeitete. Viviane sah ihn kaum an. Was sie interessierte, war das Regal, das unter der Last der Bücher fast zusammenbrach. Alles Krimis. Gute Autoren. »Mögen Sie Krimis?«

»Das geht Sie nichts an, ist mein Privatleben.«

Viviane war ein wenig enttäuscht. Gerne hätte sie sich mit einem jungen Kenner über Krimis unterhalten. Sie begnügte sich also mit einer guten alten Krimi-Frage: »Waren Sie Sonntagabend irgendwo unterwegs?«

»Nicht irgendwo, sondern bei einem Handball-Fest. Wie viele Zeugen brauchen Sie? Ich kann Ihnen etwa fünfzig anbieten, inklusive Präsident!«

»Darf ich ein Foto von Ihnen machen?«

Noch bevor er Nein sagen konnte, hatte sie ihr Handy gezückt und den Auslöser gedrückt. Das Foto war sehr gelungen, mit Fokus auf dem feindseligen, zu einer Grimasse verzogenen Gesicht. Die Kommissarin schloss die Tür wieder.

Patricia wartete im Wohnzimmer, in der Hand ein Heft, das nach Keller roch. »Und?«, fragte sie, während sie Viviane das wertvolle Stück in die Hand gab, »haben Sie ihm von der Wohnung erzählt?«

»Diese Überraschung überlasse ich Ihnen.«

Die Witwe schaute nun wie ein Bengalgeier. »Meine Beziehung zu Pascal war, wie sie war, aber Gary bleibt sein Sohn, genau wie Clément.«

Man spricht immer über Leute, die sich um viel Geld streiten, warum nie über Leute, die viel Geld versöhnen kann? Viviane fragte sie nach ihrer Arbeit, Patricia schnurrte vor Freude.

»Kommt es vor, dass Sie nicht ins Rathaus gehen?«

»Bei der Verantwortung, die ich dort habe? Da muss ich schon sehr krank sein. Ist sicher seit einem Jahr nicht vorgekommen.«

Viviane machte sich davon, nachdem sie der Witwe das Versprechen abgenommen hatte, überall nach den Unterlagen zu der Wohnung zu suchen, auch im Keller. Sie machte sich glücklich auf den Weg. Dieser Beruf barg

Freuden in sich, von denen sie nie genug bekommen konnte.

Sie war seit zehn Minuten wieder im Büro, als Gérald Tournu, der Lieferanten-Surfer, strahlend eintrat – ein echter weißer Ritter, ein Modellbürger, aufrecht, stolz. Er antwortete und artikulierte sorgfältig. Aber er hatte nichts weiter zu berichten, alles war schon von Monot aufgenommen worden. Er las die Aussage noch einmal durch, unterschrieb sie, war mit sich selbst einverstanden. Viviane schlug ihm vor, sich an einem Phantombild zu versuchen.

»Nein, ich kann mich nicht gut genug erinnern, ich habe sein Gesicht kaum gesehen. Schwarze Brille, braun gelockt, das ist alles, was ich sagen kann.«

Viviane zeigte ihm das Foto von Gary, noch ganz frisch auf dem Display ihres Handys. »Der hier, könnte der es gewesen sein?«

»Vielleicht. Ich müsste ihn von hinten sehen.«

»Und woran würden Sie ihn erkennen?«

»Auf der Jacke vom Trainingsanzug war irgendetwas merkwürdig. Ich weiß nicht mehr, was. Wenn es mir wieder einfällt, rufe ich Sie an.«

Er deutete einen soldatischen Gruß an und ging.

Im Großraumbüro ging es heiß her. Wachtmeister Pétrel hatte bei seiner Tour durch die Bistros erfahren, dass Tolosa mehrmals beim Krankenhaus Saint-Joseph gesehen worden war. Bei der Place d'Italie war ein Baby entführt worden, der Sohn vietnamesischer Händler. In der Rue de Vaugirard war eine Bank überfallen worden. Ein Amokläufer hatte bei der Place Georges-Mulot seine

Exlebensgefährtin als Geisel genommen: Er verlangte seine Kinder zurück. Und ein anonymer Anrufer hatte gemeldet, eine Werkstatt in der Nähe der Porte d'Ivry frisiere gestohlene Autos um.

Das war der Augenblick, als Monot eintraf. »Möchten Sie, dass ich Ihnen von der Sache mit dem Sonett berichte?«

»Nein, aber wenn Sie Zeit übrig haben, lesen Sie das hier heute Abend«, sagte sie und drückte ihm das Heft von Pascal Mesneux in die Hand. »Und mit dem Sonett machen Sie, was Sie wollen, aber schicken Sie Patricia Mesneux zuerst eine Fotokopie. Dann greifen Sie Pétrel unter die Arme: Finden Sie die Namen von Tolosas Familienmitgliedern heraus. Dann vergleichen Sie die mit allen Namen der Patienten in den Krankenhäusern der Gruppe Saint-Joseph. Vorsicht, ›Gruppe‹ heißt: mehrere Krankenhäuser. Die Leitung wird etwas dagegen haben. Erzählen Sie denen, dass mit einem Attentat zu rechnen ist und sich ein Komplize im Krankenhaus befindet, erfinden Sie irgendwas. Und schicken Sie Capitaine De Bussche zu mir, ich will mit ihm über das entführte Baby sprechen.«

»Und die grafologische Analyse?«

»Ist mir schnuppe, machen Sie, was Sie wollen, hab ich gesagt. Und jetzt los.«

Monot ging verstört hinaus. Er schien gerade entdeckt zu haben, dass ein heißer Tag bei der Polizei etwas an eine Fernsehserie erinnerte. Vielleicht sogar an *Emergency Room*.

Am nächsten Tag war wieder Ruhe eingekehrt. Das Baby war wieder bei seinen vietnamesischen Eltern. Sie behaupteten, es sei ein Missverständnis gewesen: Freunde hätten das Baby mitgenommen und vergessen, Bescheid zu sagen. Ja, *Madame la Commissaire*, bei uns ist das so. Ah, in Frankreich nicht? Das wussten wir nicht. Welche Freunde? Wir kennen sie nur vom Sehen. Nein, oh nein, natürlich haben wir kein Lösegeld bezahlt.

Der Amokläufer hatte seine Frau weinend freigelassen. Der Erfolg ging auf das Konto von Lieutenant Juarez, er war wie immer psychologisch sehr versiert vorgegangen.

Die Bank in der Rue de Vaugirard würde ihre doppelte Sicherheitstür noch verbessern, und der Werkstattleiter von der Porte d'Ivry war verhaftet worden. Man versuchte, an die Drahtzieher heranzukommen. Alles war gut.

Und am übernächsten Morgen lief alles noch besser: Man hatte herausgefunden, dass Tolosas Mutter mit Krebs im Endstadium im Krankenhaus Saint-Joseph lag, man brauchte die Falle nur noch zuschnappen zu lassen. Viviane rief Lieutenant Juarez und die Brigadiers Escoubet und Gamoudi zu sich, um sie zu briefen.

Aber Escoubet, der alte Knurrhahn, murrte: »Einen Gangster einlochen, der seine todkranke Mutter besuchen kommt, das passt mir nicht, Commissaire. Können Sie nicht jemand anderen bitten?«

Lieutenant Juarez war seinerseits sehr kühl geblieben. Er sah Viviane verächtlich an. »Ohne mich, Commissaire.

Und ich nehme die Konsequenzen der Entscheidung in Kauf.« Er verweigerte ihre Anordnung und wusste genau, was das für seine Personalakte bedeutete, aber er sprach mit Viviane, als würde er ihr helfen wollen, ihr Gesicht nicht zu verlieren: »Finden Sie eine andere Lösung. So ein Plan ist ein Desaster für das Image der Kripo und der Polizei im Allgemeinen. Ich sage das um Ihretwillen.«

Gamoudi nickte traurig und sprang auf, als es aus Viviane herausbrach: »Image? Wer verlangt denn von uns ein Image? Wir sind hier nicht in der Werbung! Oder in irgendwelchen Medien! Ihr haltet euch wohl für Pressefuzzis!«

Die drei seufzten, als würden sie einem alten Kämpfer zuhören, der von einer längst verlorenen Partie schwafelte. Sie jagte sie aus ihrem Büro, nur Gamoudi blieb noch kurz stehen. »Das ist nicht gut, Commissaire. Ich will nicht Nein sagen, aber das wird uns kein Glück bringen.«

Mit hängenden Schultern ging er hinaus. Viviane nahm sich zehn Minuten, um in Ruhe darüber nachzudenken – natürlich rannte sie währenddessen nur hin und her, bis sie schließlich ins Großraumbüro stürzte. Alle hatten den bösen Blick von Männern, die sich untereinander abgesprochen hatten.

Sie sprach, wie Kommissar Navarro es im Fernsehen immer tat. Sie erwähnte die Wichtigkeit und die Umstände dieser Festnahme – völlig unnötig, denn alle waren informiert – und fragte mit einer schönen Mischung aus Gefühlen und Autorität nach mindestens zwei Freiwilligen für den nächsten Morgen. Sie war weniger überzeugend als Navarro: Niemand meldete sich.

Bevor sie wieder in ihre Höhle ging, warf sie Monot einen letzten, flehenden Blick zu, der seinem kurz begegnete. Das genügte, er hatte ihren Hilferuf erhalten. »Na gut, ich bin der Jüngste, also bin ich wohl dran.« Er stand auf, um Viviane zu folgen; kurz bevor er zu ihr hineinging, rief er: »Du wirst mich doch mit der Dame nicht alleine lassen, Gamoudi.«

Gamoudi stand ebenfalls auf. »O.k., aber ich sag's Ihnen, das wird uns kein Glück bringen.«

Sie briefte die beiden für den nächsten Morgen: Treffen vor dem Eingangstor, bevor andere Besucher kamen.

Der Rest des Tages verlief in einem eisigen Klima geprägt von Zerwürfnis.

Freitag, 1. Februar

Hinter großen schwarzen Brillengläsern versteckt kam Viviane pünktlich vor dem Krankenhaus an, ebenso Monot. Gamoudi sollte auch bald kommen, kam aber nicht.

Schließlich meldete er sich: »Ich hab heute kein Glück, Commissaire. Mein Škoda hat eine Panne, ein Loch in der Ölwanne, ich stehe bei Thiais. Ich lasse den Wagen hier stehen, um ihn am Wochenende reparieren zu lassen. Tut mir leid, aber ich hatte es ja gesagt, das bringt uns kein Glück …«

Gamoudis Škoda war eine Legende bei der Kripo: Jedes Mal, wenn der Wagen gebraucht wurde, hatte er eine Panne. Gamoudi hatte schon so viel in Ersatzteile investiert, dass es für zwei neue Autos gereicht hätte, aber er hing daran wie an einem alten Hund und konnte sich nicht entschließen, ihn im Stich zu lassen. Dafür ließ er jetzt seine Kommissarin im Stich.

Sie legte auf, genervt. Es blieb ihr nur übrig, Monot zu erklären, wie sie zu zweit erledigen würden, was für drei geplant war.

Er hörte zu, aufmerksam, verängstigt. »Und wenn der Typ nicht tut, was er soll, Commissaire?«

»Wenn er nicht tut, was er soll, wird er an seine Tasche greifen und schießen, dann müssen Sie zuerst schießen. Ich will nicht sagen schießen, um zu töten, aber schießen Sie ihm in den Arm, ins Bein. Ich werde bezeugen, dass es Notwehr war. War, sein würde, ist ja das Gleiche, nur in der Zukunft.«

Monot schien die Argumentation nicht zu überzeugen, aber es war keine Zeit mehr zum Diskutieren. Tolosa tauchte mit einem Komplizen auf. Der Ganove ging so langsam und schwerfällig, als handelte es sich um den Gang auf den Friedhof; er konnte einem fast leidtun, aber dafür war jetzt nicht der richtige Zeitpunkt. Viviane und Monot wechselten auf den Gehweg gegenüber, liefen, bis sie auf der Höhe der beiden Gangster waren, dann gingen sie über die Straße, um ihnen zu folgen. Sie warf Monot einen Blick zu, er hatte verstanden: Tolosa für die Kommissarin, sein Komplize für den Lieutenant.

Die Polizisten teilten sich, Viviane ging rechts an Tolosa vorbei, Monot links an seinem Komplizen, dann hielten sie ihre Sig Sauer jeweils auf die Schläfe ihres Gegenübers, während Viviane rief: »Polizei, stehen bleiben! Hände auf den Rücken, langsam.«

Wie Viviane hatte auch Monot seinem Gangster schon den ersten Metallring angelegt, aber der zweite war schwieriger: Wäre Gamoudi da, hätte er das im Nu erledigt. Aber jetzt musste Monot die andere Hand hinter dem Rücken hervorholen, um den zweiten Ring anzulegen. Wenn der Verhaftete die Hand weiter an der Hüfte hielt, würde es gefährlich, er könnte eine Waffe aus seiner Tasche oder dem Gürtel ziehen. Tolosa hatte begriffen, dass Viviane ihm keine Chance lassen würde, er streckte ihr seine Hand hin.

Monots Gangster war weniger hilfsbereit. Der Tiger spürte die Schwäche seines Dompteurs. Er hielt den Arm steif am Oberschenkel, ließ ihn dann langsam nach oben gleiten.

»Wenn er nicht Pfötchen gibt, schießen Sie, Monot!«

Der Assistent warf ihr einen verzweifelten Blick zu. Er würde nicht schießen, das hatte der Gangster erraten. Er hatte Monots Angstschweiß gewittert.

Viviane schnallte Tolosas andere Hand fest, dabei zählte sie: »Eins…« Sie hatte gerade noch Zeit, die andere Hand des Komplizen zu stoppen, die schon fast am Gürtel war. »Stopp, das Spielchen ist zu Ende! Ich schieße wirklich!«

Es war zu Ende. Der Typ hatte verstanden, ließ alles mit sich machen.

Da bat Tolosa sanft, fast zärtlich: »Commissaire, tun Sie mir den Gefallen, von Mensch zu Mensch: Lassen Sie mich von meiner Mutter Abschied nehmen, solange sie noch bei Bewusstsein ist. Ohne Handschellen, ich möchte nicht, dass sie von mir geht und mich so in Erinnerung behält. Ich mache auch keinen Unsinn. Ich verspreche es Ihnen.«

Das war der Moment, in dem Viviane die Abwesenheit von Lieutenant Juarez, Escoubet oder Gamoudi wirklich bedauerte. Mit ihnen wäre sie das Risiko eingegangen. Aber mit Monot? Er war so zart, so arglos. Sie setzte eine harte Miene auf. »Das besprichst du mit dem Richter, Tolosa. Ich kann das nicht entscheiden.«

Tolosas Blick trübte sich, aber weil er sich nicht umsonst Verbrecher nannte, stieß er noch aus: »Das werde ich mir merken. Nächstes Mal werden Sie weniger Glück haben. Dieses Mal hatten Sie Schwein: Ich habe Sie den Gehweg wechseln sehen, ohne Sie zu erkennen. Nicht etwa wegen der schwarzen Brille, sondern weil Sie so fett geworden sind!«

Viviane verzog das Gesicht. Der Mistkerl hatte ins Schwarze getroffen. Und sie damit schmerzlicher getroffen als mit einer Kugel.

Die Festnahme war beendet. Viviane beglückwünschte Monot, der sich aber nicht davon täuschen ließ. Der Job hatte sie zehn Minuten gekostet, blieb noch die restliche Prozedur, eine Sache von mehreren Stunden. Sie beauftragte ihren Lieutenant damit, sich darum zu kümmern.

Am Ende des Nachmittags genossen sie wieder das emsige und ruhige Leben im Kommissariat. Das Telefon klingelte, sie hoffte, es sei Fabien: Nach der Verhaftung von Tolosa hatte sie das Bedürfnis auszuspannen und würde nicht Nein sagen. Noch dazu, wo sie diesen Wahnsinns-Tagesanbruch in so guter Erinnerung hatte.

Es war nicht Fabien.

»Commissaire Lancier? Ich bin Jean-Paul Cucheron, Sie sind im Bilde?«

Nein, war sie nicht. Alles was sie wusste, war, dass Ärger im Anmarsch war. Allein schon diese leise Stimme, und alles war klar.

»Jean-Paul Cucheron, der Grafologe. Ich lese gerade in der Presse, dass eine Expertise für das Sonett von Baudelaire in Auftrag gegeben wurde und verstehe nicht, warum man mich noch nicht kontaktiert hat. Wir sind hier fünf oder sechs anerkannte Spezialisten vor Ort, aber als Spezialist für alte Schriften gibt es nur einen, und zwar Cucheron. Jeder weiß das. Ich hatte sogar schon einmal die Gelegenheit, eine Expertise zu Baudelaire zu machen.«

»Einen Augenblick bitte.«

Sie legte den Hörer beiseite und öffnete die Tür zum Großraumbüro. Monot war ganz hinten, er saß vor einem Stapel Zeitungen.

»Ist die grafologische Expertise in Auftrag gegeben?«

»Ja, wir haben das gestern an Élisabeth Blum gegeben, aber …«

Viviane hatte die Tür schon wieder geschlossen und den Hörer aufgenommen: »Tut mir leid, Herr Cucheron, das läuft schon. Man hat das an Élisabeth Blum gegeben. Aber die Nächste ist dann für Sie.«

Am anderen Ende der Leitung ertönte Gebrüll: »Was? Schon wieder die Blum? Totaler Blödsinn, ihre Aufträge! Die guten Sachen sind immer für sie, die faulen für mich, wie macht die das? Hat die Kontakte, Verbindungen? Ich habe mich auf alte Schriften spezialisiert, um eine Nische zu haben, wo sie mich in Ruhe lässt, aber selbst da schnappt sie mir den Job vor der Nase weg, die Schlange! Sie tut das nur wegen der Kohle, was weiß sie denn von Schriften des 19. Jahrhunderts?«

Nach einigen Höflichkeitsfloskeln legte Viviane auf.

Monot war hereingekommen, ohne anzuklopfen. »Was ich sagen wollte, Commissaire: Das soll vertraulich behandelt werden. Frau Blum war sehr zögerlich und fürchtet wohl den Serienkillereffekt.«

Viviane nickte wissend. »Und wenn Sie der Presse davon erzählt haben, dann wohl nur um ihre Anonymität zu sichern?«

»Sie wollten ja nicht mit mir darüber sprechen, also habe ich es so gemacht, allerdings ohne Namen zu nennen. Priscilla hat mir dazu geraten.«

Das wäre also auch geregelt. Viviane rief Fabien an, erreichte nur den Anrufbeantworter und hinterließ eine Nachricht: Es würde ihr guttun, wenn er heute Abend Zeit für sie hätte. Sie würde ihn mit einem Candle-Light-Dinner überraschen. Und ihr rosa Caroll-Kostüm anziehen. Seit gestern konnte sie es anziehen, ohne sich hineinzwängen zu müssen. Es lebe die Trennkost!

Fabien rief zurück. Dieses Wochenende ging nicht. Er fuhr zu einem Kongress für Buchhalter und kam erst Montag zurück. Sie hatte plötzlich die finstere Vorahnung, dass dieses Wochenende ein unheilvolles Ende nehmen würde.

Um sich abzulenken, rief sie Monot erneut zu sich. »Sie, der Sie so medienaffin sind, Sie haben nach der Konferenz am Montag sicher schon einen Pressespiegel erstellt. Kann ich den sehen?«

Dreißig Sekunden später stand er wieder mit einem dicken Ordner in ihrem Büro. Alles war säuberlich ausgeschnitten und aufgeklebt. Wo nahm er nur die Zeit für diese Spielchen her?

»Bitte, Commissaire. Es sind ganz einfache Berichte über die Pressekonferenz dabei, aber auch Stellungnahmen, die sind zahlreicher: Man glaubt nicht an einen Zufall, man versucht sich an Erklärungen für die Serie, sogar Schuldige werden genannt. Es sind viele Interviews mit Saint-Croÿ dabei: Er erklärt seinen Standpunkt zur Herkunft des Sonetts von Baudelaire, erzählt von dem Attentat auf ihn, von seiner Sammlung, da ist er unermüdlich. Er appelliert auch an den Besitzer von *Die Eine, die Andere*, schlägt vor, das Originalmanuskript teuer abzukaufen. Heute Morgen gab es noch ein Interview mit Patricia Mesneux, die bereit ist, dem meistbietenden Verlag die gesammelten Werke ihres Mannes anzubieten. In Zeitschriften hat man auch Interpretationen des Sonetts von literarischen Koryphäen veröffentlicht, die im Allgemeinen mit Saint-Croÿ einer Meinung sind, es gibt sogar eine Auslegung von Jean Matsuyama, dem Académiemitglied.«

»Wo Sie gerade davon sprechen: das Heft mit den Gedichten von Mesneux, haben Sie es gelesen? Was halten Sie davon?«

Monot rümpfte die Nase. »Prosodisch betrachtet ist das gut gemacht, mehr aber auch nicht. Das Können ist da, aber es fehlt das Gefühl, man hat den Eindruck eine Mischung aus verschiedenen Dichtern zu lesen, sowohl Rimbaud, als auch Lamartine, oder …«

Viviane merkte sich das *prosodisch*, sie würde es nachher im Lexikon nachschlagen. Aber darum ging es ihr gar nicht. »Wenn das Sonett nicht von Baudelaire ist – hätte Mesneux das schreiben können?«

»Schwer zu sagen. Handwerklich, vielleicht. In puncto Inspiration wäre ich da vorsichtiger.« Monot wollte gerade gehen, machte aber kehrt und fügte unbesorgt hinzu: »Ach, ich hatte es fast vergessen, in dem Pressespiegel kann man auch einige Interviews mit mir lesen.«

»Mit Ihnen?«, brüllte Viviane. »Mit Ihnen, Monot? Geht's noch?«

»Es war Priscilla Smet, die mich darum gebeten hat zuzusagen. Ich wollte mit Ihnen darüber sprechen, aber Sie meinten, ich solle machen, was ich für richtig halte.«

Normalerweise hätte sie ihn aus dem Büro geworfen und den Pressespiegel gleich hinterher. Aber er war der Einzige, der sie in der Sache mit Tolosa unterstützt hatte. Sie strafte ihn mit einer bösen Miene ab.

Wenig später wurde angeklopft. Brigadier Escoubet hielt ihr einen Umschlag entgegen. »Der lag im Briefkasten.«

Auf dem sehr gewöhnlichen Umschlag ohne Briefmarken prangten Name und Dienstgrad von Viviane, auf einen Aufkleber gedruckt. Sie öffnete ihn und brach in Lachen aus. Ein hässliches, nervöses, müdes Lachen. Der Umschlag enthielt lediglich ein Blatt, auf das eine sehr vornehme Visitenkarte geheftet war, in englischer Schrift, auf dickem Bristolpapier: *Astrid Carthago, Medium. Jenseitskontakte.* Ganz unten: 72, Avenue de La Motte-Picquet, 75015 Paris. Und eine Telefonnummer.

Und fett gedruckt auf dem Blatt diese wenigen Worte: *Eine interessante Informationsquelle in der Sache Baudelaire.*

Sie stürzte ins Großraumbüro: Monot aktualisierte seinen Pressespiegel, Lieutenant Juarez verfasste einen Bericht, der nie gelesen würde, Brigadier Gamoudi verhandelte mit einem Schrotthändler, Capitaine De Bussche versuchte sich, ein Wörterbuch in der Hand, an der Übersetzung eines anonym verfassten Briefes in Chinesisch, Escoubet trank Kaffee, Pétrel telefonierte mit seiner Frau und Wachtmeister Kossowski versteckte noch schnell *Uppercut – das Boxmagazin.* Eine gute Freitagabendstimmung.

Den Brief in der Hand, baute sich Viviane vor Monots Schreibtisch auf. »Sehen Sie, wo das hinführt, Ihr Theater mit den Zeitungen? Sehen Sie mal, was ich bekommen habe, eine Einladung zu einem Medium!« Sie hatte das laut gesagt, fast gebrüllt, das ganze Büro drehte sich nach ihr um. Unter dem mitleidigen Blick von einem halben Dutzend Männeraugen fühlte sie sich geschwächt, leicht lächerlich. Das Unwohlsein vom Vorabend hatte sich noch nicht verflüchtigt.

Zumal Monot vorsichtig mit ihr sprach, wie mit einer Kranken: »Wer sagt uns denn, dass wir sie als Medium aufsuchen müssen? Vielleicht ist sie als *Person* für uns interessant. Das ist es doch wohl auch, was die Legende unter der Karte meint.« Monot sah sich die Karte aufmerksam an, Viviane wusste, was er vorschlagen würde. »Wenn Sie möchten, Commissaire, kann ich hingehen. Man weiß ja nie.«

»Damit das morgen in allen Zeitungen steht? ›Polizei lässt sich von Medium helfen‹? Nein, nein, mit Ihnen weiß man nie … Lassen Sie, ich werde gehen.« Viviane wandte sich in den Raum. »Kein Wort zu den Medien, nicht zu den Kollegen, zu niemandem.« Und zu Monot mit mörderischer Stimme: »Nicht mal zu Ihrer Priscilla oder zu Miss *20 minutes*, ist das klar, Lieutenant?« Sie flüchtete ins Büro zurück und ließ die Tür auf, um jeden spöttischen Kommentar zu unterbinden, dann wählte sie die Nummer von Astrid Carthago.

Eine recht junge, melodiöse Männerstimme antwortete ihr: »Ich bin Christophe, Madame Carthagos Assistent. Ich mache ihren Terminplan.«

Viviane nannte ihren Namen und bat um einen Termin.

Christophe lachte schelmisch. »Oh, ich habe eine gute Nachricht für Sie, für morgen früh hat jemand abgesagt, ich hätte einen freien Termin um neun Uhr. Sonst haben wir erst in drei Wochen wieder etwas.«

Erleichtert nahm sie den Termin an. Samstag um neun Uhr würde niemand auf der Straße sein, alles würde diskret ablaufen.

Christophe fügte hinzu: »Denken Sie daran, einen Vektor zur Kontaktaufnahme mitzubringen.«

»Einen was?«

»Einen Vektor. Ein Foto, ein Bild, eine Grundlage, auf deren Basis Madame Carthago arbeiten kann. Und: Wir akzeptieren weder Schecks noch Kreditkarten.«

Sie legte auf, ohne dass sie sich getraut hätte zu fragen, was eine Sitzung kostete. An diesem Abend sündigte sie gegen ihre Trennkostdiät und schlief schlecht.

Kapitel 9

Samstag, 2. Februar

Auch wenn sie sich dagegen wehrte, fand Viviane diesen Besuch aufregend. Sie war noch nie bei einer Hellseherin oder einem Medium gewesen. Sie hatte sich davon ferngehalten, um nicht das Gefühl zu bekommen, in ihrem Leben zu schummeln. An diesem Tag hatte sie endlich einmal eine Entschuldigung dafür, das zu tun, was sie schon lange tun wollte.

Die Räumlichkeiten von Astrid Carthago befanden sich am unteren Ende der Avenue de La Motte-Picquet, im engsten, am dichtesten bevölkerten Teil der Straße, im beliebtesten Teil. An diesem Morgen merkte man davon allerdings wenig. Der Einstieg in den Februar war so kalt, die Betten an diesem Samstagmorgen so gemütlich, dass die Straße ganz leer war. Nur wenige Passanten, die aus der Bäckerei kamen und an ihrem noch warmen Baguette knabberten. Auf dem Gehweg gegenüber ein Typ in einem dicken Blouson, der auf ein Taxi zu warten schien. Er hatte seine Hände in einer Schultertasche vergraben, als wolle er sie warm halten.

Neben der Haustür kündigte eine nüchterne Marmorplatte an: *Carthago, Beratung*. Viviane strich mit der Hand bewundernd über den polierten Stein. *Beratung*, man könnte meinen, es handelte sich um eine Erbschafts- oder Eheberatung. Vielleicht gab es die bei Carthago ja als Bonus.

Kaum war die Tür geöffnet, machte sich Enttäuschung in ihr breit. Sie hatte auf dunkle Räume gehofft, die nach Weihrauch rochen, mit Samt ausgeschlagen und mit vedischen Statuen vollgestopft waren; Christophe hatte sie sich als einen feinen jungen Mann mit eurasischen Zügen vorgestellt, in Seide gekleidet. Aber nichts von alldem: Astrids Assistent hatte breite, quadratische Hände, und so waren auch seine Schultern, sein gutmütiges fröhlich-bretonisches Gesicht, das zur Hälfte in einem dicken Rollkragenpullover steckte. Die Räumlichkeiten waren sehr hell und spärlich möbliert. Christophe führte sie in ein kleines Büro und gab ihr einen Fragebogen, den sie, mit kurzem Zögern bei der Spalte »Beruf«, sorgfältig ausfüllte: Sie schrieb dann »Sozialhelferin«, was der Wahrheit einigermaßen nahe kam. Was war schließlich ein Bulle, wenn nicht der Sozialhelfer einer kranken, auf sich gestellten Gesellschaft? Danach ließ Christophe sie eine Erklärung unterschreiben, mit der sie auf jedweden rechtlichen Anspruch gegen Astrid Carthago verzichtete, ganz gleich, was bei der Beratung herauskommen würde.

»Warum? Passiert es oft, dass nichts dabei herauskommt?«

»Nein, im Gegenteil. Astrid Carthago nimmt Kontakt

zu den Verstorbenen auf, das kann einen sehr mitnehmen. Wir hatten schon mehrere Nervenzusammenbrüche«, fügte er ergänzend hinzu, stolz wie ein General, der von verlorenen Schlachten erzählt.

»Die Toten kommen zurück? Und sie sprechen?«

»Oh, das ist eher etwas für eine Zirkusvorstellung. Nein, die Toten *schreiben.* Madame Carthago hält ihnen den Stift, und sie führen ihn.«

»Lassen Sie auf diese Art viele Tote schreiben?«

»Jeden Tag von neun bis sechzehn Uhr, außer am Sonntag. Das nimmt kein Ende.« Er nahm die unterschriebene Erklärung an sich und flüsterte: »Wegen der Kosten: hundert Euro für den Anfang. Dann zweihundert Euro für jede Viertelstunde, sobald der Kontakt steht. Sie zahlen danach.«

Eine Klingel ertönte.

»Gleich sind Sie dran«, sagte Christophe beim Hinausgehen. Man hörte eine kurze, leise Unterhaltung, das Geräusch einer zugezogenen Tür, dann kam Christophe zurück, um Viviane in das Büro von Astrid Carthago zu bringen.

Sie war genau wie ihr Sprechzimmer, ganz in zartem Lila, und roch gehörig nach Veilchen. Eine Blonde mit Brille, etwas über vierzig, stark geschminkt, wie um den traurigen Blick eines Menschen abzumildern, der sich zu viel mit Toten abgibt.

»Nun, wen soll ich rufen?«, fragte sie wohlwollend.

Viviane konnte sich nicht entschließen, bei wem sie anfangen sollte, sie hatte Angst, die Geister zu stören. Sie holte das Foto von Pascal Mesneux aus ihrer Tasche, das Monot im Leichenschauhaus gemacht hatte.

»Aber das ist ja Victor Hugo!«, rief Astrid fröhlich aus.

»Nein, das war ein Obdachloser: Pascal Mesneux. Er sah Victor Hugo ähnlich, nannte sich Victor Hugo, war aber nicht Victor Hugo.«

»Ach, schade. Ich kommuniziere häufig mit Schriftstellern, und der Kontakt zu Victor Hugo ist sehr einfach. Manchmal erscheint er, ohne dass ich ihn gerufen habe, und man wird ihn nur schwer wieder los.«

Sie legte eine Hand auf das Foto und streichelte es behutsam. Mit der anderen griff sie einen Block und einen Stift. »Sagen Sie nichts, außer ich frage Sie etwas«, befahl Astrid.

Carthagos Blick war wundersam leer geworden, sie war woanders und murmelte eine unverständliche Psalmodie. Ihre linke Hand kreiste langsam über dem Porträt von Pascal Mesneux. Sie verkrampfte sich. »Da ist er! Geist von Pascal Mesneux, hast du uns etwas zu sagen?«

Viviane wusste nicht, ob sie lachen oder zittern sollte. Astrids rechte Hand begann zu schreiben, ruckartig. Viviane konnte es nicht lesen, sie müsste sich das für später aufheben. Die Miene ihres Mediums hatte sich verzogen, wirkte beinahe aufgedunsen.

»Was möchten Sie wissen, Madame?«, fragte Astrid.

»Weiß er, wer ihn getötet hat?«

Die Hand des Mediums kritzelte einige weitere Wörter, das müsste wohl die Antwort sein, die Kommissarin zuckte zusammen.

»Haben Sie noch andere Fragen? Schnell, er geht«, sagte das Medium.

Viviane fühlte Panik aufkommen. Sie hatte noch nie mit einem Verstorbenen gesprochen, es war sehr schwierig.

»Beeilen Sie sich, eine Frage«, drängte sie Astrid.

»Wer hat ihn zur Académie Française geschickt?«

Wieder schrieb das Medium, dann legte es den Stift ab.

»Das war's, er ist weg. Sie waren schlecht vorbereitet auf die Begegnung, das ist schade. Sie können ihn frühestens in drei Monaten wieder anrufen, so verlangt es die Deontologie von uns. Die Verstorbenen hängen sich sonst zu sehr an die Lebenden.«

Astrid nahm das Blatt, das von zittrigem Gekritzel bedeckt war, und las es mit ihrer Kundin: »Ich habe ihn gefragt, ob er uns etwas zu sagen habe, er hat geantwortet: ›Meine hundert Mäuse, meine hundert Mäuse!‹ Ergibt das für Sie einen Sinn? Danach haben Sie ihn gefragt, wer ihn umgebracht hat, er hat geschrieben: ›Ich weiß es nicht‹, dann wollten Sie wissen, wer ihn in die Académie geschickt hat, er hat geschrieben: ›Ein Unbekannter‹. Das ist alles. Sie sehen enttäuscht aus.«

»Ich hatte auf genauere Antworten gehofft, Details, Namen.«

»Das ist immer so. Die Kunden glauben, dass die Verstorbenen dort, wo Sie sind, alles über unsere kleinen diesseitigen Geschichten wissen. Sie tun, was sie können, die armen Toten. Sie haben genügend Distanz, um etwas zu beurteilen, aber deswegen sind sie nicht allwissend.«

»Aha, ich verstehe«, seufzte Viviane devot.

»Die Viertelstunde ist noch nicht um. Möchten Sie, dass ich noch jemand anderen anrufe?«

»Ja, Charles Baudelaire.«

»Ah, Baudelaire, der gute Baudelaire«, rief Astrid aus, als handelte es sich um einen alten Liebhaber von ihr. »Was werden wir ihn fragen?«

»Ich wüsste gerne, ob dieses Gedicht von ihm ist«, sagte Viviane und hielt ihr ein Porträt des Dichters und die Fotokopie des Sonetts hin.

»Das ist wenigstens konkret und einfach. Die Antwort kann nur Ja oder Nein lauten. Ich beginne.«

Astrid bereitete ein neues Blatt vor und begann wieder mit der Anrufung im Gebet, die dieses Mal viel länger dauerte als vorhin. »Ich hab ihn«, sagte sie endlich. Sie schrieb einige Wörter auf, noch bevor sie mit einer Unterhaltung begann. Sie machte ein langes Gesicht und legte den Stift ab. »Er hat den Kontakt gleich wieder abgebrochen, ich weiß nicht, warum. Sehen wir einmal«, sagte sie und las, was auf dem Blatt stand. Eine schwungvolle, feine Schrift hatte notiert: *Mit Bullen spreche ich nicht.* »Er ist heute nicht sehr liebenswert. Sind Sie von der Polizei?«, wunderte sich Astrid, indem sie einen Blick auf den Fragebogen warf. »Schade, dass Sie uns das verschwiegen haben, das hat ihm missfallen.«

Es war Zeit, dieser Komödie ein Ende zu bereiten. Viviane fragte: »Und Sie persönlich, haben Sie mir nichts zu sagen?«

Astrid bedeutete ihr, näher zu kommen, und flüsterte ihr

ernst ins Ohr: »Ich kann Ihnen sagen, dass Sie einen guten professionellen Reflex hatten, indem Sie mich aufgesucht haben: Die Toten sind manchmal redseliger als die Verdächtigen. Schade, diesmal waren Sie zu unsystematisch. Aber kommen Sie häufiger.«

»Was die Sache mit dem Sonett betrifft, haben Sie mir nichts weiter zu sagen?«

»Das Sonett, das Sie mir gezeigt haben, ist ein Fall von Ihnen? Nein, ich verstehe nicht, was Sie meinen. Außerdem ist die Viertelstunde um.«

Sie läutete die Glocke und brachte die Kommissarin zum Ausgang. Viviane war unsicher, welche Haltung sie annehmen sollte. Sollte Sie sich aufregen oder bezahlen und davonlaufen, mit gesenktem Kopf, wie das Opfer eines gemeinen Streichs? Egal wie, in jedem Fall würde sie ein erbarmenswertes Bild abgeben.

Astrid Carthago hatte sich zurückgezogen. Christophe war wieder da und ließ ihr keine Wahl. »Hundert plus zweihundert, macht dreihundert Euro!«

Die Kommissarin bezahlte bar und bat um eine Quittung, die sie nur schwer als Spesen würde absetzen können. Aber sie wollte etwas haben für ihr Geld. Ihr kam wieder die Legende in den Sinn: ›Eine interessante Informationsquelle‹. Und wenn Christophe die Quelle war? Fragend heftete sie ihren Blick auf ihn. »Haben Sie mir vielleicht etwas zu sagen?«

Er musterte sie, und Viviane errötete. Er schien sie für eine alte, lüsterne Frau zu halten.

Sie beharrte: »Vielleicht möchten Sie mich in einem

privateren Umfeld treffen. Geben Sie mir Ihre Kontaktdaten, ich lasse Ihnen meine Handynummer da.«

Christophe nahm eine von Astrids Karten, schrieb eine Handynummer und seinen Namen auf die Rückseite – Le Marrec –, dann wies er ihr die Tür, als wollte er ein liederliches Frauenzimmer verjagen. Sie flüchtete, kläglich.

Sie wollte nicht ins Kommissariat zurück, wollte nicht, dass Monot sie mit seinem aufrichtigen Kinderblick fragte, wie es gelaufen sei. Noch weniger wollte sie das unterdrückte Lächeln ihrer Samstagstruppe sehen. Sie schämte sich, schämte sich für den Veilchengeruch, der an ihr klebte. Sie wollte gar nichts. Vor drei Wochen hatte der Winterschlussverkauf begonnen, das war jetzt der beste Ort, um nichts zu wollen.

Sie verbrachte den Tag damit, den Verkäuferinnen zu entkommen und vor ihrem Spiegelbild zu flüchten. Wenn ihr ein Teil gefiel, dann fragte sie in einer Nummer kleiner danach, um sich zum Abnehmen anzuspornen; weil sie aber wusste, dass sie das niemals schaffen würde, probierte sie es dann in einer Nummer größer an, für den Fall des Falles. Darin fand sie sich dann wirklich zu hässlich, matronenhaft, elefantös – und gab es mit einem Schulterzucken zurück. So ging das den ganzen Tag. Ein schrecklicher Tag inmitten dieser ganzen Zicken, denen alles gut stand, inmitten dieser Luder, denen es Freude zu bereiten schien, wenn die Schlange vor den Kabinen zu lang war und sie sich deswegen schamlos mitten im Laden auszogen, um ihre makellose, schlanke Taille zur Schau zu stellen. Viviane passte nichts, alles machte sie hässlich.

Schließlich kaufte sie eine schwarze Stretchhose wie im Jahr davor, und eine graue, ziemlich weite, formlose Jacke. Formlos wie sie.

Sie fuhr nach Hause, um sich die Johannespassion von Bach anzutun, ließ sich eine große Pizza und Gebäck kommen und verbrachte den Abend mit Sudokus. Trennkost stand einen anderen Tag auf dem Plan.

Sonntag, 3. Februar

An diesem Sonntagmorgen war es zu kalt, um als Büßerin in den Wald zu fahren und die Folgen dieses verrückten Abends auszumerzen. Sie ging spät zum Tunesier und kaufte ihm eine Ananas und einen 0% Magerquark ab. Der Lebensmittelhändler las *Le Journal du Dimanche.*

Er hob bewundernd den Kopf. »Haben Sie gesehen? Sie sind in der Zeitung.« Er zeigte ihr den Artikel, der auf Seite vier drei Spalten füllte. Die Überschrift lautete: »Kommissarin beim Medium«, und der Untertitel: »Die Polizei tappt im Fall mit dem Sonett im Dunkeln« – und vor allem gab es ein Foto, augenscheinlich mit einem Zoom aufgenommen: »Kommissarin Lancier von der dritten Abteilung der Pariser Kriminalpolizei«. Ja, das war sie, wie sie mit der Hand über die Marmorplatte *Carthago, Beratung* fuhr. Daraufhin legte sie ihre Einkäufe wieder weg, kaufte einen Bohneneintopf Toulouser Art in der Dose, einen in Plastik eingepackten Clafoutis, eine Flasche neuen

Beaujolais, machte noch einen Sprung beim Zeitungsladen vorbei und ging wieder nach Hause, um dort einen fantastischen Nachmittag zu verbringen.

Viviane legte die Goldberg-Variationen des lieben Johann Sebastian ein und machte sich über ihr Essen her, um sich Mut zu machen. Sie las *Le Journal du Dimanche* und leerte dabei die Hälfte der Flasche, damit der Artikel besser rutschte, ebenso der Bohneneintopf.

Ihre Mutter rief an, das fehlte noch zu ihrem Glück.

»Vivi, hier ist Mom, du bist in der Zeitung.«

Mom war glücklich: Ihre Tochter war in der Zeitung. Das war für sie der Applausmesser ihrer Karriere, sie würde eine Woche lang im Büro davon erzählen. Aber heute würde Mom auf ihrem Glück sitzenbleiben.

»Ja, aber ich kann jetzt nicht darüber reden, ich liege in der Badewanne.«

Viviane legte auf. In der Badewanne zu sein war die einzige Möglichkeit, sich ihre Mutter vom Leib zu halten, wenn sie anrief: Mom fürchtete sich vor einem elektrischen Schlag. Die Kommissarin las den Artikel, der so schwer zu schlucken war, noch einmal. Sie vergriff sich am Clafoutis, leerte die Flasche und gab dem Artikel dann noch eine letzte Chance. Aber es half nichts, die drei Spalten stießen ihr immer wieder sauer auf.

Nach einer kurzen Zusammenfassung der Ermittlungen und Niederlagen der Polizei, *die sich bislang nur durch die großartige Lesung des Sonetts vor den Fernsehkameras ausgezeichnet hatte*, skizzierte die Journalistin die Pfade, die dieser *rätselhafte Fall* eröffnete. Sie mokierte sich über den starren Rationalismus der Kommissarin, die während der Pressekonferenz *in einer einzigen Handbewegung* alle *Hypothesen vom Tisch fegte, die ihrem Verständnis widersprachen*, um am nächsten Tag *ohne Wissen der Medien* ein bekanntes Medium aufzusuchen. Sie erwähnte Details über die Technik und Dienstleistung von Astrid Carthago und stellte Mutmaßungen über den *Hilferuf* an, den die Kommissarin wohl an sie gerichtet hatte.

Was Viviane zutiefst erschütterte, war dieses kleine »ohne Wissen der Medien«, als ob sie gezwungen sei, ihnen über alles, was sie tat und dachte, Rechenschaft abzulegen. Sie begriff nichts in diesem Fall, was hätte sie denen also sagen können?

Wer hatte die Journalistin über ihren Besuch bei Astrid Carthago in Kenntnis gesetzt? Wer war an diesem Nachmittag im Büro gewesen? Doch selbst das müsste noch nichts bedeuten, sie hatten danach vielleicht noch darüber geredet. Es war möglich, dass man über sie sprach, sie kritisierte, nur fiel es ihr schwer, sich das vorzustellen, sie fühlte sich ihren Männern so nah.

Warum hatten sie das getan? Wegen der Geschichte mit Tolosa? Sie müsste diejenige sein, die ihnen das übelnahm, nicht umgekehrt. Oder war sie so unerträglich geworden, dass sie ihre Versetzung bewirken wollten, indem sie sie durch einen miesen Trick in unmögliche, lächerliche Situationen brachten? Solche Manöver sah man häufig in Kriminalserien im Fernsehen.

Sie konnte es nicht glauben. Die Falle war ihr wahrscheinlich ganz einfach von einem Paparazzo gestellt worden, der erst die Einladung formuliert und sich dann versteckt hatte, darauf lauernd, dass sie ihm bei dem Medium ins Netz gehen würde. Wahrscheinlich der Typ mit der Tasche, den sie auf dem Gehweg gegenüber gesehen hatte. So ein Scoop ließ sich sicher teuer verkaufen.

Morgen würde sie die Reporter vom *Journal du Dimanche* anrufen, um zu erfahren, wer ihr Informant war, aber die würden sie nur auslachen: Die Informationsfreiheit funktionierte eben nur in eine Richtung.

Der Artikel mündete in ein Kästchen mit einem Interview von Christophe Le Marrec. Er weigerte sich vornehm, die *sehr mediale Kommissarin Viviane Lancier* beziehungsweise ihren Besuch preiszugeben. Die Vertraulichkeit der Besuche seien eine berufsethische Verpflichtung. Astrid Carthago habe viele Kunden aus dem Showbusiness, es komme nicht infrage, die Namen, in der Hoffnung auf eine sinnlose Verbreitung durch die Medien, in alle Winde hinauszuposaunen – seine Chefin habe mehr als genug Kunden.

Es gab also Berufe, in denen man eine sinnlose Verbreitung durch die Medien ablehnen durfte, um nicht zu viele Kunden zu haben. Viviane war neidisch.

Sie genehmigte der *sehr medialen Kommissarin Lancier* ausnahmsweise eine Siesta. Am Abend würde sie mehr Durchblick haben. Als die Nacht angebrochen war, wachte sie mit einem pelzigen Gefühl im Mund auf und setzte sich vor den Fernseher, bis sie wieder in einen tiefen Schlaf fiel.

Der Tag begann schlecht. Da es draußen schön war, beschloss Viviane ihr rosa Kostüm anzuziehen, das ihrem jungen Lieutenant so gefiel. Sie passte nicht hinein.

Im Büro angekommen ließ sie Monot antreten. »Haben Sie den Artikel im *Journal du Dimanche* gesehen? Wer hat das ausgeplaudert, Sie etwa?«

»Nein, Commissaire, mein Wort darauf. Ich habe die ganze Truppe gefragt, niemand hat etwas gesagt. Wissen Sie, diese Geschichte ist ein Desaster für das Image der Kripo.« In dieser Antwort lag so viel Mitleid, so viel Kummer, dass sie weinen wollte. Aber das kam nicht infrage, sie war die Chefin. Sie erzählte ihm von der Sitzung, in einem Tonfall – so gutmütig wie nur möglich. »War in der Presse irgendwo Mesneux' letzter Satz zu lesen gewesen? ›Meine hundert Mäuse, meine hundert Mäuse‹, Sie wissen schon?«

»Ja, Commissaire, ich habe das in einem Interview erzählt, andere Zeitungen haben das dann aufgenommen.«

Sie nickte nachdenklich: Astrid hatte also nichts alleine herausgefunden, ihre dreihundert Euro würden bestimmt nicht erstattet werden. »Sagen Sie, wo Sie doch im Internet surfen, wie war die Resonanz auf diesen Besuch bei der Carthago?«

»Die war riesig, Commissaire. Das war auf allen Zeitungsseiten und in den Leserforen zu finden.«

Viviane zischte ein »Scheißmedien« und wollte Monot hinauskomplementieren, aber der schaute sie angespannt an. »Kann ich offen mit Ihnen reden, Commissaire? Sie sollten mit den Medien anders umgehen. Diese Art Kommentar wirft ein schlechtes Licht auf Sie. Ich, ich kenne Sie, ich weiß, was Sie draufhaben. Aber von außen betrachtet wirkt das …«

»Wie, Monot? Na sagen Sie schon, wie ein Bulle?«

»Oh, nein, nicht einmal das: … so richtig typisch französisch. Das sage ich jetzt Ihretwegen.«

»Danke für den Rat, Augustin.«

Er ging, Viviane legte die Füße auf den Tisch, um besser nachdenken zu können. Sie gab sich also nicht damit zufrieden, sehr medial zu sein, verrückt genug zu sein, um mit einem Medium zu verkehren, sie war auch noch »so richtig typisch französisch« und sich dessen nicht einmal bewusst. Sie hatte gedacht, die ganze Polizei sei so, aber da musste erst Monot kommen, um sie zu warnen. Sie musste das schnell korrigieren, schneller noch als ihr Übergewicht.

Ein Klopfen an der Tür unterbrach sie in ihrer ideologischen Neupositionierung. Wachtmeister Pétrel brachte einen Karton mit Post aus dem Hauptkommissariat. Der Artikel über den Besuch bei Astrid Carthago hatte dem Okkultismus Tür und Tor geöffnet, und nicht wenige Spinner hatten den Weg hindurch schon gefunden. Jetzt, da die Polizei die Esoterik schätzen gelernt hatte, boten viele ihre Dienste an. Sie hatten den Sonntag damit verbracht, das Geheimnis des Sonetts zu lüften, und die Früchte dieser Arbeit schnell am Quai des Orfèvres abgeliefert, ebenso schnell, wie man diesen zweifelhaften Schatz jetzt zu Viviane brachte. Jegliche Kryptogrammtechnik war in Betracht gezogen worden, und jede kam zu einigen Resultaten. Zu unterschiedlichen Resultaten natürlich.

Mit der Methode der diagrammatischen Substitution von Giambatista della Porta war es einem Forscher gelungen, das Wort *alkimia* in der Mitte des Gedichts zu finden, ein gutes Zeichen. Aha! Andere hatten dem Rebekka-Code den Vorzug gegeben, um einige Wörter zu isolieren. Insbesondere hatte man gefunden: *calix* und *ponant.* Mit dem System von Vigenère hatte man *Schlüssel* und *Azur* herausgearbeitet. Und die polyalphabetische Technik von Johannes Trithemius schließlich hatte erlaubt, *Dämon* und *spiritus* aus dem Text herauszuschälen.

Alle versprachen sie, ihre Nachforschungen weiterzubetreiben und sich für eine eventuelle Zusammenarbeit mit der Kriminalpolizei bereitzuhalten, auch auf freiwilliger Basis. Einer dieser Spinner versicherte, das Gedicht sei eine »einfache Prophezeiung«, die den Zweiten Weltkrieg ankündige: Der *Körper, prächtig und schwarz,* als Einheiten der Naziarmee, die sich an der *sapphischen Unschuld, der jüdischen Vestalin* vergriffen.

Viviane räumte die umwerfenden Enthüllungen wieder in den Karton und ging sich einen gemischten Salat kaufen. Bei ihrer Rückkehr traf sie auf Monot, der in ihrem Büro auf sie wartete. Er wollte ihr von zwei Telefonaten berichten.

Das erste war eines mit Christophe Le Marrec, der sich sorgte: Seit heute Morgen nahm er Anrufe für Madame Carthago entgegen, bei denen aufgelegt wurde, sobald er abnahm.

»Ich habe ihm angeboten, eine Fangschaltung zu aktivieren, aber er war etwas reserviert wegen der Prominenten unter den Kunden. Sie verlangen Diskretion. Christophe Le Marrec wollte wissen, ob ich ihm die absolute Verschwiegenheit unserer Truppe garantieren könne. Was soll ich ihm antworten?«

»Absolute Verschwiegenheit garantieren? Die Antwort ist Nein.« Sie hatte das nüchtern gesagt, aber am liebsten hätte sie geheult.

»Ich habe auch mit Patricia Mesneux gesprochen«, fuhr Monot fort. »Bei ihr ist es ähnlich, sie erhält anonyme Anrufe. Sie will Anzeige erstatten und eine Entschädigung verlangen.«

»Sagen Sie ihr, das ist der Preis für den Ruhm durch Medien.«

Das Telefon klingelte. Es war der Allmächtige. Sie gab Monot ein Zeichen hinauszugehen. Das würde der beste Moment des Tages sein, sie stellte sich auf Glückwünsche ein.

Aber seine Stimme klang merkwürdig kalt. »Ich habe von der Sache mit Tolosa Wind bekommen, meine kleine Viviane. Die Ergebnisse liegen auf dem Tisch, und ich weiß nicht, wie ich es Ihnen …«

»Oh, da gibt es nichts zu sagen, Herr Kriminaldirektor, das ist unser Job. Und Lieutenant Monot hat sich seinen Applaus verdient.«

»Nein, Viviane, Applaus ist hier nicht angebracht. Das ist sehr heikel, diese Verhaftung quasi am Sterbebett der alten Mutter. Das wird uns als Feigheit ausgelegt werden, und es wird den Medien nicht gefallen. Lieutenant Monot hat nur getan, wie ihm befohlen wurde, aber Sie hätten abwarten müssen, bis Tolosa wieder herauskommt, und ihn dann draußen festnehmen.«

»Nein, dort gibt es vier Ausgänge, da hätte er uns leicht entwischen können.«

»Man wird uns vorwerfen, dass wir ihm keine Chance gelassen haben, verstehen Sie?«

Ihm eine Chance lassen? Was für eine Chance? Und was sollte sie verstehen? Vor einigen Jahren war eine Passantin, ein großes Mädchen, bei der Verhaftung von Tolosa von einem Querschläger getötet worden, die noch immer in ihren Albträumen auftauchte, das genügte ihr.

»In jedem Falle, Viviane, sollten Sie dieses Thema bei der morgigen Pressekonferenz vermeiden. Wir werden sagen, dass eine Untersuchung im Gange ist. Und die Sache mit dem Sonett, kommen Sie voran?«

Sie brabbelte ein paar Lügen, die vage und beruhigend genug waren, um den Allmächtigen entmutigt auflegen zu lassen.

Die Berichte der Spurensuche waren da: keine Abdrücke, keine DNA-Spuren von wem und worauf auch immer. Viviane ärgerte sich, schuld waren diese Fernsehserien, sie hatten die Laborarbeit des Erkennungsdienstes öffentlich gemacht. Seither war alle Welt misstrauisch, man zog medizinische Handschuhe über, um anonyme Briefe zu schreiben, manchmal auch bevor man jemanden tötete.

Wachtmeister Pétrel trat ein, ohne zu klopfen. »Commissaire, ein Anruf aus dem Kommissariat am Boulevard Garibaldi. Madame Blum ist ermordet worden, in der Rue Cépré.«

Wer war Madame Blum noch mal? Ach ja, die Grafologin!

Kapitel 10

Viviane stieg in Begleitung des unvermeidbaren Monot in ihren Clio. Sie war wütend auf ihn. Wenn sie darüber nachdachte, dann hatten alle Unannehmlichkeiten mit diesem Holzkopf zu tun. Hätte er nicht die Leiche des Penners woanders hingelegt, würde der Fall jetzt gemächlich zwischen den Händen der 1. Abteilung der Pariser Kriminalpolizei alt werden. Hätte er nicht diese Freundin bei *20 minutes*, wäre Viviane nicht in diese Sache mit der idiotischen Vergiftung verwickelt. Wäre er nicht mit der Kopie des Sonetts bei Saint-Croÿ aufgekreuzt, um mit ihm einen auf gebildet zu machen, hätte es wahrscheinlich keinen Anschlag auf ihn gegeben. Die Idee mit der Grafologin, das war seine gewesen. Und wer hatte Élisabeth Blum ausgewählt? Auch er. Diese Umstände häuften sich, ja, sie waren sogar verdächtig. Sie musterte ihn mit einem Polizistenblick.

Aber der liebe Engel lächelte einfältig. »Ja, Commissaire?«

»Hatten Sie Élisabeth Blum schon getroffen?«

»Natürlich, am Donnerstag, um ihr die Fotokopie des Sonetts zu geben und die eines Autografen von *Die groß-*

herzige Magd, das Baudelaire zur selben Zeit aufgeschrieben hatte. Saint-Croÿ wollte mir das Original nicht anvertrauen, es ist das schönste Stück seiner Sammlung, aber er hat vor meinen Augen eine Fotokopie davon gemacht. Und da es ja darum ging, eine Fotokopie mit einer anderen zu vergleichen, war das nicht schlimm.«

»Wie war sie, diese Frau?«

»Eine nörgelige alte Jungfer. Sie sprach nur widerwillig, mit flüsternder Stimme, wie ein schüchterner Schatten. Sie lebte alleine in ihrer Wohnung, mit einer Katze. Sehr ängstlich: Sie rief mich Sonntagabend an, unzufrieden. Sie hatte eben den Anruf eines anderen Grafologen erhalten, eines gewissen Cucheron, obwohl ich ihr absolute Diskretion garantiert hatte. Das ist wirklich sehr unangenehm für mich. Ich weiß nicht, wo die undichte Stelle war.«

Viviane zog es vor, das nicht aufzudecken, sie hupte, damit eine Vespa ihnen Platz machte. »Hatte sie noch andere Anrufe erhalten? Anrufe, bei denen aufgelegt wurde, sobald sie abnahm?«

»Das weiß ich nicht, Commissaire, davon hat sie nicht gesprochen.« Dem Lieutenant schien es schwerzufallen weiterzureden. Er holte Luft. »Finden Sie diese Serie nicht beunruhigend? Ist Ihnen aufgefallen: Es genügt schon, die Kopie des Sonett-Manuskripts in den Händen gehabt zu haben, um in den Genuss einer Ermordung oder eines Anschlags zu kommen.«

Viviane hupte schon wieder dieser armen Vespa hinterher, die ihr nichts getan hatte, aber das genügte nicht, um Monot zu neutralisieren, der taktlos weiter beharrte:

»Mesneux, dann Sie, dann Saint-Croÿ, dann Blum. Nur mich hat es noch nicht getroffen. Und das Medium, haben Sie ihm das Sonett gezeigt?«

Der Lieutenant wurde unerträglich, Viviane seufzte und versuchte abzulenken: »Und die Unsterblichen von der Académie, sind die tot? Und Patricia Mesneux? Nein, Monot, bleiben wir ernst: Hatte Frau Blum schon mit der Analyse begonnen?«

»Ja, und ihrer Meinung nach ist das Manuskript authentisch, es stammt aus der Feder von Baudelaire. Es gab ein paar Ungereimtheiten, über die sie mit mir reden wollte.«

Viviane parkte ihren Clio vor dem Haus der Grafologin, Rue Cépré. Ein schönes, modernes Gebäude mit gepflegtem Rasen und einem Garten, in einer kleinen, provinziellen Straße, die sie träumen ließ: Warum hatte sich die Kriminalpolizei nicht in so einem Paradies niedergelassen, weit weg von der Heftigkeit der Stadt, statt in der Avenue du Maine, wo die Autos wie über eine Rutsche fuhren und Kielwasser aus Feuer und Blut hinter sich ließen? Die Kripo hätte es dann nur noch mit lärmenden Hunden und verloren gegangenen Fahrrädern zu tun. Aber klar war auch: Hier, in diesem Paradies, war die Grafologin ermordet worden. Die Polizisten aus dem Kommissariat vom 15. Arrondissement erwarteten Viviane vor der Tür.

»Welche Etage?«, fragte sie.

»Wie Sie wollen«, antwortete der Ältere mit lautem Lachen.

»Ich frage nach der Etage.«

»Haha, sie wurde im Fahrstuhl getötet.«

Ein Wachpolizist als Komiker war wie ein Truppenunterhalter, nur plumper. Viviane rang sich ein Lächeln ab und ging hinauf. Man hatte den Fahrstuhl in der vierten Etage blockiert. Die Spurensicherung war schon am Werk, ebenso der Rechtsmediziner. Viviane kannte ihn: ein schweigsamer, ernsthafter Typ. Er schien dieser Toten beleidigt zu sein, die sich im Fahrstuhl hatte umbringen lassen. Die Kabine war winzig, man hatte den Körper auf die Treppe ziehen müssen, um eine Untersuchung durchzuführen.

»Und, Doktor, ist es schlimm?«

»Jedenfalls hat es ein schlimmes Ende genommen, ist gegen zwölf Uhr dreißig passiert, plus minus eine halbe Stunde. Erwürgt mit diesem rosa Tuch, das ihres zu sein scheint, es riecht nach demselben Parfüm wie sie. Schneller Tod.«

»War der Mörder ein Mann?«

»In der Regel werden Strangulationen von Männern verübt, ja. Aber diese Dame war so rachitisch, dass jeder das getan haben könnte. Nicht schwerer zu erwürgen als ein Hundebaby.«

Viviane warf einen Blick in die Wohnung: Die Spurensicherung war am Werk, es war so schön wie im Fernsehen.

»Wohnt sie hier, auf dieser Etage? War die Tür auf?«

»Nein, aber die Schlüssel waren in ihrer Handtasche.«

Viviane rief den wachhabenden Polizisten von unten zu: »Warum wurden wir so spät angerufen?«

»Weil man sie spät entdeckt hat. Ein Mieter aus dem Fünften hat sie gegen fünfzehn Uhr gefunden, als er runterfahren wollte. Er ist sich sicher: Der Fahrstuhl kam von der Etage unter ihm.«

Der Gerichtsmediziner hatte sich zu den Leuten der Spurensicherung gesellt. Viviane blieb vor der Tür stehen, zusammen mit Monot und Madame Blum – einer kleinen Frau mit gelblichem Teint, die durch das Erwürgen aufgedunsen war. Ihre allerletzte Grimasse hätte die abgebrühtesten Manga-Leser in Schrecken versetzt. Monot betrachtete sie und zog die Nase in Falten.

»Sie sind keine Leichen gewöhnt, was, Monot? Finden Sie die eklig? Sie werden sich einen Ruck geben müssen, das ist unser täglich Brot. Ohne Leichen keine Bullen.«

Aber Monot antwortete nicht. Er betrachtete noch immer die Leiche und schüttelte dabei den Kopf, er rang nach Luft.

»Es ist schwer zu erklären, Commissaire, aber ich fühle mich …«

»Ein bisschen schuldig, ist es das?«

Er brach in Tränen aus. So groß und so zerbrechlich wie er war, nahm sie ihn in den Arm und erlaubte ihm, sich gehenzulassen. Der harte Bauch ihres Assistenten drückte sich gegen ihre Brüste, und das Kinn vergrub sich gerade in ihren kurzen Haaren. Aber es tat ihm gut, dem Cherub. Und ihr auch. In diesem Moment traten Spurensicherung und Gerichtsmediziner vor die Tür und lächelten verlegen.

»Sie dürfen jetzt eine Runde drehen, aber fassen Sie nichts an. Wir warten im Treppenhaus auf Sie.«

Sie schickte Monot weg, um sich frisch zu machen und begann herumzuschnüffeln. Auf dem Arbeitstisch lagen die Fotokopien des Sonetts und der *Großherzigen Magd* herum. Sie war gerade dabei, das Gedicht zu lesen, als Monot eintrat.

»Das mit der *Großherzigen Magd* ist auch schön. Ist gelungen, diese Beschreibung von Leichen und Würmern, sagte sie und las laut vor:

»Indes sie selbst, zernagt von schwarzen Grübelein,
So ohne Bettgenossen und Gespräch, allein,
Erfrorene Gerippe, von Würmern ganz entstellt,
Verspüren, wie im Winter Schnee herniederfällt.«

Monot ließ ein poetisches Schweigen nachhallen. Er schien glücklich. »Ja, sehr schön, Commissaire. Ich werde Ihnen eines Tages darüber erzählen.«

Sie nickte und lächelte ihn an, lächelte ihn wirklich an. Dann setzte sie ein anderes Lächeln auf, ein Polizistenlächeln, und zeigte ihm den aufgeschlagenen Terminkalender. »Sehen Sie mal, hier ist etwas noch Schöneres!«

Unter dem heutigen Datum stand *Cucheron, 06 62 31 50 35. 11 Uhr 45.*

»Sieh an! Der andere Grafologe! Rufen Sie ihn an. Bestellen Sie ihn zu uns, um zwanzig Uhr.«

Cucheron kam am Abend aufs Revier. Ein Mann, mittelgroß, untersetzt, rothaarig, mit sehr weißer Haut und blauen Augen.

»Sie haben mich zu einer merkwürdigen Zeit bestellt, Commissaire.«

Viviane wich etwas zurück. Dieser Typ hatte bestialischen Mundgeruch, die Unterhaltung würde mühsam werden. »Oh, Sie hatten heute wohl auch eine merkwürdige Zeit«, sagte Viviane während sie ihn in ihr Büro ließ. »Setzen Sie sich.«

Jean-Paul Cucheron legte seine Handschuhe aus Pekarileder auf den Tisch, holte einen Kamm heraus, fuhr sich damit dreimal nervös durchs Haar und stieß einen verheerenden Seufzer aus. Viviane gab Monot ein Zeichen, er solle sich in ihre Nähe setzen, außerhalb seiner Reichweite.

Cucheron sah sie an, die eine, den anderen, mit einem sorgenvollen Lächeln. »Man könnte meinen, es handle sich um ein Verhör.«

»Sagen wir mal so, wir hätten da einige Fragen. Haben Sie Ihre Kollegin Élisabeth Blum heute gesehen?«

»Ja, am späten Vormittag. Ich hatte sie um ein Treffen gebeten.«

»Aus welchem Anlass?«

»Wegen des Sonetts natürlich. Ich hatte bei mir ein Büchlein aus den zwanziger Jahren gefunden, eine Monografie über die Handschrift von Baudelaire und ihre Entwicklung über die Jahre. Eine kleine Studie von einer unbekannten Grafologin mit einem unmöglichen russischen Namen, in der Art Kisky-Dingsdaja, sie wird es Ihnen zeigen. Genau genommen ist es nicht einmal ein Buch, sondern ein Heft in einem lila Einband, verlegt von einer Druckerei. Das gab es zu jener Zeit häufig, ob es die Memoiren der Großmutter oder die Kriegserinnerungen zweier alter Oberste waren.«

»Könnten wir bitte zum Thema zurückkommen?« Es fiel ihr schwer, ihren Ärger zu unterdrücken. Warum konnten diese Literaten keine Frage beantworten, ohne auf eine andere zu kommen?

»Aber *ich bin* ja beim Thema: Ich wollte ihr das Buch ausleihen, wenn sie es gebrauchen könnte. Um ehrlich zu sein, wollte ich ihr auch meine Mitarbeit an diesem Fall anbieten. Ich war bereit, auch unentgeltlich zu arbeiten, aber ich wollte mit dem Gutachten in Verbindung gebracht werden, das wäre für mein Image gut gewesen. Ich sagte Ihnen bereits, ich verstehe nicht, dass man es nicht mir gegeben hat.«

»Und weiter?«

Cucheron seufzte genervt. Viviane geriet ins Wanken.

»Was das Sonett betraf, sagte sie mir, es sei zu spät. Sie sei quasi fertig mit der Analyse, sie müsse nur noch ihre Notizen zur Hand nehmen und das Gutachten formulieren. Aber mein Heftchen interessierte sie lebhaft, sie wollte es gerne einige Tage behalten. Dann haben wir über die Arbeit geredet: Sie schien viel Arbeit zu haben, viele Kunden, ich dagegen habe zu wenig. Ich habe sie gefragt, ob es nicht eine Möglichkeit der Zusammenarbeit gebe, im Sinne einer Provision oder einer Zulieferung, verstehen Sie, was ich meine?«

»Geht so. Wissen Sie, Provisionen und Zulieferungsaufträge gibt es bei der Polizei nur selten. Und was ist dann passiert?«

»Ich habe sie zum Essen eingeladen, um darüber zu sprechen. Aber sie wollte nicht raus, sie hatte Angst – nach all diesen Geschichten mit dem Sonett. Um sie zu beruhigen, habe ich ihr die Pizzeria genau neben dem Kommissariat vorgeschlagen, auf dem Boulevard Garibaldi. Sie willigte schließlich ein, und wir haben den Fahrstuhl genommen. In dem Moment, als wir die Kabine verließen, klingelte ihr Handy. Sie hat nicht abgenommen, aber sie sagte mir, sie könne doch nicht essen gehen und würde mich zurückrufen. Dann ist sie wieder hochgefahren.«

»Der Fahrstuhl war noch unten?«

»Ja, natürlich, ich hatte die Tür noch nicht zugemacht.«

»Wie spät war es?«

»Zwölf Uhr irgendwas. Das kann Ihnen die Concierge bestätigen, die kam gerade mit ihrem Kind von der Schule. Als sie hereinkam, hat sie gesehen, wie wir uns verabschiedet haben. Wir haben uns gegrüßt.«

Vivianes Gedanken verfinsterten sich. Man hatte das Handy weder in Madame Blums Wohnung noch bei ihr selbst gefunden. Was war daraus geworden? Und dieses lila Heft hatte sie auf dem Schreibtisch der Grafologin auch nicht gesehen. »Und dann?«

»Bin ich alleine in die Pizzeria gegangen. Von dort habe ich einen Kollegen angerufen, der im Viertel wohnt. Wir haben zusammen gegessen. Ich kann Ihnen seine Kontaktdaten geben. Aber wozu all diese Fragen? Wenn Sie mir nicht glauben, fragen Sie doch Madame Blum, die kann Ihnen alles bestätigen.«

»Das wird ihr schwerfallen, sie hat ein Tuch um den Hals, das sie zu sehr zuschnürt, als dass sie sprechen könnte. Lieutenant Monot wird Ihre Aussage aufnehmen.«

Sie ließ die beiden stehen. Im Gehen hörte sie Monot, wie er den Grafologen beruhigte: Es sei eine reine Formalität, er stehe selbstverständlich nicht unter Verdacht. Viviane wusste, dass ihr Lieutenant leider recht damit hatte.

Sie ließ das Auto im Parkhaus stehen und ging zu Fuß nach Montparnasse. Sie musste nachdenken, brauchte einen Tapetenwechsel, um auf andere Gedanken zu kommen. Es waren wenig Fußgänger unterwegs, die Bistros waren voll. Sie irrte umher wie eine leidende Seele, mit diesem Fall, seinen Strophen und Toten, die schwer auf ihren Schultern lasteten. Sie hätte ein paar Worte der Ermutigung, des Mitleids gebrauchen können, aber sie war nur Bulle, sie wusste nicht, wen sie darum hätte bitten können. Sie strandete schließlich in einer Crêperie und genehmigte sich einen Krug Cidre und zwei herzhafte Crêpes. Sie versuchte, auf der Papierserviette eine Tabelle aufzumalen, in der alle Personen vorkamen, die mit diesem Fall zu tun hatten: Pascal Mesneux, Louis Saint-Croÿ, Astrid Cathago, Élisabeth Blum, Jean-Paul Cucheron. Darunter: deren Umfeld. Normalerweise ergab das fein säuberliche Kästchen, in denen man manche Namen unterstreichen und andere mit Pfeilen und Hinweisen auf Motive miteinander verbinden konnte. Heute Abend ergab das aber nur ein absurdes Patchwork, sie konnte alle beliebig miteinander austauschen. Sogar ihre Leute aus dem Kommissariat.

Wer von ihnen wusste, dass Élisabeth Blum an dem Sonett arbeitete? Das hier war ernster als der unheimliche

Streich mit dem Medium, hier endete alles mit einem Todesfall. Eine neue Unvorsichtigkeit? Sie konnte niemanden verdächtigen, sie kannte sie seit Jahren. Außer Monot, von dem sie aber das Gefühl hatte, ihn besser zu kennen als sonst jemanden.

Sie dachte auch, dass sie ihre Männer nie wirklich kennengelernt hatte, dass sie sich damit begnügte, jeden von ihnen in eine Schublade zu stecken, mit der sie sich zufriedengab: Kossowski und seine Boxkämpfe, Juarez' Kinder, Escoubets Lieblingsgerichte und seine Pferdewetten. Was wusste sie sonst noch von ihnen? War es möglich, dass ein schwaches Glied bestochen worden war, um an Informationen zu gelangen? Bis zu welcher Summe blieb man unbestechlich, und wer von ihnen brauchte Geld? Gamoudi, um sich ein neues Auto zu leisten? Pétrel, der traurige Pétrel, um im Ausland eine Therapie auszuprobieren, die seine noch immer kranke Frau retten würde? De Bussche, um seiner Freundin ein chinesisches Restaurant zu kaufen? Alles war möglich. Nein, es war unmöglich.

Es waren zu viele Dinge in diesen Fall verstrickt, zu viele Leute in den Kästchen. Sie bestellte eine Schokoladen-Crêpe mit Crème fraîche, auf die sie eine Viertelstunde wartete, bevor sie sie innerhalb einer Minute verschlang. Sie ging und nahm die vollgekritzelte Papierserviette mit. Sie fühlte sich sehr allein. Allein wie ein in seinen Ermittlungen verlorener Bulle.

Monot war ganz aufgebracht, als er in Vivianes Büro kam. »Es gab ein Element aus den Akten, das bei Madame Blum fehlte: die Katze, wo war die Katze?«

Viviane schaute ihren Lieutenant besänftigt an: Monot hatte aus der Sache mit dem Pancake seine Lehre gezogen, nie wieder würde er ein Element einer Akte unbeachtet lassen. Diese Katze war wahrscheinlich völlig unwichtig, aber sie musste das Spiel jetzt mitspielen. Sie mussten noch einmal in die Rue Cépré.

In ihrem Clio wurde der zutrauliche Monot nun ganz aufgeregt. Er sprühte vor Ideen, es war rührend. Es war nicht nur die Katze, die ihn interessierte, auch das lila Heftchen.

»Cucheron hat ausgesagt, dass Élisabeth Blum hinter ihm zum Fahrstuhl lief, aber das Heftchen war nicht mehr da, also muss es gestohlen worden sein. Der Dieb kann mit dem Schlüssel in die Wohnung gekommen sein, nachdem er sie im Fahrstuhl getötet hat; oder er hat sich Zutritt verschafft, um sie zu töten und dann zum Fahrstuhl zu schleifen; in jedem Fall wollte er unbedingt dieses lila Heftchen haben. Cucheron war es nicht, der hat es schließlich selbst mitgebracht.«

»Haben Sie seine Aussage überprüft?«

»Ja, es war genau, wie er gesagt hat: Die Concierge hat gesehen, wie er sich von Madame Blum verabschiedet hat, und gegen Viertel nach zwölf war er im Restaurant. Um halb eins kam dann sein Kollege dazu, gegangen sind sie sehr viel später. Schade, er war ein idealer Verdächtiger – es war offensichtlich, dass er Madame Blum gehasst hat.«

Viviane hörte ihm skeptisch zu. »Er hätte nach dem Zusammentreffen mit der Concierge noch einmal hochgehen können.«

»Nein, Commissaire, nachdem sie da war, hat sie bis halb eins den Eingangsbereich geputzt, dort waren matschige Fußabdrücke. Nebenbei hat sie ihre Lasagne im Herd gebacken. Madame Blum muss später getötet worden sein, nachdem die Concierge zum Essen hineingegangen war.«

Viviane grummelte. Cucheron war wirklich unschuldig, schade. »Es gibt Wichtigeres als das Heft, Monot, nämlich den Anruf. Wahrscheinlich erwartete sie den Anruf eines Typs, mit dem sie sich treffen wollte, deswegen ist sie wieder hinaufgegangen. Es ist sehr gut möglich, dass es sich hierbei um den Mörder handelt. Es sei denn, Cucheron hat sich diesen Anruf ausgedacht.«

»Sie haben es wohl wirklich auf ihn abgesehen, Commissaire. Aber, nein, hat er nicht. Wir haben zwar Blums Telefon nicht, aber wir kennen ihren Telefonanbieter, und es hat einen Anruf um zwölf nach zwölf gegeben, den sie nicht beantwortet hat. Er kam aus der Telefonzelle Ecke Garibaldi-Boulevard, hundert Meter entfernt. Jemand, der das Kommen und Gehen im Haus beobachtet hat.«

Die Concierge öffnete ihnen Élisabeth Blums Brandschutztür. Alles war sauber, ordentlich aufgeräumt, ohne ein Staubkörnchen. Selbst das bisschen Unordnung auf ihrem Schreibtisch schien seine symmetrische Ordnung zu haben. Sie sahen sich noch einmal im Wohn-Arbeitsraum und im Schlafzimmer um: kein Heft und auch keine Katze. Viviane ging ins Bad, während Monot sich in der Küche umsah, wo Viviane dann dazukam.

»Wir verlieren unsere Zeit, gehen wir.« Sie sprach mit einem Hintern, sogar einem sehr hübschen Hintern, es war betörend. Monot schnüffelte auf allen vieren unter der Spüle herum.

»Commissaire, ich hab ihn!«

Es war eine alte graue Katze, versteckt hinter dem Mülleimer.

»Zufrieden, Monot? Jetzt werden die Ermittlungen sicher eine entscheidende Wendung nehmen, nicht wahr? Man muss die Katze nur in Polizeigewahrsam nehmen, damit sie den Verdächtigen denunziert.«

»Ich werde sie trotzdem mitnehmen, man kann sie ja nicht verhungern lassen. Ich werde sie meiner Mutter bringen.«

Lieutenant Monot hatte eine Mutter! Viviane war dieser Gedanke nicht gekommen, sie fühlte eine merkwürdige Eifersucht. Es war absurd, sie konnte ihm doch nicht alle Frauen sein, es fiel ihr schon schwer genug, seine Chefin zu sein.

Die Katze hatte sich während der Rückfahrt im Clio erbrochen. Monot versprach ihr, das in der Mittagspause zu reinigen und die Gerüche am Tatort zu neutralisieren.

Sie ging am frühen Nachmittag nachsehen: Es war schrecklich. Monot hatte ein Putzmittel mit Jasminduft benutzt, der Geruch im Auto war schlimmer als zuvor. Es genügte, um sie für den Rest des Tages in schlechte Laune zu versetzen.

»Machen Sie Ihr Fenster auf, dann stinkt es weniger«, bat sie ihn am Abend, als sie zur Pressekonferenz fuhren.

Viviane ließ ihr Fenster geschlossen, denn es war wirklich kalt. Drei Minuten später musste Monot heftig niesen und holte, sich entschuldigend, ein Taschentuch aus seiner Jackentasche hervor. Daran klebte ein grünes Papier. Monot stieß einen kleinen Freudenschrei aus und schwenkte es herum. »Raten Sie mal, was das ist, Commissaire!«

Natürlich wusste sie es: Es war ein grünes Post-it, wie die von ihrem Schreibtisch, grün wie jenes, das sie Monot gegeben hatte, an dem Abend, als er sich die Adresse aufschrieb, die auf der Rückseite des Umschlags mit dem Sonett stand. »Und Sie haben mir gesagt, Sie hätten es überall gesucht …«

»Überall im Büro, aber jetzt erinnere ich mich: Diese Jacke ist die wärmste, die ich habe. Ich hatte sie an dem Abend an, als ich von dem McDonald's kam. Seitdem habe ich sie nicht mehr getragen.«

Sie las die Adresse laut vor: *X. B., Rue du Bois, Pantin.* Die Adresse war zu simpel gewesen, als dass sich jemand daran hätte erinnern können. »Rufen Sie im Kommissariat an, die sollen uns eine Liste von allen Bewohnern der Rue du Bois machen, deren Initialen X. B. lauten. Ich will das gleich nach unserer mondänen Konferenz haben.«

Auf der Pressekonferenz waren noch mehr Journalisten anwesend als letzte Woche. Was interessierte die Leser an dieser Sache nur so ungemein? Die Kommissarin hatte keine Zeit gehabt, Zeitung zu lesen, aber sie wusste, was man über den Mord an Élisabeth Blum schrieb. Ungereimtes Zeug, Geschwätz. Auf gut Französisch: Schwachsinn. Viviane selbst könnte nichts Derartiges schreiben: Weder beherrschte sie die Kunst, ihre Sätze im Konjunktiv der Anspielungen zu formulieren noch sie mit der Floskel »Aus sicherer Quelle« beginnen zu lassen. Sie hasste die Medien. Monot konnte sagen, was er wollte, jeder Polizist hatte das Recht, sie zu hassen.

Priscilla Smet empfing den Lieutenant mit einem großen Lächeln, wie es sich für so ein Luder gehörte, und ignorierte Viviane, als habe sie erraten, dass die Kommissarin ihr die gleiche Behandlung zukommen lassen wollte.

Die Pressetante nahm das Mikro und kündigte an: »Ich erinnere Sie daran, dass diese Pressekonferenz ausschließlich dem Fall mit dem Sonett gewidmet ist. Es wird hier nicht um die Verhaftung von José Tolosa gehen, die momentan Gegenstand einer gesonderten Untersuchung ist.«

Viviane bemühte sich um ein verbindliches Lächeln, sie wusste nicht, wo sie beginnen sollte. Aber es war auch egal, irgendwo eben, es würde schon passen. Die Hobbykryptografen hatten das Internet mit ihren Hirngespinsten überschwemmt, und die Journalisten hatten sie sich munter angeeignet: »Können Sie bestätigen, dass die Polizei die Hypothese von der geheimen Botschaft überprüft?«, »Welche der kryptografischen Techniken scheint Ihnen die erfolgversprechendste zu sein?«, »Welche Folgen wird dieser erste Besuch bei einem Medium für Sie nach sich ziehen?«

Sie dementierte, bestätigte, verstrickte sich.

Es war Monot, der sie errettete. »Meine Damen, meine Herren, ich verstehe und respektiere den Wunsch nach Information, der Sie leitet, aber ich bitte Sie zu akzeptieren, dass die Verbreitung gewisser Fakten Menschenleben gefährden kann. Was ich Ihnen sagen kann, ist, dass die Polizei keine Spur unbeachtet lässt. Ich sage *keine* Spur, so abwegig sie auch scheint.«

Der letzte Satz zeigte Wirkung. Nachdem er den Mord an Élisabeth Blum erwähnt hatte, ging Monot noch einmal auf die vorhergegangenen Ereignisse ein und wies darauf hin, dass die Autorschaft von Baudelaire mehr als wahrscheinlich sei. Er erklärte, dass die grafologische Analyse des Gedichts von einem anderen Experten zu Ende geführt würde. Die Ergebnisse würden der Presse demnächst *in extenso* zur Verfügung gestellt werden. Das *in extenso* hatte er mit dem hinreißenden Vibrato eines alten Politikers gesagt. Dann verriet er, dass die Polizei dabei war, sich ein genaueres Bild des Mörders zu machen, und es bald mehr Erkenntnisse geben würde.

Ein kleiner, in einen alten Dufflecoat eingehüllter Bärtiger erhob sich. »Sie erwähnten den Anschlag auf Saint-Croÿ. Haben Sie in Betracht gezogen, dass er seinem Dienstmädchen gegolten haben könnte?«

Viviane fuhr zusammen. Nein, das hatte man nicht in Betracht gezogen. Monot versicherte, dass auch dieser Spur *selbstverständlich* nachgegangen worden sei, er war perfekt, der Lieutenant, solange er keine Katzen adoptierte.

Aber der Bärtige mit dem Dufflecoat war noch nicht fertig. »In dem Sonett ist die Rede von einer schwarzen Sklavin und einer jüdischen Vestalin. Heute geraten wie durch Zufall ein afrikanisches Hausmädchen und ein altes Fräulein israelitischen Glaubens ins Visier. Wie sehen Sie diese Parallele?«

Jetzt wurde es brenzlig. Nun war es an Viviane, Monot zu retten. »Diese Parallele ist völlig unberechtigt, meine ich. Die beiden Personen, von denen Sie sprechen, sind ehrwürdige Leute und …«

Weiter kam sie nicht, die Journalistin von *Entre Elles* hatte sich erhoben, bebend vor Empörung. »Wie bitte! Ist Lesbianismus etwa nicht ehrwürdig! Das ist ein Skandal!«

Die Debatte zwischen den Teilnehmenden war ins Rollen gekommen, man beschimpfte und bedrohte einander, niemand hörte mehr auf Kommissarin Viviane Lancier von der 3. Pariser Kriminalabteilung und ihren Lieutenant Augustin Monot, die sich diskret zurückzogen. Die Medien würden ihren Lesern genügend Brocken vorwerfen können, die Pressekonferenz war überaus gelungen.

Kapitel 11

In der nächtlichen Feuchtigkeit stank das Auto noch mehr nach erbrochenem Jasmin, es war unerträglich. Aber Viviane machte sich über etwas anderes viel mehr Gedanken, als sie mit Monot ins Kommissariat zurückfuhr.

»Was meinten Sie, Lieutenant, als Sie sagten, dass die Polizei dabei sei, sich ein genaueres Bild des Mörders zu machen? Was sollen diese Offenbarungen?«

»Och, das ist so ein Trick von Hercule Poirot, bei Agatha Christie. Er sagt das, um den Mörder unter Druck zu setzen und ihn dazu zu bewegen, Fehler zu machen. Aber sagen Sie nichts, Commissaire, ich ahne, was Sie denken.«

Trotzdem war die Kommissarin drauf und dran zur Sprache zu bringen, was sie von Hercule Poirot, von Kriminalliteratur und ihren Lesern hielt, als Monots Telefon klingelte.

Er hörte mit einem breiten Lächeln zu und legte wieder auf. »Das war Lieutenant Juarez, wegen X. B. Der Vorname X, Rue du Bois, ist Xavier.«

»Xavier wie? Xavier wer?«, brummte Viviane.

»Sie werden lachen: Baudelaire, Xavier Baudelaire.«

Sie lachte aus vollem Halse. Sie lachte und öffnete das

Fenster, lachte auch noch, als sie ihr Blaulicht aufs Dach setzte und die Sirene einschaltete.

Kaum waren sie im Kommissariat angekommen, stürzten sie sich auf den PC von Juarez. Die Gelben Seiten zeigten an: *Xavier Baudelaire, Salzlecksteine. Mineralfuttermittel für Rinder.* Dort war auch ein Link, den Monot anklickte. Er kam auf eine Seite mit der riesigen Überschrift: *Baudelaire, der Salzleckstein für gute Milchkühe.* Sie prangte über dem zarten Porträt einer dicken normannischen Kuh im Stil des humoristischen Zeichners Albert Dubout, die am Fuße eines Apfelbaums wollüstig an einem grauen Block leckte. Darunter zwei Adressen: Rue du Bois in Pantin und eine andere in Beuzeville, in der Region Calvados.

»Haben Sie da angerufen?«, fragte Viviane Juarez.

»Ich habe in Pantin angerufen, da war ein Anrufbeantworter: Morgen ab acht Uhr dreißig ist Betrieb. In Beuzeville habe ich niemanden erreicht, was angesichts der Uhrzeit auch nicht verwunderlich ist.«

Wenn man daraufklickte, zeigte der Bildschirm eine Seite mit dem Sortiment der Lecksteine von Baudelaire an, vor allem den berühmten Kill Mouch': »Kill Mouch' is magic! Lassen Sie Ihre Kühe am Algen-Leckstein lecken, und sagen Sie Adieu zu den Fliegen und Zecken!«

»Diese Dinger stehen in keinem Zusammenhang mit unserem Sonett«, seufzte Viviane.

»Das mit dem Lecken«, meinte Monot, »erinnern Sie sich? *Unter ihrem Korallenmund* … Vielleicht gibt es einen Zusammenhang.«

Machte er sich gerade über sie lustig? Mit ihm konnte man nie wissen. »Wir sehen uns morgen um acht Uhr fünfundzwanzig in der Rue du Bois. Kein Wort zu niemandem. Treffen Sie sich noch mit Ihrer Freundin von *20 minutes?«*

»Ja, Commissaire, aber wir sprechen von anderen Dingen.«

Sie ging, mürrisch. Von welchen anderen Dingen sprachen sie wohl?

Mittwoch, 6. Februar

Es war kalt in Pantin an diesem Morgen. Monot wartete auf sie, unerschütterlich im kalten Wind, am Fuße eines schlichten, gräulichen Gebäudes.

»Das Büro ist im Zweiten, da brennt noch kein Licht.«

An der Tür kündigte die Tafel der Gegensprechanlage an: »Baudelaire, Mineralfuttermittel«. Viviane drückte auf den Klingelknopf. Die Polizisten warteten, bis sie schließlich ein griesgrämiges »Wer ist da?« vernahmen.

»Monsieur Xavier Baudelaire? Polizei, es ist dringend.«

Eine Minute später öffnete Baudelaire ihnen die Tür. Er hatte nichts von einem Dichter: ein dicker Mann mit rotem Gesicht, um die vierzig, mit wenig Haaren, grau und fettig, und aufgedunsenen Gesichtszügen. Er war mit einem kurzen rosa-orangefarbenen Morgenrock bekleidet, der kokett seine nackten Waden entblößte.

»Ah, ich erkenne Sie, Sie sind die Kommissarin in der

Sache mit dem Sonett, ich habe Sie in der Zeitung gesehen. Entschuldigen Sie meinen Aufzug, aber ich wohne auch in diesem Büro. Ich bin letzte Nacht spät ins Bett gegangen, weil ich vor zehn Uhr eigentlich keine Termine vorgesehen hatte. Worum geht es?«

»Können wir reinkommen, ein bisschen plaudern?«

Baudelaire schien misstrauisch. Er kratzte sich im Ausschnitt seines Morgenrocks, zündete sich eine Zigarette an und führte sie in ein kleines Büro mit gelblichen Wänden. Der Raum stank nach Tabak. Er war mit Fotos von Kühen dekoriert und mit großen Tafeln, auf denen dargestellt war, welche Vielzahl an Krankheiten es gab, die die armen Rindviecher befallen konnten, und wie die guten Baudelaire-Lecksteine Heilung verschafften.

»Man schickt also gerne Post herum, Monsieur Baudelaire?«

Der Dicke nickte und verzog das Gesicht. »Gut, ich will mich nicht herausreden, ja, ich habe das verschickt, aber ich habe es getan, um behilflich zu sein. Dafür hätten Sie nicht kommen müssen, ein Anruf hätte genügt. Was ich nicht verstehe – wie haben Sie mich gefunden? Jedenfalls will ich nichts damit zu tun haben, diese Sache geht mich nichts an.«

Irgendetwas war merkwürdig. Irritiert heftete die Kommissarin ihren Blick auf den Verdächtigen mit dem Unschuldslächeln. Und dann fing die erstaunlichste Befragung an, die sie je geführt hat. Der Typ antwortete jedes Mal mit einer entwaffnenden Ehrlichkeit.

Louis Saint-Croÿ? Selbstverständlich kannte er den,

und zwar schon lange! Natürlich kannte er Astrid Carthago. Pascal Mesneux kannte er nur aus den Zeitungen. Ah, nein, mit der Grafologin Élisabeth Blum war er nicht bekannt, aber mit einem anderen, äußerst fähigem: Jean-Paul Cucheron. Er kannte fast alle Akteure dieses Falls. Alle *Protagonisten*, wie Durisly gesagt hätte.

»Und der Dichter Baudelaire, sind Sie mit ihm verwandt?«

»Er hatte keine Kinder. Aber ich bin der Nachfahre eines seiner Cousins. Das ist aber kein Verbrechen, soviel ich weiß? Und, was noch?«

Monot regte sich auf und wurde laut, als wollte er ihn schlagen: »Sie schicken uns einen Brief, der am Tod zweier Menschen schuld ist und noch zwei andere in Lebensgefahr gebracht hat, und fragen uns, *was noch?*«

Baudelaire sah sie verdutzt an und kratzte sich dann heftig in der Achsel. »Von welchem Brief sprechen Sie eigentlich? Ich, ich habe einen anonymen Brief bei Ihnen hinterlegt mit der Visitenkarte von Astrid Carthago.«

Viviane und Monot waren sprachlos. Xavier Baudelaire schien genauso verwirrt wie sie. Er bot ihnen an, alles zu erzählen, um Licht ins Dunkel zu bringen. Aber, warnte er, das sei eine alte Geschichte. »Wissen Sie, was ich vor einigen Jahren in einem alten Koffer gefunden habe, als ich unser Familienheim leerräumte?«

»Das Sonett!«, antworteten Viviane und Monot im Chor.

»Nein, ganz und gar nicht. Den Entwurf eines Briefes des Dichters Baudelaire an seinen Freund Théodore de Banville: Er bringt dort seine Begeisterung über einen unbekannten amerikanischen Autor, einen gewissen Edgar Poe, zum Ausdruck, den er kurz zuvor entdeckt und von dem er gerade eine Erzählung gelesen hatte, *The Murders in the Rue Morgue*, in den *Prose Romances*. Baudelaire kündigt Banville an, dass er alle Werke des Amerikaners übersetzen will, um ihn in Frankreich bekannt zu machen. Ich kannte mich nicht damit aus, also bin ich zu den Literaturwissenschaftlern der Universität Caen gelaufen, wo ein Professor mir sagte, dass das wertvoll sei und mir riet, mich an einen auf Baudelaire spezialisierten Sammler zu wenden, einen gewissen Louis Saint-Croÿ.«

»Da wären wir endlich!«, ermutigte Monot ihn mit einem auffordernden Lächeln.

»Saint-Croÿ hat sich den Brief angesehen und war wenig begeistert. Dieser Entwurf, wenn er denn echt sei, was ihm nicht sicher schien, wäre von geringem Interesse, weil es später zu einem definitiven und um einiges aufschlussreicheren Brief gekommen sei. Er hat mir einen sehr geringen Preis dafür geboten. Ich wusste nicht recht, was ich tun sollte. Da fand ich in *Pariscope* eine Anzeige von Astrid Carthago. Ich habe sie konsultiert und sie gebeten, mit Baudelaire, dem Dichter, über diese Sache zu sprechen.«

Er erzählte das ganz selbstverständlich, ohne jenes skeptische Lächeln, das sich meist bei solchen Dingen einstellte.

Munter erzählte er weiter: »Sie konnte eine Verbindung mit Baudelaire herstellen: Der Dichter glaubte, sich an diesen Brief zu erinnern, war sich aber nicht sicher. Er hat mir geraten, ihn von einem Grafologen untersuchen zu lassen und vorsichtig zu sein, bevor ich ihn verkaufe.«

Viviane lächelte. Hätte der Erstbeste diese Ratschläge gegeben, wären sie banal gewesen. Aber wo sie doch aus dem Äther kamen, war das eine ernst zu nehmende Sache!

»Also«, fuhr Xavier Baudelaire fort, »habe ich den Brief von Cucheron begutachten lassen, der seine Echtheit bestätigte. Und ich habe noch bei der Sorbonne um Rat gefragt, wo man mir den Kontakt zum *Edgar Allan Poe Museum* in Richmond vermittelte, das mir den Brief teuer abgekauft hat. Ich habe mir davon dieses kleine Wohnbüro geleistet, in dem wir uns gerade befinden. Seitdem bin ich ein guter Kunde des Mediums. Meine Klienten, das sind die Züchter. Vor jeder großen Entscheidung gehe ich zu Astrid Carthago, um die lange verstorbenen Landwirte aus meiner Familie um Rat zu fragen. Und meine Geschäfte laufen gut.«

Baudelaire erklärte das in leicht devotem Ton, und Viviane musste sich zurückhalten, um nicht zu lachen. »Und warum haben Sie uns diesen Brief geschickt?«

»Als ich in der Zeitung von Ihrem Fall las, dachte ich, dass Astrid Carthago für Sie nützlich sein könnte, um mit Charles Baudelaire Kontakt aufzunehmen, wo es ihr doch schon einmal gelungen war. Ich habe ihn anonym verschickt, weil ich nichts damit zu tun haben wollte: Versetzen Sie sich mal in meine Situation – alle Leute, die Sie in dieser Sache befragen, werden ermordet. Allein Sie hier vorfahren zu sehen, ist, als würde der Leichenwagen schon in die Straße einbiegen.«

Viviane überhörte diesen Kommentar. »Und Sie haben sich mit Saint-Croÿ nicht wieder vertragen?«

»Was ihn angeht, keine Ahnung. Aber ich fand es natürlich nicht lustig, dass er versucht hat, mich zu linken. Wie ich nämlich später erfuhr, gibt es diesen berühmten, ›um einiges aufschlussreicheren Brief‹ gar nicht. Wäre Astrid Carthago nicht gewesen, hätte er mich über den Tisch gezogen.«

»Wo wir über Madame Carthago sprechen: Waren Sie es, der die Leute vom *Journal du Dimanche* über meinen Besuch bei ihr informiert hat?«

»Nein, warum sollte ich? Und woher sollte ich wissen, dass Sie hingehen würden?«

Viviane nickte betroffen. Wenn er es nicht gewesen war, dann einer ihrer Männer, einer aus der Mannschaft. Sie hätte vorgezogen, es wäre Xavier Baudelaire gewesen. »Das Sonett haben Sie in einem anderen Wunderkoffer gefunden? Haben Sie es jemandem verkauft? Haben Sie es in die Académie bringen lassen?«

»Nichts von alledem. Ich hatte es nie in den Händen. Und können Sie sich vorstellen, dass ich an die Académie Française schreibe? Selbst bei SMS mache ich Schreibfehler.«

»Kennen Sie Leute, die Ihnen etwas anhängen wollen? Indem sie zum Beispiel Ihren Namen auf den Umschlag mit dem Sonett schreiben?«

»Mein Name auf dem Umschlag? Aber wer kann das gewesen sein, Commissaire?«

»Saint-Croÿ?«

»Nein, wenn, dann müsste ich ihm etwas antun, aber das ist doch eine alte Geschichte. Da will Sie jemand in die Irre führen. War es wirklich mein Name?«

Viviane erzählte ihm von den Initialen, Baudelaire machte »Ah!« und verschränkte die Arme. »Das ist idiotisch: Mit den Initialen und der Adresse findet man mich natürlich. Aber wozu?«

Viviane seufzte, der Typ hatte recht: Wozu sollten die Initialen gut sein? Die Enthüllung verzögern, damit sie mehr Wirkung hatte? Wozu? Sie fragte ihn noch, warum er dieses Büro eröffnet hatte, wo er doch seine Kunden in Beuzeville empfangen könnte.

»Beuzeville ist gut für die Normandie. Aber die Züchter aus dem restlichen Frankreich kommen lieber nach Paris. Für sie liegt es näher, und ich kann mit ihnen besser einen draufmachen.«

»Empfangen Sie hier viele Kunden?«

»So viele, dass ich ein oder zwei Tage in der Woche hier bin.«

»Und waren Sie zum Beispiel am Freitag, den 18. Januar, Sonntag, den 27. Januar am Nachmittag und Montag, den 4. Februar in Paris oder in Beuzeville?«

»Montags bin ich immer in Beuzeville. Da mache ich vormittags die Buchhaltung. Sonntags bin ich auch immer in Beuzeville, da gehe ich Radfahren. Freitag, den 18. Januar weiß ich nicht, ist schon lange her.«

Er nahm den großen Kalender, der auf dem Schreibtisch lag, öffnete ihn am 18. Januar und zeigte ihr eine Reihe von Terminen. »Morgens hatte ich hier drei Termine mit Züchtern aus dem Poitou und den Alpen, das hat bis Mittag gedauert. Sie können das nachprüfen, hier sind die Namen. Haben Sie noch andere Fragen? Gleich kommen meine Kunden.«

Mit einem schroffen »Sie erlauben doch« nahm Viviane ihm den Kalender ab und blätterte darin. Sie hielt ärgerlich inne. »Aber diesen Montag waren Sie nicht in Beuzeville. Ich sehe einen Termin in Pantin, am Vormittag.«

Baudelaire schlug sich mit der Faust an den Kopf. Das war etwas übertrieben; Viviane, die niemals ins Theater ging, sagte sich, dass man solche Gesten höchstens noch dort sehen konnte.

»Ach ja, natürlich! Fast hätte ich es vergessen! Ich hatte den Vorsitzenden einer Kooperative der Lorraine hier, er konnte nur am Montagvormittag. Deshalb habe ich den Buchhalter ausnahmsweise erst am Montagabend gesehen. Sonst immer morgens.«

»Und wie läuft das so ab, wenn Sie Fahrradfahren gehen?«

»Am Sonntagnachmittag nehme ich das Auto, um etwas rauszufahren, sonst müsste ich immer dieselben Strecken nehmen. Ich bin ungefähr zwei Stunden mit dem Fahrrad unterwegs, manchmal mehr. Auf dem Rückweg fahre ich in Beuzeville im Büro vorbei, das ist der einzige ruhige Moment, den ich habe, um meine Vorgänge abzuschließen und meine Mails zu lesen, während ich ein Sandwich esse; in der Regel bin ich dann gegen zweiundzwanzig Uhr wieder bei mir zu Hause.«

Jeder seiner Sätze atmete Unschuld, aber Viviane glaubte nicht daran. »Ihre Kunden – wohin gehen Sie mit denen einen draufmachen?«

»Kleine Stripteasebars, große Cabarets, es kommt auf ihr Potenzial an. Aber gefallen tut es ihnen immer.«

Fröhlich holte Monot das Foto der nackten Joa aus seiner Tasche. »Wo wir gerade beim Thema sind, kennen Sie die hier?«

Xavier Baudelaire betrachtete das Porträt mit lüsternem Blick. »Verflucht schick, dieses Weib. Ja, sie sagt mir was, aber ich weiß nicht mehr, in welchem Schuppen ich sie gesehen habe.« Plötzlich weiteten sich seine Pupillen sinnlich. »Doch, jetzt weiß ich es wieder! In einem Exotik-Cabaret, bisschen speziell, an der Grenze zum Porno. Ich kenne den Namen nicht, das war eine Empfehlung von einem Taxifahrer, der uns hingebracht hat, am Ende einer kleinen dunklen Straße, bei der Goutte d'Or. Ein Cabaret, das auf Lesbenshows spezialisiert ist, mein Kunde hatte einen ausgefallenen Geschmack. Das Mädchen hatte eine Nummer am Ende der Show.« Er schaute sie noch immer verzückt an, als hätte das Foto für ihn alleine zu tanzen begonnen, dann reichte er es mit dem langen Seufzer eines abgeblitzten Liebhabers zurück.

»Roch es in diesem Cabaret nach billigem Wein?«, fragte Monot.

Baudelaire schob nachdenklich seine Unterlippe vor, wie um den Lieutenant nicht zu verstimmen. »Möglich. Ich würde sagen: Es war Inselgeruch.«

»Nach Vanille?«, fragte Monot weiter.

»Gut möglich, Inselgerüche, Zimt, Muskat … Wissen Sie, man geht ja nicht wegen der Küche dorthin.«

Viviane hörte nur noch halb zu. Sie fragte sich, ob sie hier die Existenz eines Kleinunternehmers präsentiert bekam, wie es wohl Hunderte gab, die zwischen zwei Illusionen von Leben hin- und hergerissen waren; oder ob es sich nur um ein Dekor handelte, das wie Tapete sorgfältig angebracht war, um Schattenzonen und Schmutz zu verdecken.

Monot warf ihr einen komplizenhaften Blick zu: Sie hatten keine Fragen mehr. Sie wollten gerade gehen, als Baudelaire sie zurückrief. »Sie, die Sie so viel Erfahrung im Umgang mit den Medien haben, Sie können meinen Namen und mein Unternehmen nennen, so viel Sie wollen, das ist nur Werbung für mich. Aber ich will den Artikel sehen, bevor er erscheint: Ich will nicht, dass man Unsinn über meinen Kill Mouch' verbreitet.«

Viviane zog es vor, ihm seine Illusionen nicht zu nehmen und flüchtete feige. Draußen lud Monot sie zu einem Kaffee in die erstbeste Spelunke ein. Kaum saß er, legte er los, ganz Feuer und Flamme: »Erinnern Sie sich an die Frage des kleinen Bärtigen im Dufflecoat auf der Pressekonferenz wegen der Vestalin und der schwarzen Sklavin? Sie scheint immer weniger idiotisch. Dieses Mal ist es der Anfang unseres Sonetts, genau wie Xavier Baudelaire erzählt hat: *Mein Geschirr über einen finstren Pfad sie geleit' / Zu der Hütte voll Dunst von Vanille und Wein* … Dann kommt die Show des *Mädchens mit dem Körper, prächtig und schwarz.*«

Viviane nippte an ihrem Kaffee, um ruhig zu bleiben. Und vor allem nett, was ihr schon schwerer fiel. »Aber Monot, welchen Zusammenhang sehen Sie konkret mit unserem Fall?«

»Wir haben es mit einem Spinner zu tun, der das Gedicht in Szene setzen will. Joa ist vielleicht wirklich in Gefahr, man sollte sie warnen.«

Der Kaffee war zu bitter, die Äußerung zu dumm. Viviane verlangte nach einem Glas Wasser, trank es in einem Zug aus und atmete tief durch. »Lassen Sie sich doch nicht auf das Niveau von Groschenromanen herab, Monot. Der Spinner, der einen Zusammenhang mit dem Gedicht sucht, das sind Sie. Hören Sie auf, sich imaginäre Verdächtige auszudenken, wenn wir ideale Schuldige vor der Nase haben. Dieser Baudelaire zum Beispiel, da fehlen nur noch die Motive, aber die finden wir schon.«

Ideale Schuldige? Ideelle? Sie wusste es nicht. Mit Monot musste man aufpassen. Aber er hatte nichts gesagt.

»Sie werden doch nicht jeden Tag den idealen Schuldigen wechseln. Gestern Cucheron, heute Baudelaire. Der hat auch Alibis.«

Viviane lächelte ihn an. Zum ersten Mal hatte Monot von Gleich zu Gleich mit ihr gesprochen. Das war nicht unangenehm. Aber sie würde ihn nicht machen lassen. »Er leugnet, das Sonett verschickt zu haben, Monot, aber deswegen ist er nicht unschuldig. Für den Mord an Mesneux hat er ein stichhaltiges Alibi. Aber diese Geschichte mit dem Fahrrad am Sonntag, den 27., ist nicht wasserdicht. Und wegen Montag, den 4., hat er versucht, mich einzuwickeln. Nach dem Treffen hatte er genug Zeit, Miss Blum umzubringen.«

»Warum haben Sie ihn übrigens nicht nach dem 23. Januar gefragt, dem Tag, als man versucht hat, Sie zu vergiften?« Monot schaute sie schelmisch an, Viviane wusste nicht, was sie sagen sollte. Sie fragte sich schließlich, ob sie nicht tatsächlich das Opfer einer Rizin-Vergiftung geworden war. Ganz unmöglich war das ja nicht. Wenn das so weiterging, würde sie auch noch daran glauben.

Zurück im Büro beauftragte sie Kossowski mit der Suche nach besagtem Cabaret und trug ihm auf, mit dem Foto von Joa durch entsprechende Shows zu tingeln, um zu sehen, ob man dieses Mädchen dort kannte. Kossowski war ganz begeistert. Sie forderte auch Ermittlungen in Beuzeville an, für alle Fälle.

Sie tat das nur der Form halber, ohne daran zu glauben. Sie glaubte in diesem Fall an gar nichts, nicht einmal an ihre Fähigkeit, ihn zu lösen. Sie wusste nicht einmal mehr, in welcher Richtung sie suchen sollte.

Donnerstag, 7. Februar

Viviane kaute auf dem Rat von Durisly herum wie auf einem alten Kaugummi: »Versuche nicht, Verdächtige zu finden, geh deine Protagonisten noch einmal durch.«

Früh am Morgen bat sie Louis Saint-Croÿ zu sich, um mit ihm zu reden. Er weigerte sich, er habe zu viel Angst, vor die Tür zu gehen, wäre aber bereit, sie in Versailles zu treffen. Sie insistierte, bis er ihr schließlich anbot, sie in der Rue Robert-Estienne zu empfangen. Sie war es leid zu kämpfen und willigte ihrerseits ein. Das Treffen wurde für elf Uhr vereinbart.

Sie klingelte zur verabredeten Zeit bei ihm. Nicht Joa öffnete ihr, sondern eine junge Person von der Statur einer Bäuerin, bekleidet mit einem unförmigen Sportanzug. Sie hatte das Lächeln ihres Vaters, nur etwas weniger betont.

»Sie sind Laurette? Ich bin Kommissarin Lancier. Ich habe einen Termin mit Ihrem Vater.«

»Dann wird er sicher bald kommen. Ich lasse Sie in sein Arbeitszimmer.«

Während die Kommissarin Laurette durch den Flur folgte, betrachtete sie ihre Statur. In diesem zu großen Sportanzug hatte sie den harten Gang eines Vorstadtmädchens. Eine Idee, die sie im Hinterkopf behalten sollte: Von hinten betrachtet konnte jeder in einem solchen Aufzug aussehen wie der Kerl vom Pont-Neuf. Etwas Selbstbräuner, eine schwarz gelockte Perücke, Sonnenbrille, Kapuze, und fertig war die Laube! Viviane versuchte, sich verschiedene Protagonisten des Falls in so einem Aufzug vorzustellen. Entsprechend ihrer Statur schien das bei allen möglich, mit Ausnahme von Louis Saint-Croÿ und Patricia Mesneux.

Im Arbeitszimmer waren die Fensterläden geschlossen.

»Aus Sicherheitsgründen bleiben die ab jetzt zu. Papa möchte das so.«

Viviane nickte und betrachtete die Bibliothek aus Palisanderholz. Das Glas der Vitrine war ausgetauscht worden, aber es blieb eine Lücke, nämlich dort, wo das Buch gewesen war, in das die Kugel sich gebohrt hatte. Laut Labor war es eine .22 lfB-Patrone aus einer Manurhin PP Sport-Pistole.

Neben diesem großen plumpen Mädchen fühlte Viviane sich unwohl. Sie wusste nicht, worüber sie mit ihr sprechen könnte. »Haben Sie heute keinen Unterricht?«, fing sie an.

»Nein, donnerstagmorgens nie.«

»Und freitags und montags?«

»Freitags kommt es auf die Woche an. Und montags haben wir non-stop Seminar von zehn bis eins, aber nicht am Nachmittag. Warum fragen Sie das alles?«

»Aus Neugier. Kommt es vor, dass Sie schwänzen?«

»Nein, das ist eine Privatschule, keine Uni. Die Anwesenheit wird in jeder Stunde kontrolliert, mit einem monatlichen Bericht für die Eltern. Als Vater ist Papa ein wenig merkwürdig, aber als Aufpasser ist er sehr streng.«

Die kleine Laurette zögerte. Viviane spürte, dass sie etwas zugeben wollte, das ihr schwerfiel. Das Mädchen hatte keine Mutter, man musste ihr mit psychologischem Fingerspitzengefühl helfen. Viviane schaute sie zärtlich und mütterlich-verständnisvoll an. »Ein wenig merkwürdig? Sie können mit mir darüber sprechen, so ganz unter Frauen.«

»Ach, er ist besessen von meiner Figur, er nervt mich immer wieder damit, dass das für meinen Beruf wichtig sei. Morgens zum Frühstück bereitet er mir meinen Apfel vor, meinen Joghurt, zwei Scheiben Zwieback, einen grünen Tee, dann bleibt er vor mir stehen, um sicherzugehen, dass ich mich nicht noch zusätzlich mit einer Schale Cornflakes vollstopfe. Es ist idiotisch: Bin ich dann draußen, gehe ich richtig frühstücken. Sie, Sie verstehen das bestimmt: Man kann doch ein bisschen rundlich sein und sich trotzdem in seiner Haut wohlfühlen, oder?«

Also das war es, du dusselige Kuh! Die Kommissarin kochte: Nein, nicht alle Molligen fühlten sich wohl in ihrer Haut. Das hatten sich die Dünnen ausgedacht, und die Dicken mussten so tun, als ob sie es selber glaubten. »Verstehen Sie sich gut mit Joa?«

Laurette erwiderte, dass sie weder gute noch schlechte Beziehungen zu Angestellten zu haben hatte. Sie sagte das ganz tonlos. Sie log gut, die Kleine.

»Und Ihr Bruder, könnte ich mit ihm sprechen?«

»Pierre-Paul? Der macht ein Praktikum in Brest seit Anfang des Monats bis Ende März. Wir bekommen ihn nicht mehr zu sehen, er hat dort eine Freundin. Er arbeitet mit ihr beim *Télégramme de Brest.*«

Ein langes Schweigen lähmte die Unterhaltung. Laurette konnte die Kommissarin anscheinend nicht alleine im Arbeitszimmer lassen, als befürchtete sie den Diebstahl eines seltenen Buchs. Sie schaute unentwegt auf ihre Uhr. Viviane auch. Sie saß jetzt schon eine halbe Stunde hier herum. Sie rief Saint-Croÿ an, erreichte aber nur die Mailbox. Sie ging, begleitet vom schelmischen Lächeln der Kleinen.

Im Treppenhaus klingelte ihr Handy, es war Monot. »Commissaire, eben rief mich Cucheron an, der Grafologe. Er hat in der Presse gelesen, dass man einen neuen Experten beauftragen würde. Er wundert sich, dass Sie ihn noch nicht angerufen haben.«

»Das war Ihre Idee, das überlasse ich Ihnen. Sehen Sie, was das nach sich zieht, sich auf einer Pressekonferenz so auszulassen? Je weniger man mit den Medien spricht, desto ...«

»Commissaire, denken Sie daran, dass Sie das nicht sollten ...!«

Er hatte recht, dieser liebe Kleine, sie sollte nicht.

Zurück im Büro ging Viviane zum Fach, wo die tagesaktuellen Zeitungen lagen. Sie nahm sie mit, um sie während des Essens zu lesen – das ihr seltsamerweise im Hals stecken blieb.

Kapitel 12

Die Pressekonferenz hatte Wellen geschlagen. Für die Medien war klar: Es gab den Netten und die Böse. Man sagte über Monot nur Gutes, über seine Toleranz, sein Bemühen um Kooperation, seine Offenheit gegenüber den Mysterien, die der Sonett-Fall mit sich brachte. Manch eine Berichterstatterin erwähnte sogar schamlos seine grünen Augen und sein gutes Aussehen.

Kommissarin Viviane Lancier dagegen war die Engstirnige, die Zicke. Die Mitfühlendsten erklärten ihre Haltung mit den schmählichen Niederlagen, die sie in diesem Fall erlitten hatte. Die Gehässigeren meinten, sie versuche ihren Fehler so gut es ging wieder auszumerzen, nachdem sie einen ehrenhaften Banditen aus den Armen seiner sterbenden Mutter gerissen hatte. Wieso ehrenhaft?, fragte sich Viviane. Und sie, konnte sie nicht auch ein ehrenhafter Bulle sein? Nein, sie war das hässliche Gesicht der Polizei. Daran würde sie sich gewöhnen müssen.

Um sich abzureagieren, rief sie Saint-Croÿ an und beschimpfte ihn aufs Übelste. Dass er sie hatte sitzen lassen, hatte sie nicht verdaut. Er entschuldigte sich, verstrickte sich: Er habe sich unpässlich gefühlt, als er losgehen wollte, und habe sich hinlegen müssen. Warum er nicht Bescheid gesagt habe? Ja, weil er sich eben unpässlich fühlte! Die Verwunderung der Kommissarin schien ihn zu wundern. Sie gab ihm einen neuen Termin, im Kommissariat. Bevor sie auflegte, warf sie noch schnell ein: »Ah, wo ich gerade daran denke : Sagen Sie Joa, dass sie vorsichtig sein soll. Sie darf nicht ausgehen, man kann nie wissen.« Warum hatte sie das gesagt? Um ein reines Gewissen zu haben. Eine Art Hommage an die niedere Unterhaltungsliteratur. Ja, man konnte nie wissen.

Am Nachmittag kam der gute Cucheron vorbei, und Viviane ging ihn begrüßen; er saß im Großraumbüro, seinen kleinen Hut und die Pekarileder-Handschuhe in der einen Hand, die Lupe in der anderen. Monot, der ihm die Fotokopien gereicht hatte, die es galt, miteinander zu vergleichen, war einen Meter hinter seinem Schreibtisch zurückgeblieben und rückte noch weiter davon ab, als Cucheron sich vorbeugte, um sein kleines Couplet herunterzuleiern. Der Atem des Grafologen war ein schwerer, widerlicher Gestank nach Schimmel und faulem Zahnfleisch. Dazu etwas Knoblauch, um das Ganze zu verdecken. »Es ist unangenehm, Commissaire, unter diesen Umständen die Arbeit einer Kollegin weiterzuführen, aber ich dachte, das gebietet uns der Ehrenkodex unseres Berufsstandes. Jemand von uns *muss* die Fackel weitertragen.«

»Ich sehe nicht so recht, was uns Ihre Fackel nützen soll: Dem Brief nach, den Monsieur Saint-Croÿ erwähnte, ist das Sonett sicher von Baudelaire, geschrieben um 1842 herum, vielleicht auch etwas früher.«

»Erlauben Sie, Commissaire, aber diese beiden hängen nicht unbedingt zusammen. Es kann *zu dieser Zeit* ein Sonett von Baudelaire gegeben haben, das von einem spaltbreit geöffneten Tempel spricht, aber nichts sagt uns, dass es sich dabei genau um dieses handelt: Ihres ist vielleicht eine andere Version, geschrieben nach 1842. Oder einfach eine Fälschung oder ein Pastiche des ersten aus irgendeiner Epoche. Die Expertise ist von größter Wichtigkeit, nicht nur, um die Echtheit des Sonetts zu bestimmen, sondern auch, um es zu datieren, falls es echt sein sollte: Hat Baudelaire es mit zwanzig geschrieben oder mit fünfunddreißig? Hierin begründet sich auch das Interesse von Élisabeth Blum an dem lila Heftchen von der Russkaja, das leider spurlos verschwunden ist.«

Diese Bemerkungen irritierten Viviane. Noch eine Möglichkeit, an die sie nicht gedacht hatte: Und wenn es nun zwei Sonette gab? Dieser Fall überstieg sie eindeutig.

Cucheron beruhigte sie mit dem passenden Lächeln eines Helden. »Vertrauen Sie mir, Commissaire, diese Expertise wird zu einem Schluss kommen, ganz gleich, welche Risiken ich dafür in Kauf nehmen muss.«

»Na dann riskieren Sie mal. Aber Mittwoch will ich die Ergebnisse haben.«

Viviane ging zurück in ihr Büro und geradewegs zum Fenster. Luft, schnell! Die versmogte Luft der Avenue du Maine schien ihr köstlich erfrischend. Sie freute sich beinahe über eine eher beunruhigende Nachricht auf ihrem Anrufbeantworter: Der leitende Kriminaldirektor wünschte sie zu sehen.

Besorgt kam sie am Quai des Orfèvres an. Der Allmächtige zitierte die ihm unterstellten Kripobeamten selten zu sich. Der Kontakt mit ihm war ungezwungen, fand aber nur am Telefon statt. Man führte sie in ein Büro, zu groß, zu leer. Es lagen nur drei Ordner auf seinem Tisch, ein Zeichen seiner Macht. Doch nicht nur das: Alle Kriminalkommissare des Hauptkommissariats behaupteten, dass es sich dabei lediglich um Attrappen handelte.

Er lächelte mitfühlend, und seine Stimme wurde ganz sanft, als ob er ihr verkünden müsste, dass sie einen erhöhten Cholesterinwert hatte. »Ich habe eine Nachricht, die Ihnen nicht gefallen wird, meine kleine Viviane.«

Sie war auf der Hut, bereit, den Schlag einzustecken.

»Wir mussten José Tolosa wieder freilassen. Es hat einen Formfehler gegeben. Das ist sehr ärgerlich.«

»Einen Formfehler? Von uns?«

»Nicht von Ihnen, Viviane, sondern von Seiten der Justiz. Der Ermittlungsrichter hat die Frist von zwanzig Stunden zwischen der Erhebung der Anklage und der Vorführung des Verdächtigen vor den Haftrichter überschritten. So ist das Gesetz …«

Ihr stockte der Atem, sie hatte ein Ziehen in der ganzen Brust. »Ja, ich weiß das, Herr Direktor. Das Perben-II-Gesetz, Paragraf 803-3 des Strafgesetzbuchs. Ich würde gerne wissen, wer der dumme Sack von Ermittlungsrichter ist, der das nicht weiß.«

Der Allmächtige stammelte herum, er schien furchtbar verlegen: »Ich weiß, dass ich Ihnen damit wehtue, Viviane. Es ist Richter Ludovic Bartan. Ich möchte Ihnen sagen …« Er wusste nicht, was er einer Frau sagen sollte, die gleich in Tränen ausbrechen würde. Er wusste zu gut, was Ludovic für Viviane war – oder gewesen war.

Sie brach in Tränen aus. Dieser Dreckskerl von Ludovic gab sich nicht damit zufrieden, ihr Gefühlsleben zerstört zu haben, jetzt setzte er auch noch ihr Berufsleben aufs Spiel.

»Ich habe Verständnis für Ihre Bestürzung, aber vielleicht ist das in gewisser Weise Glück im Unglück. Dieser Fall ist schiefgegangen, die Medien haben das sehr schlecht aufgenommen, Sie standen in der Schusslinie. Verstehen Sie?«

»Jetzt muss ich das auch noch verstehen?«

Der Allmächtige schüttelte den Kopf, wie um ein paar Schuppen abzuschütteln. Er musste ihr noch einen weiteren Messerstich zufügen. »Ich muss Ihnen noch sagen, dass die Staatsanwaltschaft auch den zuständigen Ermittlungsrichter im Fall des Sonetts ernannt hat: Es wird …« Er seufzte verlegen. »Es wird ebenfalls Ludovic Bartan sein. Er hat nicht darum gebeten, der regelmäßige Wechsel in der Besetzung der Gerichte verlangt das.«

Während er ihr eine Packung Taschentücher reichte, die nach Freesien rochen – wo kaufte er die nur? –, beruhigte der Allmächtige Viviane: Richter Bartan würde in diesen Fall nur ganz sporadisch eingreifen. Ihm wäre auch lieber gewesen, ihn nicht übernehmen zu müssen. Er hätte darum gebeten, diesen Fall abgeben zu dürfen, aber der Präsident des Landesgerichts habe abgelehnt, mit der Begründung, er sei weder *befangen*, noch läge das im *Interesse einer guten Rechtspflege.*

»Das ist komisch, nicht, meine kleine Viviane. Diese Sache fasziniert die Öffentlichkeit und die Medien, aber niemand will etwas damit zu tun haben. Gut, nun lasse ich Sie gehen. Was die Sache mit Tolosa betrifft, überlasse ich es Ihnen, es Ihren Leuten mitzuteilen, Sie werden die richtigen Worte finden.«

Die richtigen Worte finden ... Auf dem Rückweg machte Viviane eine ganze Liste davon. Keines davon stand im Wörterbuch.

Freitag, 8. Februar

Keine Diät mehr, sie hatte ein Kilo und zweihundert Gramm zugenommen, das Gewicht eines Bratens für sechs, dachte sie traurig auf ihrer Waage.

Sie nahm einen Anruf von Jean-Paul Cucheron entgegen: Er habe eben einen nicht frankierten Umschlag in seinem Briefkasten gefunden. Darin eine sehr kurze Nachricht: »Lassen Sie sofort die Nachforschungen zum Sonett fallen. Ihr Leben ist in Gefahr.«

Die Drohung ähnelte mehr einem Witz, sie hatte etwas von alberner Übertriebenheit, die Viviane zum Lächeln brachte. Cucheron fragte nach, wie »man« habe erfahren können, dass er an dem Sonett arbeite. Die Kommissarin lächelte nicht mehr. Nur die Männer aus dem Großraumbüro konnten das wissen. Ob sie wollte oder nicht, es gab einen, der Dinge ausplauderte, vielleicht sogar schlimmer, und er war sicher einer von ihnen. Cucheron verlangte Polizeischutz zu Hause. Aber wen sollte sie hinschicken? Es gab niemanden mehr, dem sie genügend vertraute. Zwei Wachtmeister aus dem Nachbarbüro würden herhalten müssen. Gute Kerle, denen sie sich nicht so nah fühlte. Sie hatte das dumpfe Gefühl, ihre kleine Truppe aus dem Großraumbüro zu verraten.

In den Zeitungen wurde die Freilassung von José Tolosa übertrieben würdevoll kommentiert. Die weniger Unerbittlichen wunderten sich, erkannten aber an, dass die Umstände seiner Festnahme »Anlass zur Polemik« boten. Viviane kochte. Einzig die Medien konnten so eine Debatte anheizen. Die Hinterhältigen meinten, dass es sich um ein *falsches falsches* Manöver handelte, der Richter habe auf eine Anordnung hin gehandelt, das Ministerium suche nach einem ehrenhaften Ausweg. War Tolosas Freilassung etwa der ehrenhafte Ausweg? Viviane hasste sie alle.

Dann waren auch die Ergebnisse der Nachforschungen über Xavier Baudelaire da. Er erfreute sich eines einwandfreien Rufs. Guter Ehegatte, guter Vater, guter Chef. Seine Lecksteine fanden in allen großen Zuchtbetrieben der Normandie Anwendung. Man wusste, dass er seine Geschäfte auf das restliche Frankreich ausdehnen wollte und war überzeugt, dass es ihm gelingen würde.

Kossowski hatte das Insel-Kabarett gefunden. In der Luft hing ein Duft von Gewürzen und Rum, aber Joa kannte man dort nicht. Der Star der Show ähnelte ihr, mehr nicht. Er hatte das Foto in allen Nachtklubs herumgezeigt, ohne Erfolg. Allerdings zeigten sich mehrere Inhaber interessiert und erklärten sich bereit, einen Vertrag mit ihr zu unterzeichnen.

Cucheron rief am frühen Abend noch einmal an. Er habe das Haus nicht verlassen, er sei nur kurz hinuntergegangen, um die Concierge zu bitten, kein Paket für ihn anzunehmen. Als er an seinem Briefkasten vorbeigekommen sei, habe er einen neuen Umschlag darin gefunden, ähnlich dem ersten: »Lassen Sie die Finger davon, letzte Warnung.« Er setzte die Kommissarin davon in Kenntnis, dass er die grobe Fahrlässigkeit der Polizei den Medien melden würde.

Viviane wusste nicht, was sie antworten sollte: Sie hatte ganz einfach vergessen, den Polizeischutz zu organisieren. Das musste eine unterbewusste Fehlleistung gewesen sein, dessen war sie sich sicher. Wenn dieser Typ schon nicht der Schuldige sein konnte, dann sollte er wenigstens Opfer werden. Sie redete sich mit einem kleinen Zwischenfall heraus und versprach ihm, dass ab dem nächsten Morgen zwei Polizisten vor seinem Haus Wache stehen würden. Sie hütete sich aber, ihm zu sagen, ab wie viel Uhr.

Samstag, 9. Februar

Die Waage zeigte am Morgen schon wieder dreihundert Gramm mehr an. Wenn das wenigstens daher käme, dass sie mit Freunden zu Abend gegessen, sich ein weiteres

Mal beim Schokoladenkuchen bedient und Champagner getrunken hätte. Aber nein, sie hatte nur vor der Glotze gesessen, alleine, und sich mit allem vollgestopft, was ihr unter die Finger kam. Als Letztes waren Erbsen und Emmentaler an der Reihe gewesen. Zum Glück würde sie heute Abend Fabien sehen.

Bis dahin gab es aber noch die Presse vom Samstag.

Jean-Paul Cucheron hatte seine Warnung wahr gemacht. Die Tageszeitungen entlarvten die »unhaltbare Situation«, in die der unerschrockene Grafologe geraten war, und in der er von der Polizei sich selbst überlassen wurde. Die Kommissarin rief den zukünftigen Märtyrer an, um sicherzustellen, dass die Sache jetzt geregelt war.

Sie wurde unfreundlich empfangen. »Ich mache Sie darauf aufmerksam, dass Ihre zwei Männer erst gegen Mittag angekommen sind, ohne sich zu entschuldigen. Ist Ihnen das nicht peinlich?«

»Nicht wirklich: Da Sie noch am Leben sind, hätte es nichts genützt, wenn sie früher gekommen wären.«

»Ach, man muss erst tot sein, um ein Recht auf Polizeischutz zu haben? Das wird die Medien sicherlich interessieren.«

Der Ton war so unangenehm, dass die Kommissarin es für gut befand, ihn daran zu erinnern, dass sie Kommissarin war. »Seien Sie doch so freundlich und sagen mir, was Sie am Freitag, den 18. Januar am späten Vormittag und am Sonntagabend des 27. gemacht haben.«

»Freitag, den 18., weiß ich nicht mehr! Wenn man Arbeit hat, ist es einfach, in seinen Kalender zu sehen. Aber ich habe keine. Wenn ich nichts mache, soll ich dann etwa ›nichts‹ eintragen? Am 27. war ich im Internet, wie jeden Sonntag, das können Sie am Verlauf meines Explorers nachprüfen.«

Die Alibis waren nicht außergewöhnlich. Nicht besser als die von Baudelaire. Aber wieso hatte Viviane es so auf diese beiden Männer abgesehen? Weil sie beide das Gesicht eines idealen Schuldigen hatten? Auch die anderen Protagonisten hatten es verdient, vernommen zu werden. Sie vertraute diese Aufgabe Monot an, der sie eilfertig übernahm.

Zwei Stunden später saßen sie sich bei einem Kaffee gegenüber.

»Die Ergebnisse sind enttäuschend, Commissaire, aber ich habe eine Überraschung.«

»Na los, Monot, überraschen Sie mich.«

»Ich habe mit Christophe Le Marrec und Astrid Carthago angefangen. Sie haben weder Pascal Mesneux noch Élisabeth Blum umgebracht. Sowohl Freitag, den 18. Januar, als auch Montag, den 4. Februar, hatten sie Termine, den ganzen Vormittag. Die Concierge kann das bezeugen. Auch die Kunden. Astrid wird ihre Namen bekanntgeben, aber nur, wenn der Richter das verlangt. Mit dem Attentat auf Saint-Croÿ können sie nichts zu tun haben: Sie haben den Nachmittag von Sonntag, dem 27., zusammen verbracht.«

»Aha, sie arbeiten manchmal sonntags?«

»Nein, aber er lebt bei ihr. Und sogar *mit* ihr, bevor Sie mich gleich fragen. Das ist die Überraschung.«

Darauf wäre Viviane nicht gekommen. Wirklich, sie hatte in diesem Fall keinen Durchblick. »Und was haben unsere Turteltäubchen gemacht?«

»Das, was sie jeden Sonntag tun: Karten spielen. Die Concierge hat bestätigt, dass sie sie weder hat gehen noch kommen sehen.«

Viviane stellte sich die wahnsinnig lustigen Sonntage des Paars vor und fragte sich gleichzeitig, ob ihre eigenen so viel besser waren. Und Monot, was machte der in seiner freien Zeit? Sie hätte gerne mehr vom Leben ihres kleinen Lieutenant gewusst, der ganz stolz zum nächsten Zettel überging: »Im Falle von Louis Saint-Croÿ ist es einfacher: Montag, den 4. Februar, war er alleine, mit Joa, bei seinen Cousins in Versailles. Sie hat ihm einen Guavesaft serviert. Joa hat das mir gegenüber bestätigt. Also zwei Verdächtige weniger auf der Liste.«

»Setzen Sie die beiden wieder auf die Liste, Monot. Die beiden Aussagen sind nur haltbar, weil eine die andere stützt.«

Monot nickte und zückte den nächsten Zettel: »Patricia Mesneux ist unwiderruflich: ›Angesichts ihrer Verantwortlichkeiten im Rathaus ist es ausgeschlossen, dass sie das Büro verlässt, weder freitags, noch montags.‹ Bleibt Sonntag, der 27. Januar: Da war sie bei der Berufs- und Studienmesse, Porte de Champerret. Das war mehr für ihren Gary, aber ohne ihn, weil ihn diese Geschichten nicht besonders interessieren. Außerdem interessiert er sich überhaupt für nichts. Sie unkt, dass er bei der Polizei landet, wenn er so weitermacht, nett, oder? Der kleine

Gary selbst hat montagmorgens zwar keinen Unterricht, aber er schreibt einen Test, einen benoteten, da darf er nicht fehlen.«

»Und die Kinder von Saint-Croÿ?«

»Wasserdichte Alibis an allen Tagen. Wollen Sie hören?«

Nein, Viviane wollte nicht. Monots Arbeit war ganz und gar sinnlos, davon war sie überzeugt. Sie war es schon gewesen, bevor sie ihn damit beauftragt hatte.

Aber der brave Lieutenant schien bereit, noch mehr zu übernehmen: »Warum haben Sie mich eigentlich nicht gebeten, sie nach dem 23. Januar zu fragen, dem Tag Ihrer Vergiftung?«

Sicher nahm er sie auf den Arm.

»Das ist meine persönliche Angelegenheit, Monot. Ich kümmere mich persönlich darum. Und ich will dazu keine Fragen mehr.«

Er machte ein so betroffenes Gesicht, dass Viviane ein schlechtes Gewissen bekam. Wahrscheinlich hatte er es nicht böse gemeint. Um nett zu sein, bat sie ihn, eine Tabelle anzufertigen, mit den Alibis und Motiven von allen. Eine sinnlose Arbeit, die nur dazu diente, ihren Lieutenant zu motivieren.

Sie kam gerade noch rechtzeitig in ihre Wohnung, um an das klingelnde Telefon zu gehen. Noch ein Mord? Schlimmer, es war ihre Mutter.

»Vivi? Ich habe die Zeitung gesehen. Und die Zeitschriften am Kiosk. Es ist eine Schande, was man über dich erzählt. Das lässt du mit dir machen?«

Ihre Mutter hatte von den Beziehungen zwischen Polizei und Presse so viel Ahnung wie ein Erster Konsul.

»Ich kann es dir nicht erklären, Mom.«

»Das kannst du nie. Was hältst du von einem kleinen Essen heute Abend? Komm mich in Senlis besuchen, das wird dich auf andere Gedanken bringen.«

Diese Vorstellung versetzte Viviane in Panik. Wenn ihre Mutter sie auf andere Gedanken bringen wollte, dann wollte sie ihr vor allem ihre eigenen aufs Auge drücken. Ganz zu schweigen von ihrer *fixen Idee*, von der sie merkwürdigerweise noch nicht gesprochen hatte.

»Nein, Mom! Heute Abend kann ich nicht, ich habe ein Abendessen.«

»Mit einem Verlobten, Vivi?«

Da war es! Sie hatte es ausgesprochen! Den Umständen entsprechend mit einem dümmlichen Lachen.

»Ich habe ein Abendessen, Mama, das ist alles.«

»Mit Ludovic? Habt ihr euch wieder zusammengerauft?«

Ihre Mutter begriff nichts, sie ging davon aus, dass sich solche Geschichten wiedergutmachen ließen. Sie setzte schon munter zum nächsten Schuss an: »Das war ein netter Kerl, genau der Richtige für dich. Ich bin sicher, du bereust, dass du ihn verlassen hast. Im Übrigen lässt du dich seitdem gehen. Du solltest den ersten Schritt tun, denk darüber nach. Gut, dann mache ich jetzt Schluss.«

Die Kommissarin rannte in die Küche. Schnell, einen Mars-Riegel!

Wieder klingelte das Telefon, es war der schillernde Gérald Tournu: »Commissaire, es ist mir wieder eingefallen, als ich einen Wagen mit Fans vom Olympique Marseille gesehen habe, die zum Spiel heute Abend angereist sind: Der Junge vom Pont-Neuf, der hatte einen Aufnäher von OM auf seiner Sportjacke.«

»Ist gut, aber das hilft mir nicht viel. Davon gibt es bestimmt ein paar zehntausend.«

»Ja, aber der vom Pont-Neuf, da stimmte irgendwas mit dem Aufnäher nicht. Ich weiß nicht mehr was, aber das fällt mir bestimmt wieder ein.«

Sie bedankte sich. Es war immer so mit diesem Fall. Sobald sich eine neue Spur zeigte, dann nur, um in noch düsterere Gefilde zu führen. Sie brauchte noch einen Mars-Riegel. Und Fabien.

Er war immer noch keine Schönheit, aber er kam ihr vor wie der Messias. Ihr Kühlschrank war leer, sie war schnell bei Picard vorbeigegangen: Tiefkühlgerichte waren die einzigen, die ihr immer gelangen.

Als echter Freund fand er alles, was Viviane vorbereitet hatte, gut. Er machte sich begeistert über ihr Ragout aus Jakobsmuscheln her, dann über die Tajine mit Thunfisch auf Gemüse. Er verstand, dass sie das brauchte. Auch den Sancerre, nicht zu viel. Er kommentierte nicht einmal ihre immerwährende Diät. Auch nicht ihren Fall, den er gerade im Stillstand wähnte.

Viviane zog ihn in ihr Schlafzimmer. Dieses Mal versuchte sie nicht einmal, sich in Ludovics Armen vorzustellen. Sie nahm lieber gleich die vom kleinen Monot, aber sie fühlte sich unwohl. Also stellte sie sich vor, in den Armen von Fabien zu liegen und ließ sich gehen.

Kapitel 13

Sonntag, 10. Februar

Es war ein schöner Sonntag. In der Nacht hatte es geschneit, und die Sonne zeigte sich seit dem Morgen großzügig. Um zehn Uhr war der Schnee geschmolzen und hinterließ die Straßen von Paris merkwürdig verjüngt. Viviane fühlte sich wie diese Straßen, als sie aus der Dusche kam. Sogar die Waage war ihr wohlgesonnen und schlug wieder nach links aus. Kurz darauf ging Fabien, so leicht und zart wie ein Soldat auf Heimaturlaub.

Am Kiosk reichte man ihr eine *Journal du Dimanche* mit vorwurfsvoller Miene. Schlechtes Zeichen, wahrscheinlich sprach man irgendwo von ihr. Auf Seite fünf fand sie dann ein Bild des verängstigten Cucheron. Er erzählte, wie *man* ihn behandelt hatte, als er, vom Tode bedroht, um Polizeischutz gebeten habe: »Solange Sie lebendig sind, nützt es nichts zu kommen.« Aber, schloss er, er habe die Polizei mit Erfolg auf ihre Verantwortlichkeiten hingewiesen und recht bekommen. Nun könne er sich mit bestem Wissen und Gewissen gänzlich der Expertise widmen, die für die Ermittlungen von so großer Wichtigkeit sei.

Etwas später rief der Allmächtige an, was er noch nie an einem Sonntagmorgen getan hatte. Sie hatte immer geglaubt, dass er ihn beim Gottesdienst oder unter seiner Decke verbrachte. »Meine kleine Viviane, ich werde Ihnen den Sonntag verderben. Ein Informant hat uns unerfreuliche Neuigkeiten geliefert. José Tolosa will Ihnen an den Kragen. Sie haben ihn des letzten Seufzers seiner Mutter beraubt, das will er Ihnen heimzahlen. Sie müssen sehr vorsichtig sein.«

Viviane wusste, dass solche Dinge passieren konnten, auch wenn man nie darüber sprach. Zu heikel für alle. Ihr liefen Schauer über den Rücken, aber nicht um ihretwillen. »Und Lieutenant Monot?«

»Monot auch. Nett, dass Sie an ihn denken. Wir werden ihn warnen.«

Der Allmächtige wollte diese Sache herunterspielen, aber das ließ sie nicht zu. Also schwenkte er um auf einen anderen Fall. Den, der ihr Kommissariat seit drei Wochen umtrieb. »Und das Sonett, Viviane? Wie steht es damit?«

Sie wusste nicht, was sie antworten sollte, hörte sich aber zu ihrer Überraschung sagen: »Schlecht. Ich habe Verdächtige, aber ich glaube nicht, dass es die richtigen sind. Der echte Mörder muss ein Irrer sein, ein Spinner, der diesen wenigen Zeilen größte Bedeutung zumisst. Also tötet er alle, die sich dem nähern, damit seine Wahnvorstellungen ernst genommen werden.«

Es folgte ein kurzes Schweigen. Sie konnte sich das verblüffte Gesicht des Allmächtigen vorstellen. »Hm, so habe ich das nicht gesehen, aber es passt. Arbeiten Sie an dieser Hypothese, das interessiert mich. Und passen Sie auf sich auf.«

Sie fühlte dumpfen Groll gegen Monot in sich aufkommen: Nicht genug, dass er sich in Spinnereien verlor, nein, jetzt zog er auch noch seine Vorgesetzten mit hinein.

Trotzdem war es ein schöner Sonntag. Sie aß zum Frühstück eine Ananas, erste Phase der Mayo-Diät. Mal sehen, was das brachte. Bevor sie laufen ging, zögerte sie kurz, ob sie ihre Sig Sauer mitnehmen sollte, aber die Waffe war zu schwer. Sie begnügte sich mit ihrem Handy.

Das Joggen machte ihr keine Freude. Sie fühlte sich wie Freiwild. Jeder Spaziergänger, den sie überholte, konnte ihr letzter sein: Er würde schneller werden, bis er auf gleicher Höhe mit ihr war, wie sie es mit Tolosa gemacht hatte, und ihr eine Pistole an die Schläfe halten. Mit dem Unterschied, dass er abdrücken würde. Wahrscheinlich würde sie bald nicht mehr daran denken. Aber der erste Tag, an dem man seine Sterblichkeit entdeckte, war nicht wie die anderen. Sie hatte sich vorgestellt, dass man dann gierig die frische Luft einatmete, vor dem kleinsten Krokus oder Vogelgesang in Entzücken geraten würde. Aber nein: Man wollte einfach schnell damit Schluss machen. War es, weil es in ihrem Leben nichts gab, dem sie nachtrauern konnte? Ja, das war es, was sie traurig machte. Sie schaute auf ihr Telefon: Vielleicht fand sie dort eine Nachricht, die eines Freundes, der sie beruhigen würde.

Sie hatte acht Nachrichten von all den Leuten, denen sie in diesem Fall begegnet war. Aber sie waren es, die um Hilfe baten. Sie hatten das Interview mit Cucheron im *Journal du Dimanche* gesehen und fragten sie nun: warum nicht ich?

Louis Saint-Croÿ, drei Anrufe, wollte zu sich nach Paris zurückkehren: Er sei schon einmal Ziel eines Anschlags geworden, er habe Vorrang, ein Recht auf Polizeischutz. Christophe Le Marrec, zwei Anrufe, fragte freundlicher danach – nicht für sich, sondern für Astrid. Patricia Mesneux fragte sich, ob ein Leben in Asnières weniger wert sei als eines in Paris? Xavier Baudelaire wollte wissen, was die Kommissarin für Pantin und Beuzeville vorgesehen habe. Und schließlich der Allmächtige, der Viviane nochmals sprechen wollte: Auf den Internetseiten der Zeitungen frage man sich schon, warum die Zeugen den Mördern überlassen würden.

Die Kommissarin fuhr nach Hause. Das Telefon hatte gewonnen. Dieser Sonntag würde ihm gehören. Sie rief an, beruhigte, verhandelte mit der Schutzpolizei, beschwor, forderte. Vier Stunden später war alles organisiert: Ab diesem Abend würden vor den Häusern aller Protagonisten Wachleute stehen. Frankreich atmete auf. Die Kommissarin hätte es ihm gerne gleichgetan.

Montag, 11. Februar

Louis Saint-Croÿ betrat Vivianes Büro, etwas verlegen, und wiederholte seine Entschuldigungen wegen des verpassten Termins mit ihr.

Sie unterbrach ihn: »Was können Sie mir über Xavier Baudelaire sagen?«

Er schien überrascht, rieb sich seine kleinen manikürten Hände und schaute sie an, als fände er dort die Antwort. »Ach, Commissaire, das ist eine alte Geschichte, in der ich keine gute Figur mache.«

Seine Version von den Abenteuern des Briefs über Edgar Poe stimmte überein, nur kam er zu einem anderen Schluss. »Der Typ ist überzeugt, dass ich ihn über den Tisch ziehen wollte. Tatsächlich habe ich etwas sehr falsch eingeschätzt. Die angebliche Schrift von Baudelaire kam mir suspekt vor. Die Expertise bestätigte, dass er wohl der Autor dieses Briefs war, ihn aber in einem Zustand fortgeschrittener Trunkenheit geschrieben hatte, was die fliehende Schrift erklärte. Außerdem gab es, anders als ich dachte, nie einen endgültigen Brief an Théodore de Banville. Kurz, ein Doppelfehler meinerseits, den ich noch heute bereue. Wäre ich besser beraten gewesen, hätte ich ein sehr viel höheres Angebot als das des Museums in Richmond vorgelegt.«

»Und nun wollen Sie Xavier Baudelaire an den Kragen?«

»Aber nein, warum? Er hat das sehr gut gemacht. Im Gegenteil, er hat etwas gegen mich. Ich habe versucht, ihm zuzureden, aber er wollte mich nicht anhören. In gewisser Weise ist mir das recht: In meinem Beruf geht man besser als Filou denn als Dummkopf durch.«

»Und Jean-Paul Cucheron, haben Sie sich mit ihm zerstritten?«

»Cucheron? Exzellenter Grafologe! Er hat seinen Job gemacht.«

»Kennen Sie Astrid Carthago?«

»Nein, auch wenn man in den Zeitungen über sie geschrieben hat. Warum? Glauben Sie, dass sie in dieser Sache eine wichtige Rolle spielt?« Er hatte das mit neugierigem Unterton gefragt, fast zudringlich.

Diese Art Fragen beantwortete Viviane grundsätzlich nicht. Sie war die Ermittlerin. »Wenn ich Ihnen sagen würde, dass Ihre Angestellte Joa ein Doppelleben führt, was würden Sie antworten?«

»Joa? Sie geht abends nie aus. Das ist unmöglich, Commissaire. Absolut ausgeschlossen.«

»Wissen Sie, es gibt in diesem Fall viele unmögliche Dinge.«

Sie brachte ihn zur Tür, finster. Dieser Typ war alles andere als ein Spinner.

Dienstag, 12. Februar

Monot hatte eine kleine Pressemappe vorbereitet, die er ihr lachend brachte. Ganze Spalten waren den Interviews mit den Zeugen gewidmet: »Die Einsiedler im Fall Baudelaire«, titelte ein Blatt. »Ein Leben in Angst«, ein anderes. Saint-Croÿ erzählte, dass er endlich »unter Polizeischutz wieder nach Paris zurückkehren durfte«, Cucheron versprach, seine Expertise zu Ende zu führen, trotz »Panik im Bauch«, und Viviane fragte sich, ob das wohl Einfluss auf seinen Mundgeruch hatte. Christophe Le Marrec versicherte, dass Astrid Carthago alle ihre Termine und Begegnungen zwischen den Verstorbenen und Lebenden einhalten würde, das sei eine Frage ihres Berufsethos. Patricia Mesneux beteuerte, bereits von mehreren großen Verlagen Angebote bekommen zu haben, wobei diese von ihrem labilen Zustand zu profitieren suchten und ihr ganz lächerliche Summen boten. Auch wenn ihr Leben in Gefahr sei, das heilige Erbe ihres Mannes, dieses bewundernswerten Dichters, würde sie nicht verschleudern. Sie halte für alle einige Rondeaus, Stanzen und Elegien zu einem vernünftigen Preis bereit.

Und jeder nutzte die Gelegenheit, um Gutes über sich selbst zu sagen, über seine Sammlung, seine Expertisen, seine Kontakte mit dem Jenseits. Gary erklärte, wie diese furchtbare Stimmung sich auf die Vorbereitung seines Abiturs auswirke: Er hatte ganz recht, der Junge, so würde man bei der mündlichen Prüfung ein Auge für ihn zudrücken. Die kleine Laurette Saint-Croÿ hatte einige Interviews gegeben, sie knüpfte Beziehungen, hatte ihre Karriere ins Rollen gebracht.

»Ist Ihnen das aufgefallen, Monot, einzig Xavier Baudelaire ist nicht mit von der Partie. Sein Name wurde den Raubtieren nicht vorgeworfen, er hat Glück.«

Cucheron brachte ihnen, ganz kleinlaut, das Ergebnis seiner Untersuchungen. »Es tut mir leid wegen des Artikels neulich, Commissaire, meine Aussagen wurden verdreht, das ist ein Missverständnis.«

Ein Missverständnis! Viviane verabscheute dieses Wort, sie hatte es immer als eine feige Ausrede gewertet. Eisig sagte sie: »Zeigen Sie uns lieber die Ergebnisse Ihrer Untersuchung, das macht Sie glaubwürdiger.«

Die Schlüsse waren klar: Beide Texte stammten aus derselben Feder, aus derselben Zeit. Aber es gab da eine Auffälligkeit.

»Vielleicht eine normale Auffälligkeit«, erklärte Cucheron sich. »Augenscheinlich sind beide Texte in einem Fluss geschrieben worden, übrigens mit schöner Regelmäßigkeit. Man sieht, dass Baudelaire zu dieser Zeit dem Alkohol noch nicht so verfallen war. Die Zeilen sind recht gerade, die Zeichen konstant, mit wenig Varianten. Aber die Schrift spiegelt doch eine außergewöhnliche Spannung wider.«

»Sie meinen Furcht, Angst?«

»Ja, vielleicht. Sagen wir, Baudelaire hat diesen Text geschrieben und ihm dabei eine ungewöhnliche Bedeutung beigemessen. Im Idealfall bräuchte ich die Originale, um besser untersuchen zu können, wie viel Druck auf die Feder ausgeübt wurde. Doch das kann man auch anhand der Fotokopien schon gut sehen.«

Er legte sein umfangreiches Gutachten auf den Schreibtisch. Ah, die Medien wollten alles *in extenso* bekommen, das konnten sie haben! Cucheron ging, hinterließ einen üblen Mief und seine Rechnung, die er Viviane gab. Sie legte ein Post-it dazu und wies die Buchhaltung an, sich mit der Zahlung Zeit zu lassen, man würde das als Missverständnis erklären.

Es war Zeit für die Pressekonferenz, Viviane war entspannter als sonst: Heute würde sie stumm bleiben, sie würde dem Lieutenant zuhören, wie er seine Nummer abzog.

»Tja«, sagte sie ihm in ihrem Clio, »das Sonett von Baudelaire ist also von Baudelaire, sind Sie zufrieden?«

»Ja. Ein Sonett wie dieses hat einen Platz in seinem Werk.«

»Nein, Monot, ich meinte, ob Sie zufrieden sind mit den Ermittlungen.«

»Ich weiß nicht. Das ist das einzige Geheimnis, das wir in dieser Sache lüften konnten, aber das macht es nicht einfacher.«

»Wenigstens werden Sie etwas haben, das Sie auf der Pressekonferenz erzählen können. Sagen Sie denen, dass die Ermittlungen an einem toten Punkt angekommen sind, was den Rest betrifft, das ist nur die Wahrheit.«

Alles lief nach Plan. Die Echtheit des Sonetts wurde mit Gleichgültigkeit registriert: Die Medien hatten schon lange eine Gewissheit daraus gemacht. Monot stürzte sich also in einen großartigen Monolog über die allgemeine Anordnung der Manuskriptseite. Alles ließ er mit einfließen, die runde Binnenform des *g*, die einen Verweis auf das Gefühlspotenzial bot, und seine unvollendete Unterlänge, die auf eine ungeschickte Nutzung desselben verwies; die Neigung des Buchstaben *l* und die intellektuellen Begabungen, von denen es zeugte – im Publikum sah man auf die Uhr, rutschte diskret in die hinteren Ränge. Als Monot zum Buchstaben *r* und auf seinen gesäumten, gemeißelten Charakter zu sprechen kam, wie von der Feile eines Goldschmieds gemacht, war der Saal zu drei Vierteln leer.

Schließlich erklärte Monot, er habe ein wenig schnell referiert, könne aber gerne mehr Details geben, wenn es im Publikum noch Fragen gebe. Viviane hätte ihn küssen können, die Pressekonferenz war zu Ende.

Donnerstag, 14. Februar

Über den Valentinstag konnte man nicht schlecht genug reden. Viviane war übel gelaunt aufgestanden, sie hasste die kollektive Verherrlichung intimer Gefühle. Als ihr Assistent sie so mürrisch ankommen sah, versuchte er gar nicht, sie zu beschwichtigen. Er hielt ihr die Ausgabe der *20 minutes* hin.

»Dafür bin ich verantwortlich, tut mir leid.«

Auf der ersten Seite hieß es: »Der versteckte Zeuge im Sonett-Fall.« Und als Untertitel: »Warum Xavier Baudelaire Angst hat.« Der Artikel kommentierte lediglich die Existenz dieses Zeugen, den man zu verstecken suchte.

Keine Adresse, keine Fotos, auch kein Kill Mouch', aber Spekulationen über die Rolle von Baudelaire beim Verschicken des fatalen Umschlags. Und Kommentare zum doppelten Spiel der Kommissarin Lancier, die die Medien weiterhin hartnäckig wie einen Feind behandelte.

»Sind Sie dafür verantwortlich, Monot, oder Ihre kleine Freundin?«

»Das kommt auf dasselbe raus, Commissaire. Ich hatte ihr davon erzählt, sie versprach mir, es für sich zu behalten.«

»Sie werden sich entscheiden müssen, Monot. Wir haben alle das Recht auf einen geheimen Garten, aber man kann keine Ziegen darin halten, wenn man dort Kohl ziehen will.«

Sie merkte, dass das Bild zweifelhaft war, vor allem, weil es Charles Baudelaire standhalten musste, aber Monot hatte verstanden. Er ging hinaus und nickte nur.

Der Tag der Kommissarin war erbärmlich. Ihre Männer wichen ihr aus, so unerträglich war sie, jeder suchte nach einer Aufgabe außer Haus. Sie fühlte sich dermaßen allein, dass sie am späten Nachmittag Fabien anrief, der sie aber freundlich abwimmelte: »Nein, in dieser Woche ist es kompliziert. Und außerdem, heute Abend wäre es merkwürdig, meinst du nicht?«

Ja, natürlich, es war Valentinstag. Da konnte man nicht tun als ob. Sie ging alleine nach Hause und stellte sich auf einen verrückten Abend ein: Montignac-Diät und Glotze. Auf TF1 gab es einen großen Abend zum Thema »Die 100 schönsten Liebesgeschichten«. Sie fand es ganz normal, sich das anzuschauen; die Montignac-Diät machte sie etwas schlapp.

Gegen einundzwanzig Uhr dreißig war sie bei der dreiundvierzigsten Geschichte, einer Liebesgeschichte zwischen einem Präsidenten und einer Schauspielerin und Sängerin – die Geschichte spielte in den USA –, als das Telefon klingelte. Die Stimme, die sie vernahm, war nichts als Elend. Es war die von Christophe Le Marrec: »Kommen Sie schnell, Commissaire, man hat Astrid ermordet.«

Viviane würde nie den Ausgang der Liebesgeschichte des Präsidenten erfahren. Sie stürzte los. Sie fuhr in die Avenue de La Motte-Picquet ein, als sie den Feuerwehrwagen mit eingeschaltetem Blaulicht dort stehen sah. Beim Einparken sah sie, wie man eine Bare in den Wagen brachte und vor ihrer Nase wegfuhr.

Sie fand Christophe zusammengesunken im Eingang der Wohnung, deren sämtliche Türen und Fenster offen standen. Trotzdem hing immer noch ein starker Todesgeruch in der Luft, oder besser: ein Gasgeruch. Christophe war erleichtert, sie zu sehen, als ob er jemanden brauchte, dem er die Geschichte erzählen konnte: »Als ich nach Hause kam, stank es in der Wohnung nach Gas. Sie lag auf ihrem Bett, zusammengerollt auf der Seite, der tragbare Butangas-Heizkörper stand auf der höchsten Stufe, war aber nicht angezündet. Ich habe die Fenster aufgerissen und erst die Feuerwehr und dann Sie angerufen, ich habe Mund-zu-Mund-Beatmung gemacht, aber es hat nichts genützt, sie hat schon nicht mehr geatmet.«

Jetzt wären ein paar tröstende Worte nötig gewesen, Worte des Mitleids, aber sie kamen nicht. Egal, Viviane stützte sich auf Ermittlungsformeln: »Von wo kamen Sie?«

»Ich bin kurz vor sieben Uhr von Astrid weg, um mit einem Freund etwas trinken zu gehen, dann bin ich mit der Metro zu meinem Vater gefahren, nach Clichy. Als ich bei ihm ankam, habe ich bemerkt, dass ich mein Handy zu Hause vergessen hatte, und bin wieder zurückgefahren, weil ich einen wichtigen Anruf erwartete. Da habe ich Astrid gefunden.«

»Warum haben Sie mir gegenüber Mord erwähnt? Sie sehen doch, dass es sich um Selbstmord handelt.«

»Das dachte ich auch auf den ersten Blick. Aber hier handelt es sich eher um eine schlechte Inszenierung. Erstens war die Wohnungstür einfach zugezogen, nicht abgeschlossen. Astrid schließt sich aber immer ein, vor allem jetzt, wegen der Telefondrohungen. Sie roch nach Gin, in der Küche stand eine angebrochene Flasche. Das ist absurd: Der Gin gehört mir, sie hasst Alkohol. Sie hätte sich niemals betrunken, bevor sie sich umbringt. Und ihre Brille lag noch im Arbeitszimmer. Wie hätte sie sich Gin einschenken oder den Heizkörper einschalten können? Sie ist total blind ohne Brille.«

Viviane war so aufmerksame Zeugen nicht gewohnt; es kam ihr vor, als würde sie mit einem Praktikanten reden. Sie fand Gefallen an der Sache. »Sie soll so schnell gestorben sein?«

»Der Mörder muss sie gezwungen haben, das Gas direkt an der Verschlussklappe der Butangas-Flasche einzuatmen. Ihre Lippen waren etwas geschwollen, Sie können das nachprüfen.«

»Aber wer kann sich Zutritt verschafft haben? Das Haus wird bewacht.« Viviane beugte sich aus dem Fenster: Auf der anderen Straßenseite hielt ein Polizist Wache, er stand neben einem griechischen Restaurant.

Christophe erläuterte: »Ihr Polizist kontrolliert nicht die, die einen Schlüssel haben. Bei uns ist vor zwei Wochen ein Schlüsselbund verschwunden; jener, der normalerweise auf meinem Schreibtisch liegt. Sicher ist der Mörder ein Kunde, der ihn mitgenommen hat, aber wer? In den letzten zwei Wochen hatten wir fast zweihundert Kunden.«

Die Kommissarin blieb weiter beim Fenster stehen, weil der Gasgeruch so unglaublich intensiv war. Ja, die Sache schien simpel: Der Mörder war mit dem Schlüssel hereingekommen, nachdem Christophe gegangen war. Um alles glaubwürdig zu inszenieren, hatte er Astrid dazu genötigt, Alkohol zu trinken, damit es nach Selbstmord aussah, dann hatte er ihren Mund an das Ventil der Gasflasche gepresst. Man würde ihn nicht finden: Wenn es ein Kunde war, hatte er bestimmt einen falschen Namen angegeben und bar gezahlt.

»Warum sind Sie zu Ihrem Vater gefahren? An einem 14. Februar wären Sie an Astrids Seite besser aufgehoben.«

»Er ist 75. Der Tod meiner Mutter liegt noch nicht lange zurück und hat ihn sehr mitgenommen. Ich hatte befürchtet, dass er sich am Abend des Valentinstags allein fühlt. Astrid hat darauf bestanden, dass ich zu ihm fahre. Ich wäre später nach Hause gekommen, und wir hätten noch eine Runde Karten gespielt.«

Vivianes Blick wurde ein bisschen zu argwöhnisch, denn er preschte vor und erklärte: »Ich gebe Ihnen die Telefonnummer meines Vaters, Sie können das überprüfen. Falls Sie mich verdächtigen, sollten Sie wissen, dass ich keinerlei Interesse daran haben konnte, dass Astrid stirbt. Sie wollte eine große Lebensversicherung zu meinen Gunsten abschließen: Fast ihr gesamtes Vermögen hätte nach ihrem Tod mir gehört. Sie können bei ihrer Bank nachfragen, die Unterlagen sind schon vorbereitet, sie musste nur noch unterzeichnen.«

Nach einigen Worten des Zuspruchs verließ Viviane ihn. Sie ging zu dem wachhabenden Polizisten auf dem Gehweg gegenüber, neben dem Restaurant. Er war jung, sexy, mit rasiertem Schädel. Sie stellte sich vor und schaute ihm tief in die Augen. »Nun, nichts Auffälliges?«

»Die Feuerwehr vorhin, natürlich.«

Sie näherte sich seinem Mund, kam ihm sehr nahe. Er wich zurück, als wollte Viviane ihn küssen. Sie hätte nicht Nein gesagt, aber vor allem wollte sie seinen Atem riechen. Sie schnupperte Wein und Schokolade.

»War es gut, das Restaurant? Also ich mag von der griechischen Küche am liebsten Moussaka. Retsina mag ich weniger. Und Sie?«

Er hatte verstanden, was sie verstanden hatte, und stammelte: »Ja, ich war da drin, aber nicht lange, und ich habe weiter überwacht, Commissaire. Wir haben nach einem

Platz auf der Terrasse beim Fenster gefragt, ich hatte alles im Blick.«

»Ja, natürlich. Ein verliebtes Essen am Valentinstag, Hand in Hand, Auge in Auge, und Sie wollen alles im Blick gehabt haben? Als Sie dann die Feuerwehr gehört haben, haben Sie die Augen wieder aufgemacht und Posten bezogen, ist es so?«

»Nur eine Stunde, ein kleines Essen, mit meiner Frau, ich konnte nicht Nein sagen an so einem Abend. Drücken Sie ein Auge zu, Commissaire.«

Viviane antwortete, dass sie nichts versprechen könne und ging. Sie hasste alle Leute, die am Valentinstag so voller Liebe waren.

Kapitel 14

Freitag, 15. Februar

Sie musste ihre Routine wiederfinden und jeden Verdächtigen befragen – in ihren Augen waren alle Protagonisten verdächtig –, um zu erfahren, was sie am Abend des Valentinstags gemacht hatten. Warum gaben sie sich Mühe, Viviane zu antworten? Aus Grausamkeit?

Patricia Mesneux war mit einem Freund essen gewesen. Was für ein Freund? Sie nannte den Namen eines Cheflektors mit sehr leiser Stimme. »Und dann, nach dem Essen, interessiert Sie das auch?« Nein, über zweiundzwanzig Uhr hinaus interessierte sich die Kommissarin für nichts mehr.

Sie rief Gary auf seinem Handy an. Als er abnahm, hörte sie im Hintergrund die enthusiastische Stimme einer Promoterin, die mit Schleuderpreisen in der Wurstwarenabteilung warb: »Ich war im Quick, mit einem Mädchen, Commissaire. Weil meine Mutter nicht da war, sind wir später zu mir gegangen.«

Louis Saint-Croÿ hielt eine Überraschung für sie bereit; er hatte mit Joa zu Abend gegessen. »Sie dürfen darin nichts

Schlechtes sehen, sie war so melancholisch, ich habe sie in ein kleines, diskretes Restaurant eingeladen.« Und mit einem Anklang vom Allmächtigen fragte er hinterher: »Und die Ermittlungen, kommen Sie voran? Oder warten Sie, bis wir alle tot sind, um sie als abgeschlossen zu betrachten?«

Um ihr Gesicht zu wahren, erklärte die Kommissarin, dass die Ermittlungen fast abgeschlossen seien, dass sie glaube, den Schuldigen identifiziert zu haben. Sofort bereute sie ihren plötzlichen Einfall – jetzt machte sie es schon wie Monot!

Dann rief Viviane Laurette an. Mit gebrochener Stimme gestand sie, den Abend allein zu Hause verbracht zu haben: Sie habe ihren Vater mit Joa erst gehen, dann kommen sehen. Viviane war vor Mitleid ganz ergriffen. Sie stellte sich vor, wie die Kleine ihre Joa am Abend des Valentinstags am Arm ihres Vaters sah; das war die Höhe. Die Kommissarin versuchte sie zu trösten und suggerierte ihr, dass Joa vielleicht keine Wahl hatte. Die junge Saint-Croÿ brach in Tränen aus.

Jean-Paul Cucheron zeigte sich weniger gefühlsverwirrt. »Ich bin auf dem Boulevard Bessières mit dem Auto herumgefahren und habe eine Nutte mitgenommen. Eine Schwarze aus Kamerun. Ich kenne ihren Namen nicht, aber ich kann sie wiederfinden. Oder Ihnen ihre Specials sagen, interessiert Sie das?« Großartiges Alibi, sie gratulierte ihm.

Blieb nur noch Xavier Baudelaire.

»Ich nehme an, Sie haben den Valentinstag mit *Madame* verbracht?«

»Nein, ich war in Paris, mit einer Journalistin von der Zeitung *Aujourd'hui.*«

Er hatte das so nebenbei gesagt, aber Viviane war nicht dumm: Er jubilierte! Eine Journalistin hatte ihn ausgegraben, er würde in die Zeitung kommen, *Le Parisien* und *Aujourd'hui*, alle Ausgaben, in ganz Frankreich! Er war zu zufrieden, um das verstecken zu können.

»Sie haben auch kein Stillschweigen gewahrt. Warum sollte ich das tun? Der Unterschied ist, dass man das schreiben wird, was für mich interessant ist. Ich habe ihr von meinen Lecksteinen erzählt, sie fand mich spannend. Sie können es morgen lesen. Ich habe eine halbe Seite, ganz zu schweigen von dem Foto, wo ich mit meinem Kill Mouch' posiere. Können Sie sich vorstellen, was mich das als Werbeanzeige gekostet hätte?«

Nachdenklich legte sie auf. Sie hatte den Eindruck der Wahrheit ganz nah zu sein, ohne sie zu sehen. Welche Wahrheit? Sie kannte jetzt alle Bettgeschichten vom Valentinstag.

Da kam der köstliche Monot, ganz verstört. »Tut mir leid, Commissaire, Kopfkissenpanne. Ich hatte eine Schlaftablette genommen.«

»Ja, natürlich: Sie haben zu Abend gegessen, dann haben Sie eine Schlaftablette genommen, die bei … *20 minutes* tätig ist. Blond oder brünett, die Schlaftablette?«

Er schien noch bedrückter. »Nein, wir haben nur gegessen, nichts weiter. Sie haben mich gestern aufgefordert, mich zwischen der Ziege und dem Kohl zu entscheiden. Schon geschehen, wir haben uns getrennt. Ich habe ihre Art, mir die Würmer aus der Nase zu ziehen, sowieso nicht mehr ertragen.«

Sie fühlte sich plötzlich wieder mehr Frau. Man musste ihn trösten, den Jungen. »Lassen Sie den Kopf nicht hängen, Monot, morgen lade ich Sie ins Restaurant ein. Eine Gelegenheit, alles zu erörtern, nach diesem ersten Monat bei der Kripo.«

Er nickte und machte große Augen wie ein kleiner Junge, den man auf die Kirmes mitnimmt. Sie fasste den Vorabend und ihre Anrufe für ihn zusammen und bat ihn, die Autopsie zu veranlassen.

Die Kinderaugen nahmen einen tragischen Ausdruck an. »Ich verstehe nicht, warum man sie getötet hat. Hatte sie das Sonett zwischen den Händen? Neulich haben Sie mir das nicht beantwortet.«

Viviane erzählte ihm von der Sitzung beim Medium: Ja, Astrid habe das Sonett gesehen, habe es berührt. Sie fühlte sich plötzlich schuldig.

Monot versuchte, ihr das auszureden. »Vielleicht konnte sie ja wirklich mit verstorbenen Schriftstellern in Verbindung treten. Man wollte verhindern, dass sie ihr etwas sagen.«

Noch nie hatte die Kommissarin eine solch skurrile Hypothese in Betracht gezogen. Sie fragte sich, ob es nicht viel skurriler war, wenn sie diese Hypothesen zu schnell ausschloss. Sie führte diese Ermittlungen wie eine Wespe, die gegen die Scheibe flog, sie regte sich auf, ohne etwas sehen zu wollen.

Viviane rief Astrid Carthagos Bank an: Man bestätigte ihr die Aussage von Christophe, der umfassende Vertrag über eine *Lebens*versicherung war fertig, Astrid hätte nur noch unterschreiben müssen. Aber Christophe hatte nicht alles verloren. Es gab noch eine *Sterbe*geldversicherung zu seinen Gunsten. Und die war gültig.

Die Kommissarin vertiefte sich wieder in ihre Notizen, nahm noch einmal die Berichte der Spurensicherung in die Hand. Alles war gleich ernüchternd. Die einzigen Spuren auf dem Sonett stammten von den Académiciens. Keine erkennbaren Spuren auf dem Körper von Élisabeth Blum. Die Umschläge, die Cucheron erhalten hatte, trugen keine Abdrücke außer seinen eigenen. Der Mörder war tatsächlich von grausamer Diskretion.

Die Ermittlungen mussten neu angestoßen werden, aber in welche Richtung? Viviane war mit ihrem Latein am Ende. Es musste dort oben einen speziellen Heiligen für solche Fälle geben, ein schrulliger Heiliger, ein Spaßvogel, ein Amateur in Sachen schwarzer Humor: Um elf Uhr morgens rief Louis Saint-Croÿ aufgebracht an. »Commissaire, kommen Sie schnell, man hat heute Morgen versucht, Joa umzubringen. Man hat sie vor die Metro gestoßen. Sie lebt, ist aber in einem schlechten Zustand. Ich bin in ihrem Zimmer, im Pitié-Salpêtrière.«

Viviane stürzte zu ihrem Clio und verabredete sich mit Monot im Krankenhaus. Sie fühlte sich jämmerlich. Ihr Assistent hatte recht gehabt, Joa war in Gefahr gewesen.

Auch Saint-Croÿ hatte recht behalten. Würden die Protagonisten alle nacheinander sterben, bis sie den Fall endlich gelöst hatte? Wer würde der Nächste sein?

Monot erwartete sie vor der Zimmertür. Sie traten leise ein. Joa lag auf dem Bett. Louis Saint-Croÿ hielt ihre Hand.

Mit dünner Stimme erzählte Joa, was passiert war. Sie war früh mit der Metro zur Chapelle de la Médaille Miraculeuse gefahren, in der Rue du Bac, wohin viele Farbige zum Beten gingen. Sie hatte eine nette Art »Farbige« zu sagen, und Viviane fiel auf, dass dieser Ausdruck am Aussterben war, ersetzt von dem prüden »sichtbare Minderheiten«. Joa erzählte, dass ihr nach Beten war, weil sie Angst hatte, wegen all dieser Geschichten. Auf dem Rückweg, kurz nach neun Uhr, wollte sie in den ersten Wagen einsteigen, an der Station Sèvres-Babylone, als man sie vor die Metro stieß, die gerade einfuhr. Sie hatte Glück gehabt, sie war zur richtigen Seite gerollt, nach vorne, ohne das Strom führende Gleis zu berühren. Es war ein Wunder, der Fahrer war zwanzig Zentimeter vor ihr zum Stehen gekommen. Sie kam mit einem schlimmen Knöchelbruch davon. Während sie erzählte, verzog sie das Gesicht vor Schmerzen, aber ohne Dramatik.

»Haben Sie den Täter gesehen?«

»Nein, es waren viele Leute unterwegs um diese Zeit. Und wissen Sie, wenn man geschubst wird, dann von hinten.«

Ein Pfleger rollte sie auf einem Krankenbett hinaus. Man musste noch mehr Röntgenaufnahmen machen.

Louis Saint-Croÿ begleitete die Kommissarin und ihren Assistenten zur Tür, feindselig, als wolle er verdeutlichen, dass die Verantwortung für dieses Drama seiner Ansicht nach bei den Polizisten lag.

Im Gang sprudelte es aus Viviane heraus: »Das hätte eine Tote mehr sein müssen, für uns ist es eine Verdächtige weniger. Sie wird mehrere Monate Reha brauchen, die Arme. Aber wenn der Attentäter sie eine Sekunde später geschubst hätte, hätte das für sie die Ewigkeit bedeutet. Wissen Sie, was von ihr geblieben wäre? Haben Sie schon mal einen Körper eingesammelt, der von der Metro überfahren wurde?«

Monot war mit den Gedanken woanders. Wie von weither rezitierte er: *»Oh Höllengrund, oh spaltbreit geöffneter Tempel!* … Sie kam aus der Kapelle. Noch so ein Zufall.«

Viviane wusste nicht, was sie antworten sollte. Sie war genervt von diesen Versen, in die man alles hineininterpretieren konnte. Sie überlegte, ob es nicht eine Strophe gab, die sie auf die Spur des Mörders führte. Schließlich hieß es auch *Wenn meine Seele das Göttliche ausspuckt* … Aber wo waren in der Paella die Schönheit, das Göttliche?

Heute Abend aß sie mit ihrem Lieutenant. Sie war deswegen guter Stimmung, fast zu guter – schließlich sollte es nur ein Mitarbeitergespräch werden.

Sie hatte Capitaine De Bussche nach einem guten asiatischen Restaurant gefragt. Er hatte das *Mondol Kiri* sehr gelobt, ein kambodschanisches Restaurant am Anfang der Avenue de Choisy, kurz vor der Rue Simenon. Die Kommissarin hatte sehr lachen müssen: Es war gleich bei ihr um die Ecke, aber sie hatte nie einen Fuß hineingesetzt.

Nachdem sie das Kommissariat verlassen hatte, fuhr sie bei sich vorbei, Zeit genug, sich umwerfend schön zu machen, dann ging sie zu Fuß los, um Monot zu treffen. Es war ein lauer Abend, fast frühlingshaft: Um das zu feiern, hatte sie sich für sehr riskante Pfennigabsätze entschieden und einen weißen Gabardinemantel angezogen, der gut geschnitten war und sie schlank machte. Sie kam gleichzeitig mit ihrem lebhaften Lieutenant beim Restaurant an, der in seinem großen schwarzen Mantel wie ein Bankier aussah.

Das Dekor war modern, keine goldenen Buddhas, keine süßliche Musik, die Karte war reich an blumigen Kommentaren. Sie fühlte sich gut. Monot entschied sich für eine Hühnersuppe mit Thai-Ingwer und Kokos. Es hieß, in Anführungsstrichen, der Ingwer sei sehr »energetisch«, wovon der Lieutenant sich selbst überzeugen wollte. Um nicht zurückzustehen, wählte Viviane einen Bananenblüten-Salat mit Hühnchen. Der Kommentar erklärte, dass die Bananenblüte bei der Hochzeitszeremonie der Khmer eine wichtige Rolle spiele: Die jungen Eheleute tunkten einige ihrer Haarsträhnen in parfümiertes Wasser, das solle Glück bringen. Alles war bezaubernd. Sie bestellten weitere Gänge und hielten sich dabei an die Legenden, sie entschied sich für frischen Wasserspinat aus dem Wok und Monot für ein Sambo Kuoco mit Schwein, auch das gewürzt mit Thai-Ingwer. Sie kicherten wie Studenten. Viviane entspannte sich. Warum war das Leben nicht immer so? Ganz einfach, weil sie seine Chefin war, was sie gerade im Begriff war zu vergessen.

Sie wollte wissen, warum Monot diesen Beruf gewählt hatte, und er beschrieb ihr mit Begeisterung sein Bedürfnis nach Heldentum. Er war wirklich ein kleiner Junge.

»Wenn ich Steuerprüfer wäre, könnte ich mir nicht vorstellen, meiner Frau den Tag zu erzählen. Ein Bulle dagegen, der führt ein aufregendes Leben. Und selbst wenn es das nicht ist, ist es immer noch schön, davon zu erzählen.«

Boten ihre Tage als Kommissarin ihr *ein aufregendes Leben?* Viviane wollte ihren Assistenten nicht in seiner Begeisterung bremsen. Er war so rührend. »Woher wussten Sie, dass es schön ist, davon zu erzählen? Haben Sie Polizisten in der Familie?«

Er machte ein finsteres Gesicht. »Mein Vater war Brigadier. Ich war zwölf Jahre, als er wegen einer Korruptionsgeschichte suspendiert wurde. Er hat sich umgebracht.«

Das folgende Schweigen war so zäh wie eine Portion Klebereis. Wovon konnte man jetzt noch sprechen? Viviane erzählte von ein paar Fällen ohne besonderen Reiz, Bullengeschichten, die die Unterhaltung in Gang hielten.

Monot hörte höchstens aus Höflichkeit zu. Viviane begriff, dass er von einem ganz anderen Fall reden wollte, von seinem.

»Was mich entmutigt, Commissaire, ist, dass wir umso mehr Ärger haben, je weiter wir mit den Ermittlungen kommen. Als ob wir die Pilotfische wären und der Mörder uns nur folgen müsste, um zu wissen, wo er zuschlagen muss. Als wollte er Aussätzige aus uns machen. Vielleicht ist es jemand, der Sie hasst, Ihnen die Karriere vermiesen will. Haben Sie daran gedacht?«

Ja, Viviane dachte daran, sogar mehr und mehr. Aber diese Hypothese machte ihr noch mehr Angst als die von dem Spinner. Sie hatte keine Lust, darüber zu sprechen, nicht einmal mit Monot. Sie schlug vor zu gehen, ohne Nachtisch, der Lieutenant schaute etwas enttäuscht drein.

Als die Rechnung kam, erinnerte er sie an den eigentlichen Grund dieses Essens: »Sie wollten meinen ersten Monat bei der Kripo mit mir besprechen. Sie haben gar nichts gesagt, sind Sie zufrieden mit mir?«

Die Kommissarin hatte das ganz vergessen. Monot war noch ein Anfänger. Sie war sehr überrascht von der Schnelligkeit, mit der er seinen Platz gefunden hatte, sie war zufrieden mit ihm und sagte ihm das, um des Vergnügens willen, ihn erröten zu sehen.

Kapitel 15

Viviane und Monot gingen die Avenue de Choisy hinauf, als ein orangefarbenes Motorrad ihren Weg in der Nacht kreuzte. Der Fahrer streckte seinen Arm aus, wie um auf sie zu zeigen, der Beifahrer tat es ihm nach. Er aber tat es, um einen Revolver auf sie zu richten.

Das war der Moment, in dem Vivianes Knöchel auf dem Pfennigabsatz umknickte. Monot beugte sich zu ihr, um sie am Arm festzuhalten. Ihr ganzes Leben lang würde die Kommissarin diese Highheels aufbewahren, denn im selben Moment hatte der Beifahrer zwei Schüsse abgefeuert, genau über ihren Köpfen.

Das Motorrad fuhr geradeaus weiter, weil ein Bus dicht hinter ihm fuhr und es daran hinderte sofort umzudrehen. Viviane und Monot waren unversehrt, aber wie lange noch?

»Ich habe meine Dienstwaffe zu Hause gelassen, Monot. Haben Sie Ihre dabei?«

Der Lieutenant, genau so eitel wie sie, hatte sich nicht damit belastet. Sie mussten sich etwas anderes überlegen. Auf der anderen Seite der Avenue schlief der Parc de Choisy friedlich hinter seinen Gittern. War das nicht der beste

Ort, um Zuflucht zu suchen? Sie trieb Monot an, und sie überquerten schnellstens die Straße. In der Ferne sahen sie das Motorrad, das an der roten Ampel kehrtmachte.

Viviane begriff die Dummheit ihres Reflexes zu spät. Warum waren sie nicht auf dem anderen Gehweg geblieben? Sie boten jetzt erneut eine perfekte Zielscheibe. Das Motorrad wurde von einem Reisebus verdeckt; in wenigen Sekunden würde es auftauchen. Sie mussten fliehen.

Monot lief zum Parkgitter, das abends verschlossen war. Er war groß genug, um hinüberzuklettern. Aber Viviane? Zu klein, zu schwer, sie würde es nicht schaffen. Monot hatte ebenso schnell gedacht wie die Kommissarin. Er war zurückgekommen, hatte sich auf sie geworfen und sie zwischen zwei Autos auf den Boden gedrückt, die nur etwa vierzig Zentimeter hintereinander parkten. Es war eng, sie passten kaum dazwischen. Monot lag auf Viviane und bedeckte sie mit dem schwarzen Mantel, den er bis über ihre Gesichter hochgezogen hatte. Sie hörten das Motorrad kommen und auf den Gehweg fahren.

Das Fahrzeug fuhr langsam nur wenige Schritte an ihrem Versteck vorbei und hielt zehn Meter entfernt davon vor dem Parkgitter an. Die Killer fragten sich wahrscheinlich, ob die beiden Bullen hinübergeklettert waren. Viviane und Monot rührten sich nicht: Wenn das Weiß ihres Gabardinemantels oder die Fahlheit ihrer Gesichter aus dem schwarzen Mantel hervorschauen würden, wären sie verloren – die Motorradfahrer würden sie sehen.

Beschützt von Monot, fühlte Viviane diesen warmen Körper, unbeweglich auf ihrem, und verspürte eine merkwürdige Sinnlichkeit. Es schien ihr plötzlich – war es der Ingwer? –, ja, es schien ihr, dass der Lieutenant auch ein immer größer werdendes Vergnügen daran hatte … Dieser Lümmel, als ob das der richtige Moment wäre! Ohne zu wissen warum, erinnerten sie das Weiß ihres Gabardinemantels, das Schwarz von Monots Mantel und die Erregung, die sie überkam, an etwas. Plötzlich fiel es ihr ein:

Hüfte und Brust ganz bleich, aus Ebenholz Bauch und Schenkel,
Sind nur noch Wogen eines Begehrens ungeheuer.

Viviane hätte gerne gebetet, wie Joa, um die Angst zu besiegen, die sie überkam, aber sie hatte es nie gelernt. Also wiederholte sie, wie eine absurde Beschwörung: »Hüfte und Brust ganz bleich, aus Ebenholz Bauch und Schenkel, sind nur noch Wogen eines Begehrens ungeheuer, Hüfte und Brust ganz bleich, aus Ebenholz Bauch und Schenkel, sind nur noch Wogen eines Begehrens ungeheuer …«

Sie hörte, wie der Motor ausgeschaltet wurde und die Fahrer unter ihren Integralhelmen einige Worte miteinander wechselten. Sie setzte ihre Beschwörung fort, zwei Minuten, drei Minuten.

Monot flüsterte ihr ins Ohr: »Jetzt schnell, sie werden bald wiederkommen.«

Die beiden Polizisten richteten sich auf. Das große orangefarbene Motorrad parkte immer noch am selben Platz. Und weit entfernt im Park kamen zwei Silhouetten langsamen Schrittes zurück. Wie zwei Jäger.

Die Kommissarin und ihr Assistent wechselten auf die andere Straßenseite. Sie sahen die Killer über das Gitter klettern. Monot riss Viviane plötzlich in seine Arme und drehte ihnen den Rücken zu.

»Tut mir leid, das ist, um Ihr weißes Ding zu verstecken, das sieht man sogar nachts von Weitem.«

»Das ist ein Gabardinemantel, Monot. Kein Ding, ein Gabardinemantel.«

Sie hing weiter an ihm, fröstelnd – nur vor Angst? Als das Motorrad davonfuhr, löste sie sich endlich von ihm. Es schien ihr, als habe sie in wenigen Minuten jeglichen Einfluss auf ihren Lieutenant verloren.

»Tut mir leid, Monot, die Straßenseite zu wechseln war keine gute Idee. Ihre hingegen war großartig.«

Er zuckte die Schultern, als sei das eine Lappalie und zeigte ihr die Stelle, wo sie sich versteckt hatten.

»Wir hatten Glück. Was uns gerettet hat, war diese Halterung von dem Mülleimer genau vor dem Gittertor: Die müssen gedacht haben, dass wir das benutzt haben, um über das Tor zu klettern. Wer kann diese beiden Typen auf uns gehetzt haben?«

Sie zog Monot in die enge Rue des Deux-Avenues. »Der Mordversuch ist einfacher zuzuordnen als das Sonett, Monot. Reinster Tolosa. Ein Motorrad, zwei Killer, so rechnet er immer ab.«

»Aber woher wusste er, wo er uns findet?«

Viviane antwortete nicht. Die Frage schmerzte sie. Wer hatte den Killern sagen können, dass sie mit ihrem Lieutenant oben an der Avenue de Choisy aß? Vielleicht hatten sie einfach an der Ecke der Rue Simenon gewartet. Vielleicht warteten sie jetzt noch da. Wusste *man*, wo sie wohnte?

»Monot, ich werde im Hotel schlafen. Macht es Ihnen etwas aus, mich zu begleiten?«

Sie hielt ein Taxi an und bat es, sie vor dem Kommissariat abzusetzen. Direkt nebenan war das Hotel Campanile, wo man sich, mit etwas Fantasie, wie auf dem Land fühlte, weitab von der Stadt und ihrer Raserei.

Der Rezeptionist sah sie ohne Gepäck kommen und warf ihnen ein komplizenhaftes Lächeln zu. »Ein Zimmer für zwei, nehme ich an?«

»Nein, ich muss zur Strafe ganz alleine schlafen.«

Sie hatte das im Scherz gesagt, aber als Monot sie dort stehen ließ, ohne ein Abschiedsküsschen, als sie ihn mit seinen energetischen Ingwerreserven weggehen sah, da kam sie sich plötzlich wirklich wie bestraft vor.

Viviane musste sich jetzt dem schmerzlichsten Moment stellen: Schweren Herzens rief sie Capitaine De Bussche zu Hause an. In wenigen Sekunden würde sie wissen, wer von ihren Männern der Judas war. »Es ist sehr wichtig, Capitaine: Haben Sie irgendjemandem den Namen des Restaurants gesagt, wo ich den Abend verbracht habe?«

»Oh, gesagt ist übertrieben, Commissaire. Aber ich habe es im Kommissariat erzählt. Wir mussten alle darüber lachen, ohne böse Hintergedanken. Warum? Gibt es ein Problem?«

Das Problem war, dass doch jemand mit bösen Hintergedanken darüber gelacht hatte. Sie grübelte darüber und konnte nicht einschlafen. Man schläft schlecht in Hotels, vor allem, nachdem ein Revolverlauf auf einen gerichtet worden war.

Sonntag, 17. Februar

Viviane rief den Allmächtigen auf seinem Handy an. Sie hatte das noch nie gewagt, aber man ließ sich auch nicht alle Abende ermorden. Er hörte ihr zu und atmete dabei schwer, wahrscheinlich ging er gerade spazieren. Oder versuchte er sich etwa bei Aktivitäten unter der Bettdecke? Nein, ein Bellen mischte sich ins Gespräch, zu weit weg, um aus einem Zimmer zu kommen: Er ging mit seiner Cockerspaniel-Hündin im Wald spazieren.

Viviane berichtete ihm von ihrem Abend. Der Allmächtige antwortete nicht, außer um den Bericht mit »Darling, nicht die Dame beißen«, »Darling, bei Fuß«, »Darling, hier, leg ab!« zu unterbrechen. Verstand er, dass man ihm gerade von einem Attentat auf einen Offizier berichtete?

Ja, denn endlich sprach er. Das schwere Atmen setzte aus, Darling schien einen adäquaten Ort für den eigentlichen Grund dieses Spaziergangs gefunden zu haben. »Also, Viviane, meine Meinung ist klar – nein Darling, auf dem Weg, nicht ins Gras, schmutziges Mädchen –, Sie sind in Gefahr, mehr denn je. Und Monot ebenfalls. Holen Sie Ihre Sachen unter Polizeischutz – nein, Madame, meine Hündin ist nicht widerlich – und richten Sie sich in diesem Hotel ein, dasselbe gilt für Monot – hier, braves

Mädchen –, ob das nicht zu teuer ist? Die Rechnung geht aufs Haus, versteht sich – beruhigen Sie sich, ich bin auch nicht widerlich, ich habe eine Plastiktüte dabei –, wir werden den Hoteleingang von zwei Männern in Zivil bewachen lassen – natürlich sammle ich das auf, bist du fertig, Darling? –, ich möchte Sie bitten – so, sind Sie nun zufrieden? –, sehr vorsichtig zu sein, bevor Sie sich auf neue Kontakte einlassen – so, jetzt ist es gut, geh spielen –, nein, ich spreche nicht mit Ihnen, Madame. Auch nicht mit Ihnen, Viviane, sondern mit Darling, geh, lauf, meine Gute, ärgere nicht den Monsieur, entschuldigen Sie, sie ist verspielt. Und natürlich kein Wort an die Presse.«

Kein Wort? Ein Anschlag auf zwei Bullen, war das ein Tabuthema?

Montag, 18. Februar

Monot hatte alle Protagonisten des Sonett-Falls angerufen, um zu herauszufinden, was sie gerade taten, als man Joa vor die Metro geschubst hatte. Fast alle waren allein zu Hause gewesen und nicht vor die Tür gegangen. Aber zwei von ihnen hatten ein solideres Alibi. Xavier Baudelaire hatte mit dem Fahrradhändler von Beuzeville über Sonderausrüstungen gesprochen. Und Louis Saint-Croÿ hatte sich zu dem Zeitpunkt von einem Radio-Journalisten interviewen lassen.

Monot hatte diese Fakten alle auf einer großen Tafel

festgehalten, die er Viviane zeigte. »Das ist merkwürdig, im Fall von Madame Blum hatten sie alle ein wasserdichtes Alibi bis auf Baudelaire, Saint-Croÿ und Joa. Hier ist es genau das Gegenteil. Als mache sich jemand einen Spaß daraus, uns an der Nase herumzuführen.«

Ja, das war merkwürdig. Aber welchen Schluss konnte sie daraus ziehen? *Jemand*, wer war dieser *Jemand?*

Es war ihr zweiter Tag im Hotel. Viviane gewöhnte sich daran, der Lieutenant auch. Sie waren Zimmernachbarn und verabschiedeten sich abends voneinander wie zwei Seminaristen. Beim Essen wussten sie nicht, worüber sie sprechen sollten. Sie hatte die Geschichte von Monots Vater überprüft, die leider stimmte. Er hatte sich wegen einer Lappalie umgebracht. Ein paar Einladungen zum Essen in einem Bistro, als Dank für kleine Dienstleistungen. Ein Tod, der die Vorgesetzten und die Dienstaufsichtsbehörde sprachlos zurückgelassen hatte. Viviane wagte es nicht, das Thema mit ihrem Assistenten anzuschneiden. Dieser Typ verunsicherte sie, trotz seiner naiven Art. Er erzählte nichts von sich, sie ebenso wenig. Sie blieben an der Oberfläche.

An diesem Abend war es jedoch Monot, der sie mit einer unschuldigen Frage in die Tiefe zog, während sie auf ihre gegrillten Seezungen warteten. »Ich dachte, dass ein Richter die Fälle, die man ihm überträgt, immer aus nächster Nähe verfolgt. Ist es normal, dass wir im Sonett-Fall so wenig Kontakt zur Justiz haben? Ich weiß nicht einmal, wer sich darum kümmert.«

»Richter Ludovic Bartan. In der Tat, normal ist es nicht. Aber besser so.«

»Warum? Gibt es Streit mit ihm?«

»Aber nein Monot, was für eine Idee! Wir sind Offiziere der Kriminalpolizei. Wir können per definitionem keinen Streit mit dem Richter haben. Höchstens Mordgelüste, was mich betrifft.«

Monot schüttelte sich vor Lachen. Er fragte nach, als handelte es sich um einen Witz, die Kommissarin zögerte: Ihre Geschichte hatte zwei Hälften, welche davon sollte sie auspacken? Viviane entschied sich für den Anfang, der war weniger heikel. »Wir hatten eine Beziehung, er lebte bei mir. Es war eine Zeit, in der ich sehr wenig nach Hause kam. Unsere Truppe jagte einen Wahnsinnigen, der ein Dienstfahrzeug mit zwei jungen, darin eingeklemmten Polizisten in Brand gesteckt hatte. Der eine von beiden ist bei lebendigem Leib verbrannt, die andere, ein Mädchen von fünfundzwanzig Jahren, ist für ihr Leben verunstaltet, unmöglich sie anzusehen, die Arme. An dem Tag, als wir den Brandstifter festnahmen, hatte ich vierzig Stunden nicht geschlafen und bin nach Hause. Dort lag der Herr Richter mit einer jungen Anwältin im Bett, eine Blonde, Dünne, vom Verband, wissen Sie, diese jungen Pflichtverteidiger. Ich habe sie vor die Tür gesetzt, ihn und seine Schlampe, so wie sie waren. Und dann habe ich ihre Klamotten aus dem Fenster geschmissen. Ende der Geschichte. Hat sie Ihnen gefallen?«

»Ah, verstehe«, sagte Monot, peinlich berührt von so viel Vertraulichkeit.

Nein, er konnte das nicht verstehen: Er kannte die Fortsetzung nicht. Sie zögerte, ihm von Ludovics Rache zu erzählen. Wenig später hatte sie damals erfahren, dass die Pflichtverteidigerin für den Brandstifter des Dienstwagens niemand anderes war als die junge Blonde. Richter Ludovic Bartan hatte der Referendarin bei dem Plädoyer ganz schön unter die Arme gegriffen. Man konnte sogar seine bevorzugten Ausdrücke heraushören. Das junge Ding erstritt einen Freispruch, nachdem es einen sehr subtilen Formfehler in die Waagschale gelegt hatte. Die Kommissarin war sich sicher, dass Richter Bartan den Fehler entdeckt hatte. Aber das würde sie nicht erzählen, sie wusste, dass sie ansonsten Gefahr lief, vor Monot in Tränen auszubrechen. Sie wartete das Ende des Abendessens ab, um in ihr Zimmer zu flüchten und sich dort alleine auszuweinen, wie es ihr beliebte.

Dienstag, 19. Februar

Die Ermittlungen kamen ins Schlingern. Die Protagonisten berichteten ihr von Anrufen, bei denen aufgelegt wurde, sobald jemand abhob. Viviane wusste davon: Sie ließ die Telefone von allen überwachen, ohne sie darüber informiert zu haben. Sie wusste auch, dass die Anrufe aus immer wechselnden Pariser Telefonzellen kamen.

Priscilla Smet rief an, sehr verlegen: »Ich weiß nicht, was los ist, aber unser Minister hat entschieden, dass alle Pressekonferenzen abgesagt werden. Sind Sie auf dem Laufenden?«

Die Pressetante inszenierte ein inquisitorisches Schweigen. Sie wartete, dass die Kommissarin sie ins Vertrauen ziehen würde, aber Viviane begnügte sich mit einem »Ach, wirklich!« und schenkte ihr ihrerseits ein langes, zähes Schweigen.

Es brauchte mehr, um Priscilla Smet unterzukriegen. »Ich lasse Sie nicht fallen. Ich bereite eine Überraschung für Sie vor. Wenn die Medien nicht mehr zu Ihnen kommen können, dann gehen Sie zu ihnen.«

Viviane bestätigte dies mit einem »Ach, wirklich« und Priscilla gab auf. »Ich muss auflegen. Geben Sie Augustin ein Küsschen von mir.«

Viviane legte auf. Sie rief Monot in ihr Büro. »Beugen Sie sich mal vor, Augustin, ich habe eine Nachricht für Sie, von Priscilla.«

Er beugte sich hinunter, ängstlich, und Viviane küsste ihn mütterlich auf die Stirn.

Mittwoch, 20. Februar

Die Absage der Pressekonferenzen hatte die Medien nicht gestört. Ihre Berichte konnten sie sehr gut ohne die Hilfe der Polizei unterfüttern. Xavier Baudelaire hatte es vorgemacht, und nun wimmelte es von Interviews mit den Protagonisten. Man stellte ihnen stets dieselben Fragen, sie gaben stets dieselben Antworten. Wie bei Fernsehsendungen, in denen alte Schauspieler gebeten wurden, die ewig gleichen Anekdoten zu erzählen, die jeder schon auswendig kannte, es war ja gerade diese Wiederholung, die das Vergnügen ausmachte. Xavier Baudelaire war der Gefragteste, man wurde nicht müde, ihn von der Palette seiner Lecksteine erzählen zu lassen, wonniglich lenkte man das Gespräch auf Kill Mouch', »Lassen Sie Ihre Kühe am Algen-Leckstein lecken, und sagen Sie Adieu zu den Fliegen und Zecken.«

Trotzdem einige Neuerungen: Christophe Le Marrec kündigte an, er werde die Nachfolge von Astrid Carthago antreten. Er sei ihr Schüler gewesen, Astrid habe ihn die Techniken der Kommunikation mit dem Äther gelehrt. Er entschließe sich dazu, weil viele treue Kunden ihn darum gebeten hätten. Er ließ sich *Meister* nennen und posierte für Fotos vor seinem mit »Christus Carthago« gravierten Schild. Patricia Mesneux ließ verkünden, dass die Hefte ihres lieben Pascal voller Enthüllungen seien, mehr könne sie dazu nicht sagen. Gary erklärte, dass er sich ganz einfach dazu entschlossen habe, eine »Medienkarriere zu starten«. Selbstverständlich nehme er diese Berufung aus Treue zum väterlichen Erbe an. Pascal Mesneux sei schließlich ein unglaublicher Showman gewesen, ein Freigeist, der allen Schülern deutlich in Erinnerung geblieben sei. So stand es in den Zeitungen, es musste wahr sein. Es würde wahr werden.

Monot und Viviane aßen an diesem Abend im Hotelrestaurant. Diese Mahlzeiten bekamen der Kommissarin gut. Wenn sie ihr Essen vor den Augen ihres Assistenten bestellte, fühlte sie sich zu einer gewissen Zurückhaltung genötigt. Sie lebte jetzt nach der Dukan-Diät, wollte aber nicht, dass er es bemerkte. Sie war noch in Phase 1 und hielt sich an rotes Fleisch und Fisch, die sie ganz beiläufig auswählte, als folgte sie einer Laune.

Sie aß gerade ihren Joghurt, als Monot sich mit der Faust in die Hand schlug. »Oh, ich hatte es fast vergessen, Sie sollen Priscilla anrufen.«

Viviane behauptete, ihr Handy im Zimmer gelassen zu haben, diese blasierte Pute würde ihr nicht dieses Tête-à-Tête vermiesen. Monot gab ihr seins. Ihr fiel auf, dass die Pressetante unter *Priscilla* eingespeichert war und nicht unter *Smet*, dieses Detail bekümmerte sie. Aber sehr viel weniger als die Neuigkeit, die sie dreißig Sekunden später erhielt: Diese böse Fee hatte von France 2 einen Extra-Abend zu dem Sonett erhalten. Man widmete ihm die Sendung *Dîners en ville*, wo sich normalerweise kurzlebige Persönlichkeiten um einen leckeren Tisch versammelten, um noch kurzlebigere Probleme zu besprechen. Dieses Mal sollte der Gastgeber, Jean-Pierre Lavenu, alle Überlebenden dieses Falls einladen.

»Aber das kommt überhaupt nicht infrage, wegen der Sicherheitsvorkehrungen.«

»Die Sicherheit? Die organisieren Sie, wie Sie möchten, Commissaire. Es wird ja nicht in einem Restaurant gedreht, sondern in einem versteckten Studio in Aubervilliers unter den wachsamen Augen Ihrer Truppe.«

»Und das Essen? Man könnte versuchen, uns zu vergiften.«

»Auch das soll von Ihren Leuten organisiert werden: Sie bestellen, bringen es, und die Produktion bezahlt.«

»Ich werde mit unserem Direktor darüber sprechen, er wird nicht einverstanden sein.«

»Doch, wird er: Der Minister hält das für eine vorzügliche Idee.« Sie ließ ein »ciaaaao« so lang wie ein Messerstich ertönen und legte auf.

Monot fand das alles sehr witzig, als Viviane es ihm erzählte. Er hatte sich etwas sehr Kindliches bewahrt, das machte seinen Charme aus.

Sie gingen zu den Fahrstühlen, um zu ihren Zimmern zu gelangen wie jeden Abend. Übrigens hinterließ das bei Viviane jedes Mal ein sonderbares Gefühl.

Aber dieses Mal kam es anders, Monot verabschiedete sich vor dem Fahrstuhl: »Heute Abend mache ich mich davon, ich schleiche mich durch den Hinterausgang, Commissaire.«

Eine Weibergeschichte, so war das in seinem Alter.

Aber der Lieutenant schien die schlechten Gedanken der Kommissarin zu erraten. »Nicht das, was Sie denken. Ich bin Bariton in einem Chor, in Saint-Sulpice, und heute Abend haben wir eine Probe. Wir singen die *h-Moll-Messe* von Bach.«

Bach! Warum lud er sie nicht ein? Sah er denn nicht, dass sie vor Lust starb? Nein, er konnte sich nicht einmal vorstellen, dass Viviane zu Hause Bach hörte, er musste sie für einen Fan von *Star ac'*, *Frankreich sucht den Superstar* halten. Sie ließ ihn laufen, flüsterte ihm noch zu: »Seien Sie vorsichtig.«

Er beruhigte sie, er habe seine Dienstwaffe dabei. Das konnte sie nicht von sich behaupten, ihre lag in ihrem Zimmer. Sie irrte durch die Lobby, hoffte, dort Gesellschaft zu finden und setzte sich schließlich an die Bar. Sie dachte an Monot, an das Sonett, stand plötzlich besorgt auf.

Wenn meine Seele das Göttliche ausspuckt,
Die harmonischen Chöre und die Frauen, zu rein …

Schnell, sie musste ihn anrufen. *Das Göttliche, die harmonischen Chöre:* Und er wollte eine Messe in Saint-Sulpice singen! Vielleicht war sogar Viviane die *Frau, zu rein.* Von einer schlechten Vorahnung ergriffen, rief sie ihn an und hörte sein Handy in ihrer eigenen Tasche klingeln: Sie hatte vergessen, es ihm wiederzugeben. Egal. Allein ging sie hinauf, allein ging sie durch den Flur, noch nie hatte sie sich so allein gefühlt wie heute Abend.

Die Einsamkeit hielt nicht lange an. Als Viviane die Magnetkarte in das Schloss ihres Zimmers einführte, spürte sie einen Hauch an ihrem Nacken. Ihre schlechte Vorahnung galt ihr selbst: José Tolosa war da, einwandfrei gekleidet in einem mausgrauen Dreiteiler.

»Heute Abend bin ich dran, Commissaire. Sie werden schön friedlich mit mir runtergehen, ohne eine Szene zu machen.«

Er setzte seine Waffe zwischen ihren Rippen an, legte einen Burberry-Trenchcoat über seinen Unterarm, um die Waffe zu verdecken, und bugsierte sie zum Fahrstuhl. Sie trat in die Lobby, Tolosa dicht hinter ihr. Ohne ein Wort zu sagen, versuchte Viviane dem Personal panische Blicke zuzuwerfen. Aber niemand bemerkte sie, nicht einmal die Wachpolizisten in der Lobby, sie interessierten sich nur für die Eintreffenden.

Tolosa ging die Avenue hinunter, schob sie immer noch vor sich her. Etwas weiter unten, Rue Raymond-Losserand, hielt der Ganove vor einem Peugeot 607, dessen Kofferraum er öffnete.

»Wo bringen Sie mich hin?«

»Zum Friedhof von Montrouge, auf das Grab meiner Mutter. Sie ist ganz einsam gestorben, ohne dass ihr Sohn ihr die Hand halten konnte. Ich will, dass Sie sie um Verzeihung bitten.«

»Ist das alles?«

»Danach lasse ich Sie auf dem Grab zurück. Sie werden wie ein Strauß Blumen sein. Toter Blumen, versteht sich. Los, einsteigen.«

Er drückte den Revolver fester in ihre Rippen und nötigte sie, in den Kofferraum zu steigen.

Bevor er ihn schloss, wollte sie Zeit gewinnen. »Neulich, in der Rue de Choisy, waren Sie das?«

»Nicht ich, zwei meiner Männer. Sie haben mich enttäuscht, das ist immer das Risiko, wenn man etwas delegiert.«

»Und die Sache mit dem Sonett – haben Sie damit was zu tun? Das hat zur selben Zeit angefangen, als Sie nach Paris zurückgekehrt sind.«

Der Blick des Gangsters wurde streng, empört. »Für wen halten Sie mich, Commissaire? Wenn ich nach Paris zurückgekehrt bin, dann nur, um mich um meine Mutter zu kümmern. Sie glauben doch nicht, dass ich das nutze, um einen kleinen Coup zu landen, nur um mein Bahnticket zu bezahlen? Ihr Fall mit dem Gedicht, wollen Sie wissen, was ich darüber denke?«

Viviane würde Tolosas Meinung zu dem Sonett nie erfahren. Sie hörte einen Knall, der Ganove öffnete den Mund, riss die Augen auf, wankte und fiel auf sie. Die Kommissarin schob die leblose Masse von sich und stand auf. Schweren Schrittes kam ein Mann mit einer Sig Sauer SP 2022 heran. Monot.

Viviane ließ Tolosa fallen und warf sich in die Arme ihres Lieutenant. Und sie weinte. Lange, denn sie wollte, dass es andauerte. Er fuhr ihr zärtlich mit der Hand durchs Haar und wiederholte: »Es ist vorbei, es ist vorbei.«

»Woher wussten Sie …?«

»Ich wusste gar nichts. Ich hatte nur bemerkt, dass Sie mein Handy behalten hatten und bin zurückgekommen, um es zu holen. Da habe ich Sie mit Tolosa fortgehen sehen. Ich bin kein guter Schütze und habe mich nicht getraut sofort einzugreifen. Erst als Sie in den Kofferraum gestiegen sind konnte ich ihn anvisieren, ohne Gefahr zu laufen, Sie zu verletzen.«

Sie beugte sich über Tolosa. Genauer gesagt: über seine Leiche. Die Kugel hatte den Rücken durchbohrt, genau in Höhe des Herzens. Monot unterschätzte sich, er war ein hervorragender Schütze.

Er lächelte sie an. »Jetzt habe ich mit dem ganzen Schlamassel mindestens den Introitus der Messe verpasst.«

Viviane rief beinahe bedauernd im Hauptkommissariat an. Sie bedauerte den Moment, wo er sagte: »Es ist vorbei«. Sie wäre gerne mit ihm mitgegangen, aber sie konnte die Leiche nicht auf dem Gehweg liegen lassen, heute war kein Sperrmülltag.

Sie kam erst deutlich später in der Nacht zurück ins Hotel. Und rief Fabien an, schnell, es sei dringend.

Freitag, 22. Februar

In den Medien: nicht ein Wort über Tolosa, darum hatte der Kriminaldirektor sich gekümmert. Der Allmächtige war also wirklich allmächtig.

Auf dem Weg in ihr Büro stieß Viviane auf eine kleine, dunkelhäutige Dame, in Schwarz gekleidet, die an der Türschwelle wartete. Sie stellte sich vor: Es war eine gewisse Frau Mourinho, Concierge in der Rue Adolphe-Yvon, in Paris.

»Rue Adolphe-Yvon«, fragte die Kommissarin, »wo ist das?«

»Am Ende der Avenue Victor-Hugo. Dort wo das Denkmal steht.«

Viviane ließ sie sich setzen. Die Besucherin erklärte, dass sie gerade erst aus dem Krankenhaus käme, wo sie wegen eines schmerzhaften Rückenleidens drei Monate festgehalten worden wäre, ihr fünfter Wirbel sei …

Viviane erhob fröhlich die Stimme: »Ich bitte Sie, das

ist nichts, nur der Winter … Also, worüber wollten Sie mit mir sprechen?«

»Über Pascal, den Obdachlosen. Ich habe in der Zeitung über ihn gelesen. Ich weiß nicht, ob es wichtig ist, aber er wohnte in meinem Haus. Das heißt, nicht wirklich: im Müllhäuschen. Abends, nach zweiundzwanzig Uhr stellte er die Tonnen für mich vor die Tür, weil ich mit meinem Rücken …«

»Wir haben alle unsere Zipperlein. Und weiter?«

»Im Austausch ließ ich ihn dort im Häuschen schlafen. Frühmorgens holte er die Mülltonnen wieder rein, legte seine Sachen in einen Karton und ging. Im Sommer, wenn die Nächte schön waren, las er mir Gedichte vor und ging dann zum Schlafen auf den Platz, hinter das Victor-Hugo-Denkmal, unter den Felsen.«

Kurze Träumerei. Das also war die Wohnung von Victor Hugo. Pascal Mesneux hatte sich die Realität nur ein wenig zurechtgelegt, nur genug, um abends glücklich zu sein, im Schatten seines Gottes.

Frau Mourinho öffnete eine Tasche, aus der sie die gesammelten Werke von Victor Hugo hervorholte. »Ohne ihn ist es nicht dasselbe: Ich gebe sie Ihnen.«

Viviane legte sie zu einem Paket zusammen, das sie mitnehmen würde, um jeden Abend vor dem Schlafengehen darin zu blättern. Als sie Patricia Mesneux anrief, um ihr mitzuteilen, dass es sich bei der Wohnung ihres Mannes um ein Teilzeitquartier in einem Müllhäuschen handelte, fühlte sie eine düstere Leichtigkeit in sich aufkommen.

Kapitel 16

Mittwoch, 27. Februar

War Priscilla Smet der Zirkusdirektor der Polizei, so war Jean-Pierre Lavenu der Dompteur der Fernseh-Seelöwen. Er war bestrebt, seine Gäste unter Applaus Luftsprünge vollführen zu lassen. Vor den Kameras war er der Meister, und heute Abend würden alle anderen nur tollpatschige Säugetiere sein, die seinen autoritären Blicken, seinen drohenden Gesten zu gehorchen hatten.

Die Tür zum Studio wurde von Kossowski, Escoubet und Juarez bewacht. Drinnen passten De Bussche und Gamoudi auf. Die Truppe von der Technik war auf sechs Leute beschränkt: Kameramänner, Tonleute und Assistenten. Die Kommissarin hatte sie von ihren Leuten durchsuchen lassen, auch das Arbeitsmaterial hatten sie untersucht. Wachtmeister Pétrel kontrollierte die Kontrolle der Wachmänner am Eingang des Gebäudes. Es herrschte Ordnung.

Viviane verspätete sich. Am Studioeingang traf sie auf Louis Saint-Croÿ, der empfing sie, als wäre er bei sich zu Hause: »Oh, das ist ja wunderbar, dass Sie kommen konnten! Einzig Sie fehlten noch, ich habe mir schon Sorgen gemacht.«

Er hob die Tasche auf, die er am Eingang abgestellt hatte, und begleitete die Kommissarin, ihr erklärend, dass er Dokumente von allergrößtem Interesse mitgebracht habe. Viviane flüchtete, bevor er anfangen konnte, von Literatur zu sprechen.

Lavenu jubelte: Der Medienrummel war fantastisch gewesen, ganz Frankreich würde heute Abend vor dem Fernseher sitzen, die anderen Kanäle dürften nur eine verschwindend geringe Quote haben. Priscilla Smet hatte sich selbst eingeladen, sie behauptete, unentbehrlich zu sein, niemand wusste, warum. Viviane ließ ihren Blick durch den Saal streifen: Alle ihre werten Protagonisten waren da, nur die Toten fehlten. Sie fragte sich, wer wohl das nächste Requiem für sich beanspruchte. Patricia Mesneux, die für die Kameras ein einnehmendes Dekolleté zur Schau trug, der Kommissarin aber die kalte Schulter zeigte, als hätte sie ihr das Apartment in der Avenue Victor-Hugo geklaut? Gary Mesneux, der alle anlächelte und seine Medienkarriere anschob? Louis Saint-Croÿ, der mit dem Kameramann nach der besten Methode suchte, seine Dokumente von allergrößtem Wert abzufilmen? Joa, die nur langsam ächzend auf ihren Krücken vorankam? Laurette Saint-Croÿ, die Visitenkarten verteilte, auf denen sie sich als »Junior-Pressesprecherin« präsentierte? Christophe Le Marrec, ganz in Schwarz und geschminkt, Träger einer schweren Silberkette? Er schien schon ganz aufzugehen in seiner neuen Funktion als Medium. Jean-Paul Cucheron, der Grafologe, der nicht wusste, mit wem er reden sollte? Jedes Mal, wenn er den Mund öffnete, flüchtete sein Gesprächspartner. Xavier Baudelaire, der sich hinter einer lächerlichen venezianischen Maske versteckte, die nur die untere Hälfte seines Gesichts freiließ? Diese Verkleidung, die ihm in den Medien mehr Aufmerksamkeit verschaffen sollte, war ihm von einem Freund aus der Werbebranche empfohlen worden. Gerade hatte er Joa erkannt und sie nach Neuigkeiten aus dem Cabaret befragt, ohne zu verstehen, warum er sich eine Abfuhr holte.

Man wartete auf das Essen. Die Tür ging auf. Capitaine De Bussche und Brigadier Gamoudi traten ein, beladen wie die Heiligen Drei Könige, und verkündeten das Menü: Als Aperitif gab es eine sogenannte *Kémia*, um die sich Gamoudi persönlich gekümmert hatte.

»Eine *Kémia?*«, fragte Cucheron angewidert. »Was ist das denn?«

»Das ist eine mediterrane Vorspeise: Mandeln, Pistazien, Cashewnüsse, schwarze und grüne Oliven, Bottarga, Kakis. Ich habe noch Zucchini-, Auberginen-, und Karottenpaste dazu machen lassen, Kartoffeln mit Kreuzkümmel, Rüben mit Bitterorangenaroma und rohen Fenchel.« Gamoudi hatte das in einem Atemzug hervorgebracht, begleitet von einem humanistischen Lächeln: Diese *Kémia* war voller guter Gefühle.

»Danach geht es mit dem Essen vietnamesisch weiter«, ergriff De Bussche das Wort. Er packte die Gerichte aus und kündigte sie an: bo bun cha gio, Nems, mi sao don, banh xeo, bo nhung dam, miên qua und cha ton kho. Er hätte das natürlich auch auf Französisch sagen können, aber die argwöhnischen Gesichter der Gäste freuten ihn.

»Gibt es nichts Französisches?«, fragte Patricia Mesneux. »Wir sind doch immerhin im französischen Fernsehen.«

Die Show begann. Die Hauptgänge waren als kaltes Büfett auf einem Tisch angeordnet, die Vorspeisen auf einem anderen, einige Meter weiter. Dazwischen diente ein großer Kleiderständer als Garderobe. Alle ließen ihre Mäntel und Taschen dort, um am Büfett die Ellenbogen besser einsetzen zu können. Vertrauensvoll ließ Saint-Croÿ sogar seine wertvolle Tasche dort stehen und drängte sich nach vorne durch, von wo er nicht wegzubekommen war, als sei Literatur tatsächlich eine brotlose Kunst.

Alle bereiteten sich auf den großen Moment vor, der gleich kommen würde. Sie quetschten sich zusammen und wiederholten die schönen Worte, die sie sich schon Tage vorher zurechtgelegt hatten und die man sie bitten würde, vor den Kameras zu improvisieren.

Die Produktion kündigte an, dass die Kameras bereit seien, man könne beginnen. Jean-Pierre Lavenu klatschte in die Hände und ordnete an: »Zu Tisch!« Der Vorspann wurde abgespielt. Kamera läuft, Action! Lavenu frohlockte, seine glorreiche Stunde war gekommen.

Er positionierte sich in der Mitte, um ganz bescheiden den Vorsitzenden zu spielen. Die Kommissarin hatte er mit majestätischer Geste an seine Rechte beordert, Priscilla Smet an seine Linke. Ob sie begriffen, welche Ehre das war?

Die anderen nahmen eingeschüchtert Platz. Capitaine De Bussche blieb stehen, um den Saal besser im Blick zu haben. Brigadier Gamoudi, der sich erst an den Tisch setzen wollte, stand auf, zählte die Gäste und stellte sich abseits. »Wir sind dreizehn, das bringt Unglück. Ich werde im Stehen essen.«

Lavenu jubelte: Diesen Satz hatte er nicht vorgesehen, aber er war großartig, wirkte vor den Kameras so spontan. Somit hatte er eine wunderbare Einleitung zum Thema: »Meine Damen, meine Herren, guten Abend. Wie schon gerade unser guter Freund, der Brigadier, sagte, sprechen wir heute Abend von einer Sache, in der alles Unglück bringt, angefangen bei den Polizisten, die sich damit befassen.«

Viviane antwortete nicht. Der Moderator wartete nur darauf, um Gemeinheiten in die Runde zu werfen. Sie stand auf, um sich am Büfett noch mehr Nems zu holen.

Enttäuscht eröffnete Lavenu eine Runde am Tisch: Er fragte jeden danach, was die Sache mit dem Sonett in seinem Leben verändert habe. Aber kaum öffnete ein Gast den Mund, um zu antworten, stellte der Moderator eine andere Frage oder ging zum nächsten Gast über. Die Eingeladenen waren verwirrt, doch das war egal, der Führer war er, er alleine sorgte für die Quote, er verschaffte seinen Gästen Geltung.

Patricia Mesneux legte ihre Bewunderung für das lyrische Werk ihres Mannes dar und war im Begriff, einige Stanzen vorzulesen, als Lavenu sie unterbrach, um Xavier Baudelaire das Mikro zu reichen, Zeit genug, um ihn vom

Kill Mouch' erzählen zu lassen: »Lassen Sie Ihre Kühe am Algen-Leckstein lecken, und sagen Sie Adieu zu den Fliegen und Zecken!« Haha, großartig, sehr witzig, weiter ging es zu Louis Saint-Croÿ.

Der zog sich am besten aus der Affäre. Immer wenn Lavenu ihn unterbrach, erhob der alte Handschriftenexperte die Stimme und begann seinen Satz von vorne. Lavenu ließ Saint-Croÿ daraufhin ausreden. Dieser erklärte, dass diese Sache sein Leben auf den Kopf gestellt habe. Er wolle nicht mehr zulassen, in Angst und Schrecken zu leben, wolle seine Familie schützen. Er habe daher beschlossen, seine Sammlung von Autografen und seltenen Ausgaben zu verkaufen.

»Wie? Ihre ganze Sammlung verkaufen?«, wunderte sich Lavenu, der Sinn für Dramatik hatte, »Sie verkaufen sie?«

»Die ganze Sammlung, Sie haben richtig gehört«, bestätigte Louis Saint-Croÿ und wischte sich sein feuchtes Auge.

Das war die Sensation des Abends. Man applaudierte lange, aufs Geratewohl.

Der junge Gary war brillant, er konnte sich Hoffnungen auf eine Fernsehkarriere machen, wie er sie sich vorstellte. Er fiel den anderen ins Wort, fuhr sie in einer gekonnten Mischung aus Jugendsprache und Medienslang voller Französischfehler an, sprach jeden mit Vornamen an und schloss mit den katastrophalen Auswirkungen dieser Sache auf die Vorbereitung seines Abiturs. Der Abschluss war ihm sicher, während des letzten Jahresdrittels würde er ruhig schlafen können.

Jean-Pierre Lavenu hatte es geschafft, Laurette Saint-Croÿ zum Weinen zu bringen, Xavier Baudelaire ins Schwitzen, Jean-Paul Cucheron zum Schweigen. Die erste Runde war äußerst gut gelungen.

Während der Werbepause stürzte sich die Meute aufs Büfett, es fehlte nur das Geschrei. Fünf Minuten später war keine Sojasprosse mehr übrig. Die Sendung ging weiter, Lavenu richtete sich an Saint-Croÿ. »Er war doch ein großes Schwein, Ihr Baudelaire. Sein kleines Sonett hat es noch immer in sich.«

»Oh«, amüsierte sich Saint-Croÿ, »er hat noch viel Schlimmeres geschrieben. Wenn Sie wollen – ich habe in meiner Tasche eine Kopie des Originals von Lola de Valence, die ihm die Zensur der *Blumen des Bösen* eingetragen hat:

Bei so vielen Schönen, wohin man auch blickt,
Muss ich das Schwanken der Wünsche verstehn;
Doch Lola de Valence kann man funkeln sehn
Wie ein rosa und schwarzes Juwel, das entzückt.«

Jean-Pierre Lavenu setzte eine schockierte Miene auf. »Ohhhh!, *ein rosa und schwarzes Juwel*, hat Baudelaire das geschrieben? Zeigen Sie uns das Ding, also, das Gedicht, haha, nicht das *rosa und schwarze Juwel*, haha!«

Saint-Croÿ stand auf, um das Manuskript aus seiner Tasche zu holen. Die Kamera folgte ihm. Und wie die Gäste sahen auch Millionen Fernsehzuschauer wie er sich wieder aufrichtete, aschfahl. »Jemand hat *das* in meine Tasche getan. Was soll ich damit machen?« Er hielt eine Granate in der Hand.

Einzig Jean-Pierre Lavenu wusste gleich, wie er zu reagieren hatte: erst einmal lächeln. Morgen würde ganz Frankreich von seiner Sendung sprechen. Dann: sich als Erster in Sicherheit bringen.

Capitaine De Bussche brauchte ein paar Sekunden, um in Aktion zu treten. Er näherte sich Saint-Croÿ und nahm ihm die Granate aus der Hand. Langsam, sehr langsam: Sie war entsichert und der Schalthebel wurde nur von einem dünnen Gummi zurückgehalten. Dann bat er Gamoudi, die Tür weit aufzumachen, damit die Gäste ohne Rempelei nach draußen kamen.

Diese Szene hätte sich sehr gut filmen lassen, aber die Kameramänner waren die Ersten, die nach draußen stürmten, gefolgt von den Assistenten und den Tontechnikern.

Viviane blieb vor Ort, wie auch ihre Männer. Sie beobachtete die Reaktion eines jeden. Gary Mesneux rempelte Joa an, um schneller abzuhauen. Die Arme verfing sich in ihren Krücken und fiel schreiend zu Boden. Cucheron stieg mit einem großen Schritt über sie hinweg und ging würdevoll hinaus. Louis Saint-Croÿ hob Joa auf, fasste sie am Arm. Patricia Mesneux durchforstete verstört und mit panischem Blick den Saal: Sie hatte ihren kleinen Gary nicht hinausgehen sehen. Sie rief nach ihm, er antwortete ihr von draußen. Sie beeilte sich, zu ihm zu gelangen. Xavier Baudelaires Maske war in dem Gedränge verrutscht. Er konnte nichts mehr sehen. Christophe Le Marrec nahm ihn an der Hand und führte ihn. Laurette

Saint-Croÿ weinte. Plötzlich bemerkte sie, dass die zurückgelassene Standkamera weiterhin filmte. Sie entdeckte sich weinend auf dem Monitor – und weinte nur noch heftiger.

Nur die Polizisten blieben im Studio zurück: Kossowski, Escoubet und Juarez, in Habtachtstellung, waren gegen den Strom der Flüchtenden gelaufen, um zu ihren Kollegen zu gelangen.

Viviane hatte die Truppe vom Kampfmittelräumdienst angerufen. Zwischenzeitlich wollte sie den Capitaine nicht im Stich lassen, und der Rest ihrer Leute wollte die Kommissarin nicht im Stich lassen. Die Situation konnte sich ins Tragische kehren, aber zum ersten Mal seit Beginn dieses Falls war Viviane glücklich. Sie waren alle da, ihre Männer. Es war dumm, aber ihr wurde warm ums Herz. Sie entdeckte die Kamera, die immer noch in Großaufnahme filmte, und den Monitor. Das Bild war auf die Gruppe der Polizisten zentriert, die vereint um ihre Kommissarin herumstanden. Die Tür ging auf, Wachtmeister Pétrel gesellte sich zu ihnen. Zur Abwechslung lächelte er: »Hey, Kollegen, ich wollte euch doch nicht alleine lassen!« Viviane wusste, dass Millionen Franzosen gerade dieses Bild sahen, das der tapferen Bullen, die angesichts der Gefahr von den Medien fallengelassen wurden. Das war symbolisch und schrecklich demagogisch, natürlich, aber es machte sie glücklich.

Die Tontechniker hatten ihre Angeln und Mikros mitgenommen, also konnte man in Ruhe reden.

»Dreizehn, das bringt Unglück, ich hatte es euch ja gesagt«, bemerkte Gamoudi finster.

Capitaine De Bussche hielt noch immer seine entsicherte Granate in der Hand. Er fragte, wer sie in die Tasche von Saint-Croÿ hatte stecken können. Sie waren sich alle einig. Es musste notgedrungen einer der Gäste gewesen sein. Sie waren als Einzige nicht durchsucht worden.

Sie versuchten, den Abend zu rekonstruieren. Die Granate konnte entweder am Eingang deponiert worden sein, wo Saint-Croÿ seine Tasche gelassen hatte, um die Ankommenden zu begrüßen, oder während sich die Meute auf das Büfett gestürzt hatte.

»Und wer war Ihrer Meinung nach das Ziel? Saint-Croÿ oder alle?«, fragte Monot.

Man vermutete: alle. So wie das Gummi an der Granate angebracht war, konnte es jeden Moment abrutschen. Saint-Croÿ hätte im Gehen zweifelsohne die Explosion ausgelöst. Alle Beteiligten wären draufgegangen, er als Erster.

»Alle, außer dem Mörder«, korrigierte De Bussche. »Er hätte das Studio unter einem Vorwand verlassen, vor dem Ende der Sendung.«

Die Polizisten, plötzlich verstummt, hingen ihren Gedanken nach. Nie hatte Viviane sie einander so nah gefühlt. Wenn nicht Lavenu eine Bemerkung zu den Zoten in Baudelaires Gedichten gemacht hätte, wenn Saint-Croÿ nicht das *rosa und schwarze Juwel* erwähnt und beschlossen hätte, das Manuskript herzuzeigen – was wäre von ihnen übrig geblieben? Zerfetzte Arme, zerrissene Rümpfe, abgerissene Köpfe. Der Leichnam ihrer 3. Pariser Kriminalabteilung.

Endlich traf die Truppe vom Kampfmittelräumdienst ein, und De Bussche vertraute ihnen die Granate an wie ein Kind mit zweifelhaftem Windelinhalt.

Im Taxi, das sie zurück ins Hotel brachte, neckte Viviane Monot: »Zufrieden, Lieutenant? Dieses Mal befinden wir uns wirklich in einem Krimi. Die Liste der Verdächtigen ist geschlossen. Der Mörder war unter den Gästen. Und vergessen wir nicht Ihre Freundin Priscilla.«

»In diesem Fall«, konterte Monot, »muss man auch Jean-Pierre Lavenu in Betracht ziehen. Und De Bussche, und Gamoudi. Sogar Kossowski, Escoubet und Juarez, schließlich hat Saint-Croÿ lange bei seiner abgestellten Tasche am Eingang gestanden.« Er hatte das sehr ernsthaft gesagt, ohne einen Anflug von Ironie.

Die Kommissarin ergänzte lächelnd: »Und Lieutenant Monot. Und Kommissarin Lancier.«

Lächeln allein genügte nicht. Sie lachte, um die Situation zu entspannen, aber Monot fragte sie ernst: »Auf dieser Liste, wer ist da Ihrer Meinung nach der Mörder?«

»Ich neige zu Xavier Baudelaire. Er hat kein Motiv, er hat Alibis, aber er sieht so verdächtig aus wie sonst keiner. Und was meinen Sie, Monot?«

»Ich glaube, es sind mehrere.«

»Ist unter diesen mehreren einer von uns, einer aus unserem Großraumbüro, Monot?«

Der Lieutenant antwortete nicht, sondern stieß einen Seufzer aus, der bleiern auf die Stimmung drückte. Er hatte recht: Das Abendmahl war schön gewesen, es fehlte nur noch ein Judas.

Kapitel 17

Donnerstag, 28. Februar

Viviane hatte sich gerade, früh am Morgen, die Aufzeichnung der Sendung angesehen, und sie war schockiert: Die Kamera hatte sie gefilmt, besser gesagt ihren Hintern, als sie zum Büfett gegangen war. Das Objektiv hatte draufgehalten, als sie sich weit über den Tisch beugte, um sich Nems zu angeln. Ihre rosa Hose spannte, darunter zeichnete sich ihr Passionata-Slip ab. Man hatte ihr einen dicken Hintern gemacht, in Großaufnahme, obwohl sie in zehn Tagen fast vier Kilo abgenommen hatte. Wie sollte sie nach einem solchen Schlag die Medien mögen können?

Der Allmächtige rief an. Auch er war sehr unzufrieden, weil man es an der Place Beauvau, im Innenministerium, ebenfalls war.

»Der Minister konnte diesem jämmerlichen Spektakel nichts abgewinnen: Die Polizei hat öffentlich gezeigt, dass sie unfähig ist, diesen Fall zu einem Abschluss zu bringen. Er findet, es reicht langsam, und hat uns heute Mittag um halb eins zu sich bestellt. Sie werden Ihre Notizzettel mitbringen, einen pro Verdächtigen, und für jeden eine Zusammenfassung der Befragungen, Motive, Alibis, damit er sich ein Bild machen kann. Ich zähle auf Sie, Viviane, Ihre Karriere steht auf dem Spiel.«

Er hatte sogleich feige aufgelegt, er wusste, dass Viviane nie so arbeitete. Aber wenn der Minister den Ermittler spielen wollte, durfte man ihn nicht verärgern. Sie ließ das gesamte Großraumbüro wissen, dass sie unter keinen Umständen gestört werden wolle und machte sich wütend an ihre Notizen. Sie hatte weniger als drei Stunden Zeit.

Fünf Minuten später trat Monot strahlend ein.

»Ich sagte, unter keinen Umständen«, tobte die Kommissarin.

»Das ist besser als ein Umstand, Commissaire, das ist der Autopsiebericht von Astrid Carthago.«

»Warum kommt der so spät?«

»Weil ich so spät danach gefragt habe. Bei diesem ganzen Wirbel hatte ich das vergessen.«

Sie hätte ihm jetzt gerne eine Standpauke gehalten, aber dafür war keine Zeit. Sie las die Seiten durch, las sie noch einmal, verblüfft, und gab sie Monot zurück. »Fünf Mal! Na, ihre toten Freunde da oben haben der Armen sicher Spalier gestanden. Fünf Mal, das muss der Rekord sein.«

Astrid Carthago war fünf Mal umgebracht worden. Die Reihenfolge: Ersticken, Einnahme einer massiven Dosis Lexotanil, Kohlenmonoxidvergiftung, Erwürgen und zuletzt Ersticken durch Butangas. Das erste Ersticken wäre völlig ausreichend gewesen.

»Haben Sie die Bemerkung zu den Würgemalen gesehen, Commissaire? Keine Fingerabdrücke, aber den Spuren nach zu urteilen eine breite, quadratische Hand.«

Viviane nickte. Sie zögerte noch, den Allmächtigen anzurufen. Nein, sie würde ihn im Ministerium überraschen. Die Überraschung würde umso schöner sein, wenn alles glattlief.

»Monot, rufen Sie den Staatsanwalt an, und nehmen Sie schnell Christophe Le Marrec in Polizeigewahrsam. Vergessen Sie nicht, seinen Terminkalender mitzunehmen. Beginnen Sie mit dem Verhör. Wenn Sie vor heute Mittag etwas Neues hätten, wäre das ideal. Das Prozedere kennen Sie, Monot?«

Er lächelte, der gute Engel. Polizeigewahrsam, Verhör – das würde sein allerschönster Polizistentag werden.

»Viel Glück, Lieutenant, ich werde versuchen vorbeizukommen, um Ihnen unter die Arme zu greifen.«

Monot war schon weg. Er lief nicht mehr, er flog.

Viviane stürzte sich auf ihre Notizzettel. Als ihr nur noch zwei zur Vorbereitung blieben, gönnte sie sich eine Pause. »Hat jemand Monot und Meister Carthago gesehen?«, fragte sie im Großraumbüro.

»Im Untergeschoss«, antwortete Juarez ohne aufzublicken. »Er hat gerade Kossowski gebeten dazuzukommen.«

Er hatte das so nebenbei gesagt, aber Viviane war nicht dumm. Juarez wirkte wie ein kleiner Schüler, der seinen Mitschüler nicht verpetzen wollte. Im Untergeschoss? Mit Kossowski? Da würden Probleme auf sie zukommen, die Kommissarin ging nach unten, um sich ihnen zu stellen.

Monot hatte sich in einem dunklen, kleinen Abstellraum am Ende des Ganges eingerichtet. Wenige Quadratmeter, schwaches Licht, ein schmales halb offenes Oberlicht zum Gang. Ein Dekor wie für ein Verhör in einem *film noir*. Viviane trat nicht ein: Sie begnügte sich damit, die Szene durch das halb offene Oberlicht zu beobachten.

Christophe Le Marrec saß bleich, pathetisch und burlesk in einer großen, lila Soutane da. Der Lieutenant hatte ihm weder Zeit gelassen sich abzuschminken noch sich umzuziehen. Monot ging um ihn herum, hin und her, wie ein Raubtier im Käfig. In einer Ecke zog Kossowski erst sein Hemd aus, dann sein Unterhemd. Als guter Boxer fand er Gefallen daran, seinen herkulischen Körper zu zeigen. Viviane beobachtete ihn, bewundernd, gierig. Der Wachtmeister hatte nicht das geringste Pölsterchen. Wie machte er das?

Monot sprach mit sehr sanfter Stimme: »Ich bin verstimmt, Monsieur Le Marrec. Ich befrage Sie jetzt schon eine Weile sehr freundlich, aber Sie sagen mir nichts.«

»Doch, ich habe Ihnen gesagt, dass Ihre Geschichte von den breiten, quadratischen Händen gar nichts beweist. Ich bin in Frankreich nicht der Einzige mit Händen dieser Form.«

»Ich bin sicher, Sie werden mir interessantere Dinge zu erzählen haben, jetzt wo mein Kollege in Sportkleidung ist. Wenn ich Zeit hätte, würde ich den Polizeigewahrsam ein bisschen schleifen lassen, ich hätte ein Recht auf Verlängerung, und nach achtundvierzig Stunden wären Sie durch. Nur muss es heute leider schneller gehen. Ich habe die Kamera ausgestellt und gebe Ihnen eine Viertelstunde. Wenn Sie nichts ausspucken, hilft mein Freund Ihnen nach. Ich weiß, man darf nicht schlagen, das ist illegal. Aber ich habe keine Zeit, mich um Legalität zu scheren.«

Christophe drohte, sich beim Richter zu beklagen. Monot beruhigte ihn: Sie würden das sehr sauber machen, ihn mit dem Telefonbuch schlagen, das hinterlasse keine Spuren.

»Sie irren sich, Lieutenant. Ich habe Ihnen schon erklärt, ich habe überhaupt kein Interesse daran, Astrid Carthago umzubringen, wo sie mich doch in ihrem Testament bedenken wollte.«

»Ahhh!« Das war Kossowski, der mit aller Kraft mit seiner Faust auf die Arbeitsplatte geschlagen hatte. Der Wachtmeister näherte sich jetzt Christophe, fixierte ihn mit seinem Blick, Nase an Nase, und pustete ihm ins Gesicht, wie ein Stier. »Pfrrrr!«

Christophe Le Marrec war Kind einer Gesellschaft, die an pure, wilde Gewalt nicht mehr gewöhnt war und nur die Fernsehversion davon kannte. Er wandte sich zu Monot, als wenn der Dienstgrad des Lieutenant ein Garant für Zivilisation sei. Der Blick, auf den er traf, machte ihm noch mehr Angst als der des Boxers.

»Ahhh!« Kossowski hatte ein zweites Mal zugeschlagen, dieses Mal auf die Stuhllehne des Meisters, dabei hatte er sich weh getan. Glücklicherweise würde es kein drittes Mal geben. Christophe hatte die Nerven verloren und packte nun eine neue Version der Dinge aus.

Am Abend des Valentinstags habe Astrid darauf bestanden, dass er seinem Vater Gesellschaft leiste. Er sei also mit einem Freund etwas trinken gegangen und dann beim Alten in Clichy vorbeigefahren. Nur kurz vorbeigefahren: Von dort aus sei er direkt zu Sonia gegangen, seiner Freundin, seiner echten. Astrid, das sei nur seine Versorgerin. Bei Sonia angekommen habe sie ihm von der SMS erzählt, die sie ihm kurz zuvor geschickt habe, um ihm vorzuschlagen, sich direkt im Restaurant zu treffen. Da keine Antwort gekommen sei, habe sie aber auf ihn gewartet. Christophe habe Panik bekommen. Er habe das Handy auf seinem Schreibtisch vergessen. Was, wenn Astrid die Nachricht nun sehen, lesen würde? Überstürzt sei er nach Paris zurückgefahren. Dort habe er das vorgefunden, was er befürchtet hätte: Astrid habe das Handy gefunden, die Nachricht gelesen und alles begriffen. Sie sei eine traurige Frau gewesen, depressiv, eine, die sich altern fühlte. Der Faden, der sie noch mit dem Leben verbunden habe, müsse in dem Moment gerissen sein. Sie habe den Küchenherd geöffnet, das Gas aufgedreht und sei mit dem Kopf zuvorderst hineingekrabbelt. Zu ihren toten Freunden gegangen.

Christophe holte Luft. Er zögerte weiterzuerzählen. Kossowski trat zurück und schnaubte ihn mächtig an: »Pfffrrr!«

»Erzählen Sie weiter«, ermutigte Monot, »es wird spannend.«

Wie er der Kommissarin bereits erzählt habe, habe Christophe versucht, Astrid zu retten. Ohne Erfolg. Es sei zu spät für die große Lebensversicherung gewesen, aber es habe ja noch die schöne Sterbeversicherung gegeben. Doch im Falle eines Selbstmordes würde dieser Vertrag ungültig, wodurch er alles verloren hätte. In wenigen Minuten habe er sich die Inszenierung ausgedacht, die ihn reich machen sollte. Er habe diesen Selbstmord mit einem als Selbstmord getarnten Mord getarnt. Der Mord würde ganz logisch erscheinen: Der Mörder des Sonett-Falls hätte es auf Astrid abgesehen haben können, das würden die anonymen Anrufe beweisen. Es müsste nur alles glaubwürdig sein.

Nachdem er ein Glas Gin in Astrids Mund gekippt und die Gasheizung im Zimmer eingeschaltet habe, habe er ihre Nase darangehalten, damit Astrid nicht mehr nach dem Küchenherd riechen würde: Mit seiner in ein Tuch eingewickelten Hand habe er sie gegen die Verschlussklappe gepresst, wobei er sie sehr fest am Hals hätte packen müssen, denn die Leichenstarre habe schon eingesetzt. Dann habe er sie hingelegt und die Fenster noch einige Minuten zugelassen, bevor er alles geöffnet und dann die Feuerwehr gerufen habe. Er habe nur noch Astrids Brille wegräumen und einen Schlüsselbund verstecken müssen, bevor sie eingetroffen seien.

Viviane sah auf die Uhr. Sie musste wieder nach oben. Sie kratzte an der Tür, damit Monot hinauskäme.

»Ich war natürlich nicht unten, ich habe euch nicht gesehen, aber bravo. Kochen Sie ihn weich: Seine Geschichte ist erstunken und erlogen, auch wenn es nicht so aussieht.«

»Er wirkt aber ehrlich, Commissaire.«

»Erstunken und erlogen, sage ich Ihnen. Sehen Sie, zum Beispiel: eine Frau, die ihren Geliebten am Abend des Valentinstags zu seinem alten Vater schickt, glauben Sie das? Machen Sie ihn fertig, er wird nicht durchhalten.«

Sie ging, ihre Notizzettel warteten, ebenso ihre Vorgesetzten.

Am Nachmittag kam die Kommissarin niedergeschlagen zurück: Als der Allmächtige sie an der Place Beauvau ankommen sah, hatte er ihr angekündigt, dass die Besprechung mit dem Minister abgesagt wurde. Er konnte Viviane aber mitteilen, was trotz der nicht zustande gekommenen Begegnung beschlossen worden war: »Man lässt Ihnen drei Wochen, um den Fall abzuschließen. Danach geht die Akte an das Sonderdezernat für Schwerverbrechen.«

»Und was passiert dann mit Lieutenant Monot? Er sollte in den Medien doch in den Vordergrund gestellt werden.«

»Das wird er auch: Die Akte geht *mitsamt* Ihrem Lieutenant ans Sonderdezernat, meine kleine Viviane.«

Um ihn zu erweichen, hatte sie dem Allmächtigen von Christophes ersten Geständnissen berichtet. Es half nichts.

»Nein, am Abend des 21. März wird man Ihnen den Fall entziehen. Es war schon schwierig, überhaupt diese Frist für Sie durchzusetzen. Der Minister und seine Pressefrau wollten Ihnen den Fall schon jetzt entziehen.«

Sie wusste nicht, wie sie ihrem Assistenten diese Neuigkeit mitteilen sollte.

Im Untergeschoss stand er Christophe nun alleine gegenüber, alle beide sahen sich an wie zwei erschöpfte Kämpfer. Monot seufzte, als er sie hereinkommen sah, zog sie auf den Gang, ließ dabei die Tür auf, um seinen Verdächtigen im Auge zu behalten. »Er hält an seiner Version fest«, knurrte er, »nichts bringt ihn davon ab. Aber ich habe eine Überraschung für Sie, kommen Sie.«

Christophe senkte den Kopf, als er sie eintreten sah.

»Erzählen Sie doch der Kommissarin noch einmal die Geschichte mit dem *Journal du Dimanche*, guter großer Meister. Das wird ihr gefallen.«

Christophe begann mit leiser Stimme, die Hand vor dem Mund, als schäme er sich für jedes Wort. Zu Recht. »Ich wollte Ihnen nichts Böses, Commissaire. Als Sie anriefen und mir Ihren Namen hinterließen, um einen Termin zu machen, war mir klar, wer Sie sind, in der Presse wurde ja über Sie berichtet. Ich dachte, das ist eine Gelegenheit, um Werbung für die Praxis zu machen, vielleicht auch, um die Tarife anzuheben. Ich habe einen Freund abgestellt, der Sie am nächsten Tag fotografieren sollte und das Foto dem *Journal du Dimanche* geschickt. Die Journalisten kamen dann schon ganz von alleine.«

Der junge Meister schien das Kommen der Journalisten als Argument ins Feld zu führen, als würde es ihm eine mediale Immunität verleihen: Er hatte alles gesagt, jetzt musste man ihn in Ruhe lassen. Er wunderte sich, dass er noch bis zum Abend auf der Anklagebank sitzen bleiben sollte. Viviane hatte sich zu Monot gesellt, um ihn weichzukochen. Sie wechselten sich ab in der Rolle der Bösen und des Netten, sie versuchten es mit Drohungen, mit Freundlichkeit, mit Verständnis. Es war vergebens, Christophe wiederholte stets nur seine Version der Dinge. Kriegsmüde brachten sie ihn vor den Richter, es gab genügend Argumente, ihn in Untersuchungshaft zu bringen, sie würden dann später wiederkommen, um ihn zu verhören.

Der Tag neigte sich dem Ende zu, und Viviane hatte noch nicht den Mut aufbringen können, Monot die Entscheidung des Ministers mitzuteilen. Sie lud ihn auf ein Glas ein. Beim Hinausgehen kündigte sie an: »Gehen wir ein bisschen weiter, zur Rue Dagerre, da ist es ruhiger.«

Ruhiger? Der Lieutenant hatte verstanden, dass es schlechte Nachrichten gab. Er machte ein den Umständen entsprechendes Gesicht, wie um Viviane zu helfen, und hörte ihr zu, seine Miene von Minute zu Minute finsterer, während er sein Bier trank.

»Es kommt gar nicht infrage, dass ich Sie fallenlasse, Commissaire. Ich werde nicht mit der Akte ins Hauptkommissariat wechseln.«

»Das wird ein Befehl sein, eine Ernennung, Sie können das nicht ablehnen, Monot. Das ist nicht wie eine Versetzung in die Provinz.«

Sie bestellte noch ein Perrier, der Lieutenant tat es ihr nach, er wollte tatsächlich solidarisch mit seiner Kommissarin sein. Er warf ihr ein Lächeln zu wie der Held aus einem Film. »Die Akte wird bei uns bleiben. Drei Wochen sind mehr als genug, um den Fall abzuschließen.«

Sie glaubte nicht ein Wort davon, er auch nicht, aber sie hätte ihn küssen können. Zurück im Büro rief sie Saint-Croÿ an, er solle kommen und seine Tasche abholen, die er bei der Panik der Evakuierung am Vorabend im Studio vergessen hatte. Sie erreichte nur Laurette, die sich bereit erklärte, sie gleich morgen früh abzuholen: ihr Vater sei mit den Vorbereitungen zum Verkauf seiner Sammlung sehr beschäftigt und deswegen außer Haus.

Freitag, 1. März

Laurette kam frisch und mürrisch in das Büro der Kommissarin. Sie hätte vorgezogen, wenn Viviane zu ihr gekommen wäre, um ihr diese Tasche zu bringen. Die Zeiten waren hart, keiner hatte Anspruch darauf, bedient zu werden …

Viviane versuchte es mit Nettigkeiten: »Und, wie war das Frühstück heute Morgen? Welches war besser, das erste oder das zweite?«

»Ich bin direkt zum zweiten übergegangen, Papa war schon weg.«

»In welches Café gehen Sie eigentlich? Bei Ihnen in der Nähe gibt es nicht viele.«

»Ich gehe nie in eines bei uns in der Straße, sondern immer ins McDonald's auf den Champs-Elysées.« Sie hatte das gesagt, ohne mit der Wimper zu zucken, ohne ein Lächeln. Ah, doch! Die Verblüffung der Kommissarin entlockte ihr ein Lächeln. »Ja aber, Laurette, das heißt ja, dass Sie Pascal Mesneux kannten?«

»Ja, vom Sehen, ich habe ihn häufig Victor Hugo deklamieren hören.«

»Warum haben Sie das nie erzählt?«

»Ich habe es nicht vor Ihnen versteckt. Jetzt gerade rede ich darüber, weil ich eine Gelegenheit habe. Ich hätte genauso gut nichts sagen können. Was hätte das in Ihren Ermittlungen geändert? Wir waren Hunderte, die ihm beim McDonald's über den Weg liefen.«

Das Traurigste war, dass sie recht hatte. Es hätte an den Ermittlungen nichts geändert.

»Haben Sie mit Ihrem Vater darüber gesprochen?«

»Möglich. Ich glaube nicht. Er hört mir sowieso nicht zu, wenn ich mit ihm rede. Kann ich gehen?«

»Eine Sekunde«, sagte Viviane und öffnete ihre Schublade. »Ich möchte wissen, wo dieses Foto herkommt.«

Es war das Bild von der nackten Joa, wie sie einen Tanzschritt ausführte. Laurette errötete. »Das kommt von mir, das wissen Sie doch.«

»Das Bild ist nicht von allein zu Ihnen gekommen. Hat Joa es Ihnen gegeben?«

»Nein, sicher nicht, ich habe es …«

»Ihrem Bruder geklaut, nicht wahr?«

»Nein, meinem Vater. Es hat mich wütend gemacht, dass sie so für ihn posiert, und dass er das Bild in derselben Schublade aufbewahrt wie die Fotos von Mama.«

Viviane begleitete die Kleine zur Tür, bevor sie anfing

zu weinen. Es wurde wirklich Zeit, diesen Fall zu Ende zu bringen, sie konnte doch nicht so weitermachen und sich alle Nase lang täuschen.

Montag, 4. März

Louis Saint-Croÿ kam zu einer Höflichkeitsvisite vorbei. »Danke für die Tasche, Commissaire. Das war sehr freundlich. Ich bin so mit diesem Verkauf beschäftigt, Sie wissen ja, wie das ist.«

Viviane gestand, nein, sie habe bisher wenig Gelegenheit gehabt, sich von einer Autografensammlung trennen zu müssen.

»Sobald sie eine Sammlung von irgendetwas besitzen, ist es besser, sie in eine Auktion zu geben«, erklärte Saint-Croÿ. »Wenn der Preis nicht hoch genug geht, kann man mit einem Mindestgebot dafür sorgen, den Gegenstand selbst zurückzunehmen.«

Viviane wollte nicht zugeben, dass sie lediglich eine Sammlung hübscher Verdächtiger hatte. Sie fragte Saint-Croÿ, weshalb er seine Autografen nicht direkt an Sammler verkaufte, das erschien ihr viel einfacher.

Der alte Kenner ließ ein nachsichtiges Lachen hören. »Oh, nein! Man muss alles in die Auktion geben. Bei einer Sammlung wie meiner steigern die schönsten Stücke dann den Wert der anderen. Dort sind dann mehrere Beutesammler, die sich gegenseitig anheizen und die Auktion unvernünftig in die Höhe treiben. Aber diese Geschichten interessieren Sie vielleicht gar nicht?«

»Mich interessiert alles. Auch Ihre Tochter. Und Pascal Mesneux. Wussten Sie, dass sie ihn kannte? Hat sie Ihnen das erzählt?«

Saint-Croÿs Schweigen war endlos. »Ich weiß nicht. Vielleicht. Wenn sie mit mir redet, schalte ich ab. Ihre Geschichten interessieren mich nicht. Aber es ist doch gleich, ob ich Ihnen mit Ja oder Nein antworte – was würde das an den Ermittlungen ändern?«

Er machte sie verlegen: Keine ihrer Entdeckungen schien bei den Saint-Croÿs irgendetwas zu ändern.

Kapitel 18

Mittwoch, 13. März

Nichts war vorangegangen.

Christophe Le Marrec, den man schon mehrmals verhört hatte, blieb bei seiner Version der Geschichte. Sein Terminkalender hatte nichts gebracht, die Namen waren mehrheitlich Pseudonyme. Der Meister behauptete, die wahre Identität seiner Kunden nicht zu kennen. Seit er die Praxis übernommen hatte, wurden die Karteikarten am Ende jeder Woche systematisch vernichtet. Er sagte, das garantiere Vertraulichkeit.

Die Granate war identifiziert worden, sie stammte aus Russland. Die einzigen Abdrücke, die man darauf fand, waren von Saint-Croÿ und De Bussche.

Der Allmächtige drängte die Kriminalabteilung. Er wollte Ergebnisse sehen. Viviane hatte fünf Kilo abgenommen. Jetzt, wo sie in Phase II der Dukan-Diät war, schwamm sie in ihrem rosa Caroll-Kostüm – war das etwa kein gutes Ergebnis? Aber das wollte sie hier lieber nicht anführen.

Lieutenant Monot bat sie darum, Donnerstagmorgen frei zu bekommen, um sich im Hotel Drouot die Verkaufsausstellung der Sammlung von Saint-Croÿ anzusehen, die Samstag versteigert werden sollte. Das würde natürlich nichts bringen, aber sie wollte ihm das nicht versagen.

Donnerstag, 14. März

Man hatte die Wachpolizisten vor den Häusern der Verdächtigen abgezogen. Die Bewachung war zu teuer und nutzlos: Die Abhörungen bewiesen, dass niemand mehr bedroht wurde.

Viviane rief ihre Protagonisten an, um ihnen die Neuigkeit zu verkünden, sie wurde schlecht aufgenommen: Man nahm ihnen eine soziale Errungenschaft. Xavier Baudelaire erwies sich als der Ärgerlichste von allen. Er sei gerade dabei, höchst interessante Kontakte mit Züchtern von Charolais-Rindern zu knüpfen, die Einstellung der Bewachung würde seinem Image schaden. Ob man sie nicht verlängern könne? Er sei bereit zu zahlen, was nötig wäre. Er zögerte, bevor er ergänzte: »Wenn ich so tun würde, als sei ich Opfer eines Überfalls geworden, wäre das für Sie ein Problem? Ich würde nicht mal Anzeige erstatten, nur den Zeitungen davon berichten. Das stört doch keinen, oder?«

Freitag, 15. März

Der Allmächtige hatte der Kommissarin und ihrem Lieutenant endlich erlaubt, dieses Wochenende in ihr Zuhause zurückzukehren. Viviane feierte ihre Freiheit mit Fabien im Hotelrestaurant – und bereute es. Alles in allem hätte sie ein letztes Tête-à-Tête mit Monot vorgezogen. Tagsüber sah sie ihn immer weniger: Sie übertrug ihm kleine Aufgaben, die er mit der Sorgfalt eines gewissenhaften Angestellten ausführte. Bald würde er ins Hauptkommissariat wechseln und mit ihm der Sonett-Fall. Dass der Fall ihr entzogen würde, war der kleinere Kummer.

Die Nacht war enttäuschend. Fabien fand sie weniger lebendig als sonst. Sie traute sich nicht, ihm zu gestehen, dass sie Angst hatte, den jungen Monot zu stören, der nebenan, auf der anderen Seite der Zwischenwand schlief, oder versuchte zu schlafen.

Samstag, 16. März

Früh am Morgen hörte sie, wie Monot seine Koffer packte. Er hatte ihr schon gesagt, dass er sie erst zu Hause abstellen wollte, bevor er zur Versteigerung der Sammlung von Saint-Croÿ ging.

Jetzt begann endlich die richtige Nacht mit Fabien. Es reichte, wenn das Zimmer bis vierzehn Uhr frei wurde. Bis dahin war es Viviane, die sich freimachte.

»Also, diese Auktion?«

»Sie hätten kommen sollen, Commissaire, alles ist an diesem Vormittag sehr hochgegangen.«

Viviane auch, aber wie sollte sie Monot das erklären? Die Presse war dithyrambisch, die Auktion hatte alle Erwartungen gesprengt.

»War Saint-Croÿ zufrieden?«

»Euphorisch, Commissaire. Wir haben kurz gesprochen, er wusste nicht, was ihm mehr Freude bereitete: sich für immer von Baudelaire und diesem Fall zu befreien; festzustellen, dass seine Sammlung von Kennern gut aufgenommen wurde; oder zu wissen, dass er nun mit freiem Kopf und Joa in die Ferien fahren konnte.«

»Mit Joa?«

»Ja. Und er schien erfreut, das laut und deutlich verkünden zu dürfen, dieser Filou.«

An dem Punkt brach Viviane diese Unterhaltung ab, die eine Wendung genommen hatte wie das Ende eines schlechten Films. Monot ging hinaus, kam aber nach zehn Minuten ganz erleuchtet wieder. »Commissaire, es gibt da etwas Seltsames, es könnte sehr wichtig sein.« Er zeigte ihr den Verkaufskatalog der Auktion von Saint-Croÿ. »Es fehlt ein Stück, das wertvollste. Saint-Croÿ hat es nicht mit in die Auktion gegeben. Es ist das Manuskript von *Die großherzige Magd.*«

»*Die großherzige Magd*, das war das Gedicht, das als Vergleich für die grafologische Analyse diente.«

Aufgeregt schauten sie einander an. Es gab da etwas zu verstehen, sie wussten nicht, was, aber da war etwas. Jeder ging seiner Wege, um darüber nachzudenken.

Es war Viviane, die am frühen Abend darauf kam. »Sie haben mir gesagt, dass Saint-Croÿ eine Fotokopie des Manuskripts von der *großherzigen Magd* gemacht hat, vor Ihren Augen. Hat er sie Ihnen *noch warm* gegeben?

»Ja und nein: Er hat sie aus dem Papierausgabefach des Druckers genommen und vor mir in eine Mappe auf seinen Schreibtisch gelegt. Ich hatte sie vor Augen, bis ich zwanzig Minuten später gegangen bin.«

»Los, kommen Sie schnell. Wir nehmen den Clio.«

An diesem Abend streikten die Vorstadtzüge, der Verkehr kam schrecklich beschwerlich voran. Das war gar nicht schlecht, so hatte Viviane Zeit, sich zu erklären: »Man muss nach dem richtigen *Warum* fragen. Warum hat er das Manuskript der *Magd* nicht in den Verkauf gegeben? Weil er nicht wollte, dass man es mit der Fotokopie vergleichen kann. Und warum wollte er nicht, dass man sie vergleichen kann? Weil die Fotokopie, die er Ihnen für die grafologische Analyse gegeben hat, gefälscht war, sie lag schon vorbereitet in der Papierausgabe des Druckers.«

Monot sah sie perplex an, Viviane fuhr fröhlich fort: »Das Sonett *Die Eine, die Andere*, so bestätigen beide Experten, ist von derselben Hand wie dieses falsche. Also ist es auch falsch. Und wer hat es als Erster für authentisch befunden? Saint-Croÿ, mit seinem angeblichen Brief von Pierre Dupont an Ernest Prarond wegen des *spaltbreit ge-*

öffneten Tempels. Ich bin sicher, dass dieser Brief nie existiert hat. Das ist alles heiße Luft.«

Monot nickte, er hatte verstanden, schien aber skeptisch zu sein: »Saint-Croÿ soll ein Sonett wie von Baudelaire erfunden haben, *Die Eine, die Andere* und es mit einer Baudelaires sehr ähnlichen Handschrift aufgeschrieben haben? Dann soll er mit derselben Schrift *Die großherzige Magd* kopiert haben, so dass die Experten *Die Eine, die Andere* im Vergleich unbedingt für authentisch befinden mussten? Ja aber, wozu soll das gut sein? Und warum diese ganzen Morde?«

»Auf dieses Warum weiß ich keine Antwort, Monot. Aber wir werden es erfahren.«

Je näher man der Seine kam, desto zäher wurde der Verkehr, desto aufgeregter wurde Viviane, die das streikende Frankreich beschimpfte.

Monot versuchte, sie zu beruhigen. »Denken Sie daran, Sie sollten nicht …«

Die ganze Stadt war nur noch ein wütender, regungsloser Schwarm. Die Kommissarin ließ den Clio schließlich auf einem Fußgängerübergang stehen und zwängte sich in Gesellschaft ihres Assistenten in die Metro. Man musste drücken, um hineinzukommen, aber Monot war zu gut erzogen. Sie ging vor, er hinterher. Sie waren aneinander gequetscht, Gesicht an Gesicht. Die Situation war lächerlich. Mit keinem anderen ihrer Männer hätte sie das ausgehalten. Mit ihm konnte sie darüber lachen.

Zehn Minuten später stiegen sie an der Station Champs-Elysées-Clemenceau aus und rannten zur Rue

Robert-Estienne. Mit ihren paar Kilo weniger lief sie fast so schnell wie er. Oder war es Monot, der sich bemühte, nicht zu schnell zu laufen?

Bei Saint-Croÿ angekommen bemerkten sie Licht in seiner Wohnung, ein gutes Zeichen. Sie nahmen die Treppe, und dieses Mal war es Monot, dem etwas auffiel, als er die erste Etage passierte. »Sehen Sie mal durch das Fenster, Commissaire.«

»Was sehen – da ist nichts zu sehen.«

»Das meine ich ja.«

In den Krimis war das der Moment, wo der Held seine schöne Theorie vor einem seligen Publikum ausbreitete. Hier war die Kommissarin das Publikum. Sie hatte allerdings keine Zeit, selig zu sein, denn Monot jagte die Treppe hinauf, sie auf seinen Fersen.

Saint-Croÿ öffnete ihnen, im Mantel. Der Eingangsflur war mit Gepäck vollgestellt, und er konnte nicht verbergen, dass er unangenehm überrascht war: »Ich dachte, das sei unser Taxi zum Flughafen, es sollte bald kommen.«

»Das Taxi wird sicher Verspätung haben, die Stadt ist dicht. Wir werden ein bisschen Zeit zum Reden haben«, antwortete Monot. Er lächelte, entspannt, als wäre er bei einem Freund angekommen. Er würde ihm gleich etwas Lustiges erzählen: »Ich habe an den Abend zurückgedacht, an dem Sie nur knapp einem Anschlag entgangen sind. Sie hatten Glück. Aber ich glaube, der Schütze noch mehr als Sie. Wie konnte er wissen, dass Sie an Ihrem Schreibtisch saßen? Ich könnte das verstehen, wenn er an einem durchsichtigen Fenster vorbeigekommen wäre und es geöffnet hätte, um zu schießen, als er Sie am Schreibtisch sah. Aber wenn das Fenster ein undurchsichtiges Buntglasfenster ist? Meinen Sie, er öffnet das Fenster, trotz der Kälte zu dieser Zeit – Sie erinnern sich? –, und wartet im Finstern, die Waffe in der Hand, ohne zu wissen, ob Sie kommen würden, immer in der Gefahr, gesehen zu werden? Seltsam, oder? Zumal zwei Minuten früher, als Joa durch das Treppenhaus hinaufkam, niemand zu sehen war. Es hat genügt, dass der Schütze kam und das Fenster öffnete, damit Sie sich an Ihren Schreibtisch setzten. War das wirklich Glück?«

Saint-Croÿ setzte sich und verdrehte unschuldig die Augen. Gefesselt hörte er Monot weiter zu: »Das ist kein Glück, das ist Organisation. Joa hat den Strom abgestellt, das Fenster geöffnet und geschossen, obwohl Sie überhaupt nicht in Ihrem Arbeitszimmer waren. Sie hat den Revolver bei sich versteckt, ihn durch einen Brieföffner ersetzt, den sie wahrscheinlich in der Grünpflanze im Aufgang bereitgelegt hatte, und ist die Treppe hinabgehastet, während sie darauf gewartet hat, dass Sie sie zurückrufen. Wäre ein Nachbar ins Treppenhaus gekommen, hätte er gesehen, wie sie im Dunkeln einem vermeintlichen Attentäter hinterherlief. Das erste Geheimnis wäre also gelüftet, der Mordversuch: Es gab keinen. Über die anderen werden wir noch reden müssen.«

Saint-Croÿ zuckte mit den Schultern. »Ihre Version ist nicht stichhaltig. Es hat echte Tote gegeben, also einen echten Mörder, und das kann niemals Joa gewesen sein. Sie hatte immer ein Alibi, genau wie ich auch. Sie war selbst Opfer, ich erinnere Sie daran, dass sie beim Stoß vor die Metro fast gestorben wäre …«

Viviane unterbrach ihn, Wut lag in ihrer Stimme: »Nein, sie ist nicht gestoßen worden, sie ist dazu gedrängt worden, *sich selbst* vor die Metro zu werfen, früh genug, dass sie eine Chance hatte davonzukommen. Gedrängt von Ihnen: Sie haben es gewagt, sie darum zu bitten, weil Sie es mit der Angst bekommen haben, als ich Ihnen aufs Geratewohl erzählte, dass wir vermutlich den Schuldigen gefunden haben. Sie wollten von sich ablenken, indem Sie die Ermittlungen in andere Bahnen gelenkt haben.«

Saint-Croÿ antwortete nichts. Er nickte nur, wie ein kleiner Junge, der ertappt worden war. »Ich glaube, wir werden das Flugzeug heute Abend nicht nehmen. Mit Ihrer Erlaubnis gehe ich in mein Arbeitszimmer, um das Taxi abzubestellen.«

»Warten Sie, ich komme mit«, sagte der Lieutenant.

Die Kommissarin griff ihn am Ärmel und flüsterte ihm zu: »Vorsicht, Monot, wir müssen das Verfahren in Gang bringen. Jetzt ist der Moment, den Staatsanwalt zu informieren.«

Er zögerte einen Moment, als habe er etwas falsch gemacht: »Ich habe seine Nummer nicht in meinem Handy gespeichert. Könnten Sie ihn vielleicht anrufen, Commissaire?«

Sie holte ihr Telefon heraus und sah, wie Monot sich entfernte. Sie sprach nicht mit dem Staatsanwalt, auch nicht mit seinem Stellvertreter. Beim dritten Klingeln legte sie auf, und ihr blieb noch das ganze Leben, um diese nichtigen Sorgen um das Prozedere zu hassen. Wäre sie nicht geblieben, um zu telefonieren, wäre nichts von dem passiert, was jetzt folgte: Sie hätte gesehen, hätte reagieren können. So begnügte sie sich damit zu hören.

Zuerst die Schreie, wie zwischen zwei Ringkämpfern. Dann das Klopfen von Krücken im Flur. Sie steckte ihr Handy ein, zückte die Waffe und stürzte sich in den endlos langen Flur. Ein Schuss, ein Schrei, die Stimme von Monot, niemand sonst konnte so schreien, dann noch ein Schuss und ein weiterer Schrei: dieses Mal die Stimme von Joa. Die Stille, die danach herrschte, wurde von einem markerschütternden Schrei in der Wohnung zerrissen: der von Viviane.

Monot lag auf dem Boden. Ein hübscher kleiner Blutfleck prangte unten auf seiner Jacke, in Höhe der rechten Niere. Der Fleck wurde größer, hässlich, schrecklich.

Joa sah das Blut an, das nun auf den Teppich floss, bestürzt, als müsse sie ihn selbst reinigen. Sie machte zwei Schritte zu einem noch schlimmeren Schaden: Die Hälfte von Saint-Croÿs Kiefer, abgerissen von einer Kugel. Am Rand des Mundes hielt er noch eine Waffe, die die Kommissarin gleich einordnen konnte: eine Manurhin PP-Sportpistole.

Die Kommissarin rief den Notarzt, ohne die Augen von der Tragödie abzuwenden. Sie hielt ihre Tränen zurück. In einer Tragödie wartete man darauf, dass der Vorhang fiel, bevor man in Tränen ausbrach. Aber Viviane wollte nicht, dass der Vorhang fiel, sie wollte nur, dass der Notarzt kam, schnell, wie er es versprochen hatte.

Sie schaute Joa an, die ihre Gesten mit einem fast tierischen Stöhnen begleitete. Die Bedienstete neigte sich zu Saint-Croÿ, hockte sich, wie es eben ging, auf den Boden, hielt sich an ihren Krücken fest und hievte ihren Arbeitgeber auf ihren Schoß. Sie sagte nicht mehr »Monsieur«, sondern »Louis, Louis«. In ihr war der Schmerz der ganzen Welt, oder fast, denn auch Viviane hatte sich hingekniet, um den jungen Monot in ihre Arme zu nehmen. Da waren sie, sahen sich an, sahen die Sterbenden an. Sie waren nur mehr zwei Pietà.

»Was ist passiert?«, fragte Viviane.

»Als ich ins Zimmer kam, schlugen sich Ihr Inspektor und Louis. Ihr Inspektor hielt seinen Arm von ihm weg, um ihn daran zu hindern, sich umzubringen. Sie sind gefallen. Im Fall hat sich Louis' Arm in den Rücken des Inspektors gebohrt, ein Schuss ist losgegangen. Louis hat die Pistole aufgehoben und sich in den Mund geschossen.«

Monot nickte, er bestätigte die Aussage, fehlte nur, dass er noch darum bat, sie gegenzeichnen zu dürfen, der Arme.

In Viviane krampfte sich alles zusammen. »Gehen Sie Lappen und Tücher holen, Joa, schnell. Man muss das Blut stoppen.«

Die Kommissarin war sich unsicher, sie hatte vergessen, was sie über Erste Hilfe wusste, sie wollte nur, dass ihr Lieutenant nicht weiter sein Leben in ihren Armen aushauchte. Der andere, Saint-Croÿ, rührte sich kaum.

Viviane rief noch einmal an, sie wollte wissen, wo der Notarzt blieb. Man sagte ihr, dass es noch dauern würde, der Verkehr stocke, die Stadt sei dicht. Sie insistierte, erklärte, dass zwei Männer im Sterben lägen, ob das den Verkehr nicht zum Fließen bringen könne? Man bat sie zu warten, legte auf.

Joa kam mit einem Stapel gut gebügelter Tücher wieder. Viviane legte sie dem leblosen Monot unter die Nieren, als könnten sie das Loch stopfen, aus dem weiter Blut floss. Joa sah, was sie tat, versuchte dann, es ihr nachzumachen, doch es war lächerlich, es gab nichts zu stopfen, Saint-Croÿs untere Gesichtshälfte war nur noch ein Loch. Er starb. Sie konnten nur noch abwarten. Und Viviane konnte Joa zuhören, die erzählte, während sie ihrem Louis den kahlen Schädel streichelte.

Sie erzählte sehr gut. Hatte alles selbst erlebt.

Kapitel 19

Es ist die Geschichte eines guten Sohnes, der der Stolz seiner Eltern ist. Weil Mama es mag, wenn man arbeitet, ist Louis ein guter Schüler. Weil Papa Gedichte mag, liest er Gedichte, abends in seinem Bett; Baudelaire, natürlich. Er absolviert ein solides Studium der Literaturwissenschaft und schließt es mit einer bemerkenswerten Arbeit ab: *Traurige Säulenhallen – Architektur und Jenseits im Werk von Charles Baudelaire*. Er heiratet die Tochter eines Freundes seines Vaters, eine junge Literaturprofessorin, die seine Eltern für sich eingenommen hat. Das Unterrichten verachtend, wird er zur rechten Hand seines Vaters. Für Papa fährt er durch ganz Europa, und manchmal noch weiter, um Manuskripte auszugraben, auf die er Hinweise erhalten hatte. Er schreibt und hält unzählige Vorträge über Baudelaire, überall, wo man danach verlangt. Louis erhält für seine Doktorarbeit *Dandytum und Spiritualität bei Charles Baudelaire* die Doktorwürde mit Auszeichnung. Als er auf die fünfzig zugeht, zögert er, wie sein Idol, sich bei der Académie Française vorzustellen, und die ersten Besuche dort ermutigen ihn nicht, weswegen er es, wieder wie sein Idol, aufgibt. Ohne Kummer, schließlich war es, um Papa Freude zu machen, der seit Mamas Tod ein wenig traurig ist. Kurz, ein Leben, so brav und lustig wie eine gerade Linie.

Und dann stirbt Papa. Danach ist Louis' Frau an der Reihe, der Lungenkrebs rafft sie dahin. Louis sagt sich, dass nun höchste Zeit sei, mit dem Leben zu beginnen. Er setzt das alte Hausmädchen vor die Tür, und hop!, weg mit der *Großherzigen Magd!* An ihrer Statt stellt er eine junge Kamerunerin ein, Joa, hat er doch, wie Baudelaire, ein Faible für exotische Liebschaften. Joa ist schön, intelligent, zärtlich und allein. Schnell verliebt sie sich in Louis, wird zu seiner Geliebten. Sie steigt aus der Dienstmädchenkammer hinunter ins Zimmer der Eheleute, drückt dem Apartment hier und da ihren Stempel auf, richtet auf dem Balkon sogar einen exotischen Garten ein, der Louis große Freude macht. Sowohl sie als auch er ignorieren das Missfallen der Saint-Croÿ-Sprösslinge. Ihr Vater kümmert sich nicht mehr um sie, er begrenzt seine Erziehung auf einige wenige Punkte: ihr Studium und Laurettes Diät.

»Verstehen Sie, Commissaire, er hat immer nur gelebt, um andere glücklich zu machen, jetzt wollte er selbst an der Reihe sein.«

»Und Sie, Joa, waren Sie glücklich?«

»Natürlich«, sagte sie und streichelte den kahlen Schädel ihres Geliebten. »Abgesehen von diesen Manuskript-Geschichten, die in seinem Leben etwas zu viel Platz einnahmen.«

Joa erzählte weiter. Langsam wurde ihr Bericht spannend, denn der Zusammenhang mit dem Fall begann deutlich zu werden.

Schlussendlich findet auch Louis Charles Baudelaire und seine alten Papiere belastend. Es ist ein bisschen so, als hinge der Geist von Papa noch im Haus. Also entschließt er sich, alles zu verkaufen. Aber man verkauft eine Sammlung nicht wie eine Wohnung, erst muss man ihren Wert in die Höhe treiben. Man muss Baudelaire zu mehr Aktualität verhelfen.

Der ehemals gute Sohn mausert sich zum alten Schlingel: Er denkt sich eine literarische Ente aus. Er erdichtet ein falsches Baudelaire-Sonett, so skandalös wie irgend möglich, damit die Medien ihm einen Platz einräumen. Aber nach der Erschaffung bleibt das Schwierigste: die Niederschrift des Gefälschten.

Joa unterbrach plötzlich ihren Bericht: »Sie sollten den Notarzt noch einmal anrufen. Wenn er weiter Blut verliert, stirbt er, Ihr Lieutenant.«

Sie hatte das sanft gesagt, ruhig. Viviane rief an. Man sagte ihr, man tue, was man könne. Joa hörte die Antwort nicht, erriet sie nur, als sie die Miene der Kommissarin sah. »Sagen Sie denen, dass wir im Fernsehen waren.«

Diese Frau beeindruckte Viviane. Sie hatte mehr als einen gesunden Menschenverstand, sie war weise. Sie hatte die Welt begriffen, so wie man Gesellschaftsspiele und ihre Tücken begreift. Sie wusste, dass man Monopoly mit Orange und Gelb gewann.

Bevor man sie also wegdrückte, schob Viviane ein: »Geben Sie sich einen Ruck. Der Lieutenant, der hier im Sterben liegt, war neulich abends in der Sendung von Lavenu. Die Polizeikommissarin, die ihn begleitete, bin ich, und die junge Schwarze, die man gesehen hat, ist auch hier.«

Schweigen am Ende der Leitung. Man versprach ihr zu kommen und legte auf. Viviane schämte sich ein bisschen, es war, als hätte sie die Körper von Monot und Saint-Croÿ mit einem Schild versehen: *im Fernsehen gesehen.* Aber das war ihre letzte Chance. Vor allem Monots letzte Chance.

Joa warf Viviane ein ermutigendes Lächeln zu, als sei sie es, die gegen den Tod ankämpfte, und fuhr mit ihrer Geschichte fort.

Um die Schrift von Baudelaire nachzuahmen, nimmt Louis Saint-Croÿ die Technik zur Hilfe. Er scannt die Manuskripte des Dichters aus den 1840er Jahren mithilfe eines speziellen Programms ein, zeichnet die für Baudelaire typischen Buchstaben in drei verschiedenen Varianten nach, damit es nicht zu gleichförmig aussieht. Nachdem er das Gedicht dann in dieser dreifachen Typografie eingetippt hat, schreibt er es mit der Hand auf einem sehr leichten, fast transparenten Papier ab, indem er hier und da einige Buchstaben verformt, indem er das Blatt schief hält, versetzt. Bleibt das Papier: Mit den neuen Untersuchungstechniken würde ein falsches Papier sofort erkannt werden. Also macht er, auf transparentem Rhodoid, eine Fotokopie eines Papiers aus der Zeit, eine vom Text des Manuskripts, legt sie übereinander und fotokopiert das Ganze. Das Faksimile ist fertig, die Ente auch.

»Wenn Sie ihn gesehen hätten, an dem Tag, als das Dokument fertig war!«, seufzte Joa. »Er war so stolz, als hätte er den *Da Vinci Code* geknackt!«

Viviane verging fast vor Ungeduld – ihre gesamten Ermittlungen bekamen mit einem Mal einen Sinn, auch wenn ihr blutiges Ende gerade in ihren Armen lag. Joa fuhr fort.

Louis will dieses Pseudomanuskript an die Académie Française schicken, adressiert an den »Dichterfürsten«, um sicherzugehen, dass der Umschlag während einer Sitzung geöffnet wird. Bleibt nur noch, einen Absender zu finden. Der Sammler beschließt, zwei Fliegen mit einer Klappe zu schlagen: Er will sich an Xavier Baudelaire rächen, einem Dummkopf, der sich einige Jahre zuvor nicht hatte übers Ohr hauen lassen und ihm so ein ungewöhnliches Stück vorenthalten hatte. Louis setzt auf die Rückseite des Umschlags Initialen und Adresse von Xavier Baudelaire. Der Name würde der Täuschung mehr Glaubwürdigkeit verleihen. Man würde denken, es handle sich um einen Nachfahren, der ein Familiendokument von der Académie Française absegnen lassen will, bevor er es verkauft. Natürlich würde der Dummkopf das leugnen, aber niemand ließe sich davon täuschen. Hat er nicht schon einmal einen Brief des berühmten Vorfahren verkauft? Wenn Louis Saint-Croÿ später den Betrug entlarven würde, würde man seine Expertise loben, während Xavier Baudelaire als lächerlicher Betrüger dastünde. Die Rache eines Sammlers kennt kein Verfallsdatum.

»Ich habe ihm gesagt, das nicht zu tun«, flüsterte Joa. »Es war eine unnötige Bosheit. Aber er hielt daran fest.«

»Oh, Xavier Baudelaire hat das nicht geschadet, das war noch Werbung für ihn«, beruhigte Viviane sie. »Erzählen Sie weiter, es ist spannend.«

Eines Tages hat Laurette ihrem Vater beiläufig von dem Obdachlosen erzählt, der sich für Victor Hugo hält. Er würde einen perfekten, nahezu fantastischen Boten abgeben. Louis Saint-Croÿ fängt ihn am Ausgang des McDonald's ab, gibt ihm den Umschlag und hundert Euro und verspricht ihm einen weiteren Schein, sobald er den Umschlag abgegeben hat. Er geht zum Quai Conti, um dort auf ihn zu warten und sicherzugehen, dass er seine Mission wirklich erfüllt.

Wenn alles gut ginge, würden sich Académie und Medien für das Sonett begeistern. Man würde über seine Echtheit rätseln. Man würde natürlich den großen Louis Saint-Croÿ um Hilfe bitten, der sich einen Spaß daraus machen würde, den Spannungsbogen andauern zu lassen, bevor er die Täuschung entlarvte. All das ergibt eine wunderschöne Werbekampagne für die Veräußerung der Sammlung.

»Es war ein wunderbarer Plan, nicht wahr?«, begeisterte sich Joa. »Aber leider ist nichts davon so gekommen, wie es sollte.«

Der Bote kommt nicht am Ziel an. Vor den Augen von Louis wird der Obdachlose überfallen und samt Briefumschlag von der Feuerwehr abtransportiert. Wenige Tage später erfährt er, dass eine Kommissarin den Umschlag in der Académie abgegeben hat. Aber die Unsterblichen denken nicht einmal daran, Saint-Croÿ anzurufen. Sie ziehen es vor, den Skandal zu vergessen, der sie nur in Verruf gebracht hat. Und wenn die Medien sich für das Sonett interessieren, dann nur, weil es Unglück zu bringen scheint. Nach dem Obdachlosen versucht man, die Kommissarin zu vergiften.

Louis begreift nichts mehr, seine Täuschung entgleitet ihm. Versucht ein unbekannter Mörder – ein anderer Sammler, neidisch bis zum Hass, oder ein fanatischer Baudelaire-Verächter? – zu verhindern, dass das Sonett auf den Markt kommt? Woher hat er seine Informationen? Und weshalb spricht niemand über Xavier Baudelaire?

Pragmatisch veranlagt ändert Saint-Croÿ seine Pläne. Sein Ziel ist die Vermarktung durch die Medien, also wird er seine Kraft darauf verwenden. Da man ermordet werden muss, um zu existieren, entschließt er, übers Internet einen belgischen Waffenhändler zu kontaktieren, zu dem er fährt, um ihm die Manurhin abzukaufen. Dann stellt er sich bei der Polizei vor, erfindet Drohungen und einen Mordversuch, den er zusammen mit Joa inszeniert. Das Resultat erfüllt alle seine Erwartungen: Die Medien interessieren sich für das Rätsel des Sonetts. Und für seine Opfer. Und weil er ein echtes Sonett braucht, um die Massen in Wallung zu versetzen, wird Louis das Gefälschte für echt erklären. So kommt er in die Schlagzeilen.

»Ah, der Ruhm der Medien!«, brummte Viviane.

Aber Joa war noch nicht fertig. Sie ließ sie weiterreden.

Als der Lieutenant entscheidet, eine grafologische Expertise anfertigen zu lassen, findet Louis Saint-Croÿ die passende Antwort darauf, indem er eine zweite Fälschung anfertigt. Die Expertise wird natürlich zu dem Schluss kommen, dass beide Texte aus derselben Feder stammen. Später würde er das Originalmanuskript von der *großherzigen Magd* vom Verkauf zurückziehen, damit man es nicht doch eines Tages mit der Fotokopie vergleichen könne. In diesem Perfektionismus wird er sich verlieren.

Währenddessen ermordet der Unbekannte die Grafologin. Ein unverhoffter Glücksfall für die Medien und für Louis, der die Schlagzeilen weiterhin bedient. Er muss nicht einmal Drohungen aussprechen. Sobald die Journalisten der Öffentlichkeit neue Namen liefern, begnügt er sich damit, diese am Telefon zu belästigen. Er zieht durch die öffentlichen Telefonzellen und tätigt anonyme Anrufe. Der Einzige, den er in Frieden lässt, ist Cucheron, dessen Name noch nicht öffentlich gemacht wurde. Aber auch der wird mit Briefen bedroht, und als Saint-Croÿ das erfährt, meint er, das müsse das Werk des unbekannten Mörders sein. Die Psychose bricht los, die Medien sind umtriebig, der Laden brummt. Man spricht nur noch von dem Sonett. Saint-Croÿ und seine Sammlung werden die Stars der Nachrichten.

»Dann haben Sie alles verkompliziert«, sagte Joa in rachsüchtigem Ton. »Sie haben sich damit gebrüstet, eine Spur zu haben. Um den Verdacht von sich abzulenken, bat Louis mich, vor die Metro zu springen.«

Die Kommissarin nickte, fast schuldbewusst, und machte Joa ein Zeichen fortzufahren.

Dann kommt die Fernsehshow. Louis setzt alles auf eine Karte. Er bereitet eine Tasche mit einer manipulierten Granate vor. Er kommt früher als die anderen und bleibt am Studioeingang stehen, um alle zu begrüßen und seine offene Tasche dort abzustellen. Während des Cocktails lässt er seine Tasche bei der Garderobe herumliegen, zu Füßen der Gäste. So würde jeder in den Verdacht geraten können, das mörderische Geschenk in dem einen oder anderen Augenblick dort abgelegt zu haben. Ihm bleibt nur ein Vorwand abzuwarten, um seine Tasche zu holen. Der bietet sich ihm, als er von dem *rosa und schwarzen Juwel* zu sprechen beginnt.

Das Medienecho ist fantastisch, der Verkauf in Drouot ein voller Erfolg. Erst als die Kommissarin und der Lieutenant ankommen, als sie gerade nach Holland fliegen wollen, um das gebührend zu feiern, ist das Spiel verloren.

»Warum Holland, Joa?«

»Weil Baudelaire das Land sehr liebte, wissen Sie:

Dort ist Schönheit und Genuss,
Ordnung, Stille, Überfluss.«

»Nein, das wusste ich nicht.«

Wenn jetzt schon Putzfrauen die Kommissarin in Literatur unterwiesen, wo kam man denn da hin!

Zunächst würde man ins Krankenhaus kommen, denn endlich ertönte unten vor dem Haus die Sirene. Und weil Joa so gut erzählen konnte, sollte sie Viviane noch die Auflösung erzählen: »Und der Mord an Astrid Carthago?«

»Das waren wir nicht. Genauso wenig wie wir etwas mit dem Obdachlosen zu tun haben, mit Ihrer Vergiftung, oder Élisabeth Blum – das muss der andere sein, der Mörder, von dem die Zeitungen sprechen.«

Sie hatte das so unaufgeregt gesagt, als werfe man ihr vor, dreckige Fußspuren auf dem Teppich hinterlassen zu haben. Es gab also nicht *den* Sonett-Fall, sondern *die* Sonett-Fälle. Aber wer war der andere, der Mörder, der Spinner?

In der Notaufnahme von Pitié-Salpêtrière untersuchte der Arzt kopfschüttelnd den Leichnam von Saint-Croÿ, dann stirnrunzelnd den Körper von Monot. Er erklärte ihnen, dass der Lieutenant viel zu viel Blut verloren habe, was die Sache nicht einfacher mache. *Ihnen*, weil Joa bei der Kommissarin geblieben war. Sie wiederholte, das sei das Mindeste, was Viviane als Formulierung seltsam vorkam.

Joa bestand darauf: »Ich werde Sie nicht alleine lassen. Louis braucht mich sowieso nicht mehr, dort wo er ist. Ich werde später beten gehen.«

Viviane ergriff Joas Hand, sie war ein gutes Mädchen. »Und was meinen Sie, warum er sich umgebracht hat? Wenn er keine Toten auf dem Gewissen hatte, war das doch unnötig.«

»Warum soll es denn unbedingt *nötig* sein, wenn sich jemand umbringt? Es war einfach der brave Schüler, der in ihm hochgekommen ist. Er hat sich beim Schummeln erwischen lassen, das hat er nicht ertragen. Die Niederlage, die Schande.« Sie hatte das mit einem leicht vorwurfsvollen Unterton gesagt, als hätte Viviane ihren Louis gewinnen lassen müssen.

Ein anderer Arzt kam hinzu, stellte sich als Doktor Gray vor, Chirurg, spezialisiert auf Nephrologie: »Die Kugel befindet sich in der oberen Hälfte der rechten Niere, die sehr beschädigt ist, und er hat viel Blut verloren. Ich kann nicht sofort operieren. Vor der Nephrektomie muss die Niere durch eine osmotische Diurese mit Mannitol gereinigt werden, dann müssen Harnwegsinfekt behandelt und eine Transfusion gemacht werden. Das wird einige Tage dauern.«

»Und dann?«

»Dann werden wir eine Operation wagen. Aber ich garantiere für nichts.« Der Chirurg sah sie beide merkwürdig an. Er schien verlegen, wegen einer Frage, die ihn beschäftigte; er zeigte mit dem Daumen auf den Operationssaal hinter sich: »Sie waren neulich in der Sendung von Lavenu. Der Verletzte auch, wenn ich mich nicht täusche? Also …« Es war offensichtlich, dass er darauf brannte, über die Sendung zu sprechen, Viviane ein paar Enthüllungen zu entlocken, die bei einem mondänen Essen für Gesprächsstoff sorgen könnten, aber dann besann er sich auf seinen Anstand und machte sich mit einem weiteren »Also …« und einem endlosen Seufzer davon.

Joa bat die Kommissarin, sie in der Rue Robert-Estienne abzusetzen. Sie schien nicht zu begreifen, dass sie wegen *Vortäuschung einer Straftat*, *Missbrauchs von Polizeieinsatzkräften* und Behinderung der Justiz angeklagt werden würde. Viviane hatte nicht den Mut, es ihr zu erklären. Sie nahm ihr nur das Versprechen ab, sich nicht von zu Hause zu entfernen.

Im Großraumbüro waren alle ihre Männer um Viviane versammelt. Sie erzählte ihnen den dramatischen Abend, sie hörten ihr mit verschlossenen Gesichtern zu: Sie hatten die Abwesenheit von Monot bemerkt, ihnen war klar gewesen, dass die Geschichte ein schlimmes Ende nehmen würde.

Viviane war nun bei der Beichte von Joa angekommen, und sie erahnte den schweren Vorwurf, den ihre Männer aber nie laut äußern würden: Monot war ein Heißsporn, unvorsichtig, natürlich hätte die Kommissarin ihn decken müssen.

»Juarez, lassen Sie Joa ins Kommissariat kommen! Nehmen Sie sie in Polizeigewahrsam. Gewalt wird nicht nötig sein, sie wird Ihnen alles sagen, was sie weiß.«

Die Stimmung war so schlecht, dass die Kommissarin froh war, ins Krankenhaus zu entkommen.

In der Tagespresse wurde die Tragödie mit keinem Wort erwähnt. Viviane hoffte inständig, das möge auch so bleiben. Sie wollte nicht, dass Millionen von Lesern ihr heiliges Recht ausübten, im Rhythmus des Dramas, das sie erlebte, mitzufiebern. Es sollte ihr Kummer sein. Sie wäre bereit gewesen, Monots Mutter Anteil nehmen zu lassen, aber die arme Frau lag im Krankenhaus, nachdem sie einen Herzinfarkt erlitten hatte, als sie vom Unfall ihres Sohnes erfuhr. Die Kommissarin nahm sich vor, sie an Monots Seite zu ersetzen. An Augustins Seite.

Er lag da, schön wie ein *Gisant*, schön trotz der Schläuche und Infusionen, die ihn umgaben. Er öffnete die Augen kaum, fragte Viviane mit einer Stimme, die wie ein Hauch war: »Wie geht's?«

Der brave kleine Soldat, was konnte sie ihm sagen? Man hatte der Kommissarin eine Viertelstunde gegeben, unter der Bedingung, ihn nicht zu ermüden. Sie fasste Joas Beichte zusammen, er nickte und schloss: »Schade, das Ganze. Es hat mir so gut gefallen, dieses Sonett.« Er machte ihr mit den Augenlidern ein Zeichen näher zu kommen. »Tun Sie mir einen Gefallen: Sie müssen die Sache vor meiner Operation zu Ende bringen.«

Sie versprach es ihm und ging mit Tränen in den Augen: Worum er sie bat, war ein Abschiedsgeschenk.

Joa rief sie an. Sie war als freier Mensch aus dem Polizeigewahrsam entlassen worden, aber Saint-Croÿs Kinder hatten sie vor die Tür gesetzt. Sie durfte während ihrer einmonatigen Kündigungsfrist in ihrem Dienstmädchenzimmer bleiben, dann sollte sie verschwinden. Die Kommissarin sagte ihr, es tue ihr leid für sie, und das stimmte auch.

Mittwoch, 20. März

Man hielt Viviane in den Gängen des Krankenhauses auf: Monot dürfe heute keinen Besuch empfangen. Es habe in der Nacht einen Alarm gegeben, nichts Ernstes. Die Oberschwester korrigierte sich sogleich: »Nun, nichts

Ernstes ist nicht ganz richtig. Sagen wir: nichts Definitives.«

Viviane ging unendlich traurig wieder weg. Sie kam ins Kommissariat, wo eine schockierend ausgelassene Stimmung herrschte.

De Bussche nahm sie beiseite. »Wir haben gerade einen Anruf von Escoubet und Pétrel bekommen. Sie haben Tolosas Komplizen erwischt.«

Das war eine gute, sogar eine großartige Überraschung: Die Typen wurden festgenommen, als sie sich gerade auf eine große orangefarbene Yamaha schwangen. Die Motorradfahrer von der Avenue de Choisy, das waren sie.

Sie hatten gerade gestanden, dass sie Vivianes Adresse herausgefunden hatten, indem sie ihr ganz einfach gefolgt waren. Es gab in dieser Affäre also keinen Maulwurf oder Unvorsichtigen. Auch keinen Schwätzer oder Verräter. Sie konnten sich in die Augen sehen, vor allem in Vivianes Augen. Ah, wenn Monot dabei sein könnte! Aber er lag in seinem Bett, zwischen seinen Schläuchen.

Mitten am Nachmittag rief das Kommissariat von Les Halles an: »Wir haben gerade einen gewissen Antoine Dupont festgenommen, das wird Sie interessieren.«

Man erklärte Viviane, was es mit ihm auf sich hatte: Dank eines Passanten, eines gewissen Gérald Tournu, der mit der Kommissarin bekannt war, war Dupont überprüft worden.

Eine Viertelstunde später war Viviane bei ihnen. Tournu erwartete sie, aufrecht, mit wachem Blick. Er schenkte ihr ein detektivisches Lächeln. »Ich bin bei Les Halles vorbeigekommen und habe ihn wiedererkannt: Das ist mein Typ vom Pont-Neuf.«

Der Junge war wirklich jung. Er saß, in Handschellen auf einem Stuhl, mit einem Blouson bekleidet, auf dem ein Aufnäher von OM prangte, die Kapuze ins Gesicht gezogen. Viviane zog sie nach hinten: Er war dunkelhaarig und hatte Locken.

»Sind Sie sicher, dass er es ist?«

Ein Kommissar bestätigte: Antoine Dupont hatte gestanden.

Viviane wandte sich Gérald Tournu zu. »Wie haben Sie ihn wiedererkannt?«

»Der Aufnäher von OM auf dem Ärmel seines Sportanzugs, Commissaire, der war nicht gerade, sondern ein bisschen schief aufgenäht!«

Viviane gratulierte dem guten, rechtschaffenen Bürger und bat um ein Büro, in dem sie Antoine Dupont befragen dürfte. Dieser folgte ihr mürrisch.

»Was hatte man Ihnen aufgetragen? Ihn daran zu hindern, bei der Académie Française anzukommen oder ihm seine Tasche zu klauen?«

Antoine antwortete mit einer merkwürdigen Grimasse. Machte er sich lustig oder verstand er etwas nicht? Einmal mehr hatte Viviane wohl nicht die richtigen Fragen gestellt. Sie musste es einfacher machen: »Wussten Sie, was er in seiner Tasche hatte? Wer hatte Ihnen davon erzählt?«

»Er selbst, Madame. Ich war im Viertel von Les Halles, als man ihn in einem Bistro vor die Tür setzte. Er fing an zu brüllen, dass man gefälligst anders mit ihm reden solle, angesichts dessen, was er in seiner Tasche habe. Da bin ich ihm natürlich gefolgt, und weil am Pont-Neuf sonst niemand war … Aber ich wollte ihn nicht töten, er hat sich gewehrt.«

Er hatte nicht ausgesprochen, dass der Obdachlose selbst schuld war, so selbstverständlich schien ihm das. Viviane seufzte: Es war also nur das gewesen, genau, wie sie es am Anfang vermutet hatte. Sie würde es Monot am nächsten Tag erzählen, das würde ihm guttun.

Abends rief Joa an. Der Notar hatte das Testament eröffnet. Saint-Croÿs Kinder erhielten nur ihren Pflichtteil und Joa den ganzen Rest, unter anderem die Wohnung in der Rue Robert-Estienne. Sie habe den Sprösslingen von Saint-Croÿ einen Monat Zeit gegeben, um zu verschwinden. Die Kommissarin sagte ihr, sie freue sich für sie, und das stimmte auch.

Kapitel 20

Donnerstag, 21. März

»Wir operieren ihn morgen«, kündigte die Oberschwester an. Sie wagte es weder, Viviane anzulächeln, noch eine besorgte Miene zu machen. Sie versuchte ein neutrales Gesicht zur Schau zu stellen, und das war furchtbar.

Monot lag immer noch dort, zwischen seinen Schläuchen. Etwas weniger blass, dafür etwas grüner. Viviane teilte ihm die guten Überraschungen vom Vorabend mit. Er nickte, als sei alles in Ordnung. Und weil sie an seiner Seite sitzen blieb, nicht wissend, was sie sagen sollte, war er es, der ihr zuflüsterte: »Sie müssen heute fertig werden. Morgen …«

Viviane ergriff sein Handgelenk, sie drückte es kaum, aus Angst, es könnte zerbrechen. Monot hatte recht. Sie musste fertig werden. Einzig der Fall Élisabeth Blum war noch zu lösen. Aber wie?

Als sie aus dem Krankenhaus kam, erhielt die Kommissarin eine SMS des Allmächtigen. Er hatte gerade erst gelernt, wie man SMS verschickte, und es machte ihm

Spaß. Er wollte wissen, was es Neues gab, wie ein launischer Bengel. Viviane sollte ihn um Viertel nach zwölf anrufen.

Sie ging am Großraumbüro vorbei, das Monot mit seiner Abwesenheit zu erfüllen schien. Sie saß am Schreibtisch ihres Lieutenant und blätterte noch einmal den Terminkalender von Astrid Carthago durch, der nun der von Christophe geworden war. Die Namen hielten sie zum Narren. Die vom Vormittag des Valentinstags schienen noch viel falscher als die anderen: Martin, Dubois, Granier, Petit, Garcia, Leroy – fantasielose Pseudonyme, so traurig, dass Granier fast extravagant klang. Diesbezüglich machte sie sich keine Hoffnungen, besser war, sie würde die Protagonisten einen nach dem anderen noch einmal durchgehen. Sie würde mit Cucheron beginnen, weil er der Erste im Alphabet war. Sie vereinbarte mit ihm einen Termin für den frühen Nachmittag.

»Ich werde nach dem Mittagessen beschäftigt sein, ich will mir den Cucheron noch einmal vornehmen«, sagte sie Juarez, der seine Post sortierte.

»Nehmen Sie 39/27, Commissaire.«

»39/27? Warum sagen Sie das?«

»Nur so, 39/27 ist die gängigste Übersetzung, um den Cucheron mit dem Fahrrad zu bezwingen. Der Cucheron ist ein Gipfel, ein Klassiker der Tour de France, ich dachte, Sie wüssten das.«

Das war der einzige Nachteil, wenn man mit Männern arbeitete: Sie führten Männergespräche. Manchmal schaffte Viviane es kaum, sie zu stoppen. Auch jetzt war es zu spät, Juarez war mittendrin: »Man kann den Berg auch mit 39/29 befahren, aber das ist ein Fehler. Die zwei Zähne mehr muss man sich für den Granier aufheben.«

»Der Granier? Was ist der Granier?«

»Das ist der Gipfel nebenan, meistens fährt man auf der Tour beide nacheinander ab. Der Granier ist der Zwilling vom Cucheron. Fast gleich, nur ein bisschen höher, ein bisschen schöner. Ich wusste gar nicht, dass Sie sich so für die Tour de France interessieren.«

»Ich habe schon immer davon geträumt, Radrennfahrerin zu sein!«

Und sie vertiefte sich wieder in den Kalender. So suchte man sich also ein Pseudonym, wenn man ein Typ wie Cucheron war: Man erträumte sich so, wie man war, nur ein bisschen größer, ein bisschen schöner.

Zehn Minuten später hatte sie im Terminkalender sieben Granier gefunden, sieben Termine in einem Jahr: Jean-Paul Cucheron war mehr als Kunde bei Astrid Carthago, er war Stammgast.

Sie rief ihn an, er bestätigte sogleich sehr gelassen: »Ja, natürlich, ich habe sie regelmäßig besucht. Wo ist das Problem?«

Wo das Problem war? Da war das Problem, Viviane war sich sicher. »Warum haben Sie das nie erwähnt?«

»Damit man in allen Zeitungen davon spricht? Das wäre sehr schlecht für mein Image. Sie haben doch gesehen, was Ihnen Ihr eigener Besuch dort eingebracht hat! Außerdem haben Sie mich nie danach gefragt. Wenn Sie noch mal mit mir darüber sprechen wollen, können wir uns nachher sehen.«

Er hatte aufgelegt, ruhig, unschuldig. *Wo war das Problem?* Aber es war da, sie erahnte sein Geräusch, seinen Geruch, seine Anwesenheit. Es war da, in der Avenue de La Motte-Picquet. Das Alibi mit dem Mädchen, das er am Abend des Valentinstags an einem Boulevard eingesammelt hatte, war so sicher nicht. Das Problem lag vielleicht auch in der Rue Cépré. Was war die Aussage der Concierge wert? Hatte Monot sie korrekt befragt?

Viviane parkte etwas später vor dem Haus von Élisabeth Blum. Die Concierge war nicht da, wahrscheinlich holte sie gerade ihren Sohn von der Schule ab. Ohne sich Illusionen zu machen, stieg die Kommissarin die Treppe hinauf, um nach etwas zu suchen, und fuhr ergebnislos mit dem Fahrstuhl wieder hinunter.

Während sie die Kabinentür schloss, erinnerte sie sich an ihren Telefontermin mit dem Allmächtigen und holte ihr Handy heraus.

Die Concierge, die soeben mit ihrem kleinen Sohn ankam, rief ihr zu: »Hier nicht! Hier ist kein Empfang, man muss oben aussteigen, oder in die Eingangshalle gehen, hier funktioniert das nicht.«

»Sind Sie sicher?«

»Ich lebe jetzt fünf Jahre hier, und vor dem Fahrstuhl hat noch niemand telefonieren können.«

Viviane entfernte sich, um den Allmächtigen anzurufen. Der Gute, wollte sie nur daran erinnern, dass ihr der Fall noch heute Abend, um Mitternacht, entzogen würde. Er wagte es nicht, Monot zu erwähnen. Sie beruhigte ihn: Der Fall mache Fortschritte, ihr gehe es besser als ihrem Assistenten. Sie lief zurück zur Concierge.

»Als Sie am Tag des Mordes ankamen, war Monsieur Cucheron im Gespräch mit Madame Blum. Haben Sie die Unterhaltung *gesehen* oder *gehört?*«

Die Concierge runzelte die Brauen, als würde sie mit einem Objektiv weit entfernte Erinnerungen scharfstellen. Dann war es so weit, es war ihr gelungen. »Beides. Ich kam vom Eingang, ich haben diesen Monsieur Cucheron gesehen, von hinten, wie er aus der Fahrstuhlkabine kam. Er sagte zu Madame Blum: ›Gut, liebe Madame, dann gehe ich jetzt!‹ Sie war im Fahrstuhl, ich habe gehört, wie sie zwei, drei Worte mit ihrer leisen Stimme genuschelt hat, und er verließ sie mit einem: ›In Ordnung, Madame Blum, wir sprechen noch einmal darüber.‹ Er hat die Tür geschlossen, als ich bei ihm ankam, und der Fahrstuhl fuhr nach oben. Den Polizisten habe ich das alles schon erklärt.«

»Aber jetzt haben Sie es mir viel besser erzählt, bravo.«

Sie bat sie um die Schlüssel zur Wohnung der Verstorbenen. Sie wusste nicht genau, was sie damit tun würde. Ihre Idee war verworren, noch unreif. Zwei Stunden später traf der Grafologe im Kommissariat ein, widerwillig.

»Ist das jetzt strafbar, Kunde bei Astrid Carthago zu sein? Davon gibt es eine ganze Menge, müssen Sie Quote machen?«

»Sie genügen mir, Monsieur Cucheron. Ich informiere Sie darüber, dass ich Sie in Polizeigewahrsam nehmen werde.«

Sie brachte ihn in den Verhörraum und bereitete in Auszügen Artikel 63 des Strafgesetzes vor, das sie ihm vorlesen musste. Sie tat das, ohne recht daran zu glauben, sie fühlte, dass sie einen Fehler beging.

»Ich werde den Staatsanwalt benachrichtigen, Monsieur Cucheron. Sie dürfen jemanden anrufen, um ihn über Ihre Lage zu informieren. Das Telefon steht Ihnen zur Verfügung.«

Cucheron schien nicht zu begreifen. Sein Blick war vage, betrübt.

»Gibt es eine Madame Cucheron? Haben Sie eine Freundin? Sie können jemanden aus Ihrer Familie anrufen, auch einen entfernten Verwandten.«

Cucheron wackelte unbestimmt mit dem Kopf. War das ein Ja, ein Nein?

»Sie sind nicht dazu verpflichtet. Es ist nur für den Fall, dass Sie ein medizinisches Problem haben. Wenn Sie keine Familie haben, rufen Sie einen Freund an.«

Cucheron rührte sich nicht. Versteinert, leidend.

»Oder einen Bekannten. Einen Kollegen, einen Nachbarn, mit dem Sie sich gut verstehen.«

Viviane hatte begriffen. Cucheron lebte in Einsamkeit, in einer absoluten affektiven Armut. Er hatte keine Frau, keinen Kumpel, keine Bekannten, niemanden, mit dem er sich austauschen konnte, niemanden, der ihm sagen könnte, dass er mörderischen Mundgeruch hatte. Seine Gesellschaft bestand einzig aus den ungewissen Buchstaben Unbekannter. Cucheron würde in Polizeigewahrsam nicht aussagen, er würde sich in sein Schweigen hüllen, in seine gewohnte Einsamkeit. Man musste ihm etwas anderes bieten, ein anderes Dekor. Und zu Beginn ein großes Lächeln: »Gute Nachricht! Vertagen wir den Polizeigewahrsam! Kommen Sie mit mir, Cucheron.«

Sie ging mit ihm zum Clio. Er sagte nichts mehr, als gönne er sich selbst eine Verlängerung des Polizeigewahrsams. Sie schaltete das Radio ein und bot ihm ein wenig klassische Musik zur Entspannung. Eine Altstimme schwang sich auf, begleitet von Chor und Orgel.

»Ich glaube, das ist Bach«, sagte Viviane ganz stolz.

»Nein, es klingt ähnlich, aber das ist Mendelssohn. Ich weiß den Titel nicht mehr, das ist ein Psalm über die Einsamkeit von König David, hören Sie.« Er rezitierte eifrig: »Lass', o Herr mich Hülfe finden, neig' dich gnädig meinem Fleh'n. Schwach und hülflos soll ich trauen ...«

Als der Psalm zu Ende ging, schwieg Viviane. Es schien, als öffnete Cucheron ihr die Türen zu seiner Einsamkeit. Was würde sie dort tun?

Sie fragte sich das immer noch, als sie in der Rue Cépré ankamen. Der Fahrstuhl war noch enger, als sie gedacht hatte. Sie fuhren aneinander gedrängt nach oben, ihr Atem vermischte sich. Wie hatte Élisabeth Blum das ausgehalten? Es war entsetzlich, aber Viviane bemühte sich weiter zu lächeln, höflich zu bleiben. Das war nötig für das, was kommen würde und langsam greifbar wurde.

Sie ließ ihn bei der Verstorbenen eintreten, lud ihn ein, sich in einen Lehnsessel zu setzen, ihr gegenüber. Nur ein niedriger Tisch stand zwischen ihnen. Der ideale Rahmen für eine Unterhaltung unter Freunden. Es fehlten nur ein Armagnac und das Miles-Davis-Quintett.

»Wozu haben Sie mich hergebracht?«, fragte Cucheron.

Sie suchte noch nach Worten, nach einer Haltung. Sie musste sich Zeit nehmen, freundschaftlich plaudern, aber nicht zu sehr: Ihr blieb nicht mehr als eine Stunde für sein Geständnis. »Weil wir hier eine einfache Unterhaltung führen können. Polizeigewahrsam ist so förmlich, indiskret. Alles würde aufgezeichnet werden. Eine Unterhaltung ist viel angenehmer, oder?«

Er lächelte, beunruhigt. Ein Hauch von Lächeln, aber ein Lächeln, das war ein guter Anfang. Sie tat es ihm gleich.

»Ich werden Ihnen eine schöne Geschichte erzählen, die ein bisschen schlecht endet. Sie können mich unterbrechen, wann Sie wollen. Fühlen Sie sich wie zu Hause. Das hier ist ganz informell, nichts kann gegen Sie verwendet werden.« Sie räusperte sich. Sie mochte Geständnisse, vor allem, wenn sie sie anstelle von anderen machen durfte. »Das ist die Geschichte von meinem Freund, nennen wir ihn Jean-Paul. Er ist traurig, Jean-Paul, weil er ein großer Experte ist, von größter Kompetenz, aber das wissen nur wenige. Da kommt eine Expertise von genau seinem Kaliber, eine Expertise, von der alle Medien sprechen werden – und nicht er ist es, dem man sie anvertraut!«

»Warum hat man sie Élisabeth Blum gegeben, wenn ich fragen darf? Hatte sie Kontakte?«

Angesichts von so viel Bitterkeit war sie geneigt, ihn zu beruhigen, aber sie wollte die Stimmung nicht verderben, noch weniger eine Antwort geben. Vor allem nicht die wahre: Monot hatte die alphabetische Liste der Experten zur Hand genommen, Blum war als Erste aufgeführt, genau vor Cucheron. Sie musste diesen Anflug von Vertraulichkeit bewahren. »Ah, das …«, seufzte sie, und es schien ihr schon viel. Sie fuhr fort: »Jean-Paul verordnet sich also einen Moment der Bescheidenheit. Er bittet Madame Blum um ein Treffen und bietet ihr an, umsonst mit ihr an diesem Fall zu arbeiten und dafür als Coautor zu zeichnen. Aber sie lehnt ab. Das alles hat er uns schon erzählt. Er erfindet also einen Vorwand, seine Kollegin herauszulocken. Im Fahrstuhl, im Angesicht seiner Feindin, wird Jean-Paul böse und tötet sie. Wir kommen darauf zurück. Er hat die Tat vielleicht improvisiert, vielleicht auch nicht. Sagen wir, er hat sie sich vorgestellt, ein bisschen, wie einen schlechten Gedanken. Stimmt das so weit?«

Cucheron antwortete nichts, er schaute woanders hin. Er wartete auf die Fortsetzung, als würde er sie nicht kennen.

Viviane holte Luft: »Als er aus dem Fahrstuhl kommt, hört Jean-Paul die Concierge, die mit ihrem Sohn heimkommt. Jetzt zeigt sich sein großer Geist: Er verfällt nicht in Panik, sondern simuliert eine Unterhaltung mit der Leiche. Er spricht mit ihr, antwortet zwei, drei Worte an ihrer Stelle. Das leise Flüstern von Madame Blum ist so leicht nachzumachen! Dann drückt er auf den Knopf und schließt die Tür, um das Opfer zurück auf seine Etage zu schicken. Er hat ein unerschütterliches Alibi. Aber er tut zu viel des Guten. Kaum hat er den Fahrstuhl verlassen, tätigt er diesen Pseudoanruf, um die Verabredung zum Essen abzusagen. Er weiß nicht, dass er hier keinen Empfang hat. Schade, es fügte sich alles so gut zusammen. Der Mord würde dem mysteriösen Mörder zugeschrieben werden, einer mehr oder weniger … Jean-Paul musste sich nur vom Medienruhm tragen lassen. Er setzt sogar noch eins obendrauf, indem er sich Drohbriefe schreibt. Aber es geht schief, und am Ende der Geschichte ist der arme Jean-Paul so traurig wie am Anfang.«

»Und das lila Heftchen? Wo ist das laut Ihrer Version?«

»Dort, wo es immer gewesen ist: in Jean-Pauls Fantasie. Das ist, was die Engländer einen *red herring* nennen, einen dieser sehr gepfefferten Bücklinge, den die Ganoven hinter sich warfen, um die Polizeihunde von ihrer Spur abzubringen, wenn sie ihnen auf den Fersen waren. Fast hätte es geklappt.«

Jean-Paul Cucheron schwieg. Er hatte verloren, er schmollte.

Die Kommissarin war noch nicht fertig, sie musste ihn noch aus der Reserve locken. Sie begann mit dem Einfachsten: »Ich habe nur eine kleine Frage. Das Handy von Madame Blum – warum haben Sie es mitgenommen?«

»Sie hatte es aus ihrer Tasche geholt, wahrscheinlich um jemanden anzurufen, sobald sie aus dem Fahrstuhl kam. Während des Streits wollte sie mich damit schlagen. Ich habe es ihr aus den Händen gerissen und behalten, wegen der Abdrücke. Das hat mich auch auf die Idee mit dem Anruf gebracht.«

»Der Streit! Das haben Sie aber nett gesagt.«

Cucheron blickte Viviane mit unendlichem Überdruss an. Der Blick eines Leidenden, der darum bettelt, in Ruhe gelassen zu werden.

Aber Viviane hatte noch eine andere Frage: »Übrigens, als Sie zu ihr kamen, wussten Sie schon, dass Sie sie töten würden?« Sie hatte das ganz nebenbei gefragt, als spräche sie von einer Kleinigkeit.

Er zuckte mit den Schultern und antwortete abwesend: »Ja und Nein. Es hing sehr von ihr ab: Wenn sie mich als Coautor hätte unterzeichnen lassen, wäre alles viel einfacher gewesen. Aber davon wollte sie nichts wissen. Also musste ich sie mit dem Auto irgendwo hinbringen, um das draußen zu regeln. Ich habe ihr angeboten mit mir im *Grande Cascade* zu essen, beim Bois de Boulogne, und über unsere Zusammenarbeit zu sprechen. Ich dachte, beim Bois de Boulogne wäre es einfacher, diskreter.«

»Sie hatten also beschlossen, sie zu töten.« Viviane hatte das in einem sehr bedrängenden Ton gesagt, aber Cucheron schien das nicht aufzufallen.

»Ja und Nein, habe ich Ihnen gesagt. Um ehrlich zu sein, ich war nicht sicher, ob ich den Mut aufbringen würde. Ich wollte es, ich hasste sie, ich hatte ein Messer mitgenommen. Aber als sie dann vor mir stand, so zerbrechlich wie ein altes Mädchen, da konnte ich mir nicht mehr vorstellen, es ihr in den Bauch zu rammen, sie bluten zu lassen. Verstehen Sie?«

Nein, sie verstand nicht. Sie hatte noch nie einen so wenig motivierten Mörder getroffen. Sie bevorzugte Kunden wie Tolosa.

»Einem Essen mit mir hat sie zugestimmt, Vorschläge zur Zusammenarbeit aber mit gerümpfter Nase angehört. Ich habe mich nicht täuschen lassen – sie wollte mich einschüchtern, um ihre Bedingungen besser zu verhandeln. Der Klassiker; so machen es diese Leute halt.«

Diese Leute? Vor allem jetzt nichts anmerken, nicht den Faden kappen. Die Falltür würde sich bald öffnen, sie fühlte es, um jede Menge nicht verdrängter, fauliger Hassgefühle aufzufangen. Sie begnügte sich mit einem: »Und weiter?«

Cucheron hatte Vertrauen gefasst, fuhr fort: »Im Fahrstuhl haben wir weiterdiskutiert. Da schaute sie mich angeekelt an, als ich anfing zu sprechen, rückte von mir ab. Als sie dann mit mir redete, spielte sie die Angewiderte, drehte den Kopf weg, es war so demütigend, beleidigend, sie tat das, um mich zu erniedrigen, bevor die Rede auf Zahlen kommen sollte. Also …«

Viviane betrachtete ihn verblüfft: In der vierten Etage war es ein Problem von Mundgeruch, im Erdgeschoss war daraus eine vorsätzliche Straftat geworden. Sie sagte: »Also musste alles mit einem Mal raus, ist es nicht so?« Sie sagte nichts weiter. Es waren so viele Gefühle da, die sie gerne kurz in Worte gefasst hätte: Wut, Verachtung, ein unbestimmtes Mitleid. Aber vor allem war da dieses Gefühl von Dringlichkeit: ein Geständnis, schriftlich, unwiderruflich, schnell. Sie sah Cucheron voller Sympathie an, zog die Schultern hoch, ließ sie wieder fallen, als laste auf ihnen etwas Schicksalhaftes.

Cucheron warf ihr den Blick eines Leidensgefährten

zu. »Ja, Commissaire, so ist es, es musste mit einem Mal raus.« Nun seufzte er seinerseits und mahlte langsam mit den Zähnen, als kaute er auf dem *Es* herum, dessen Natur Viviane vorausahnte.

Nicht reagieren, nicht laut werden. Sie musste dieses Vertrauensverhältnis schützen, sie würde es später noch brauchen. »Und bei Astrid Carthago war es genauso?«

Vergeigt – der Übergang war zu schroff. Cucheron versteifte sich. Er ging wieder in die Defensive, hatte seinen Verdächtigen-Blick wieder. Er hatte sich wohl erkundigt: Ein zweiter Mord würde ihm fünf Jahre mehr einbringen. »Nein, Commissaire, tut mir leid. Das war nicht genauso, mit dieser Sache habe ich nichts zu tun. Ich war ihr Kunde, ich war sogar einer ihrer letzten Kunden, ich habe sie noch am selben Morgen aufgesucht, einige Stunden vor ihrem Tod. Das war's.«

Der Faden war gekappt, jetzt würde es schwieriger werden. Sie hatte keine Beweise. Sie erkannte nicht einmal ein Motiv. »Kommen Sie, Cucheron, Sie antworten, als wären Sie in Polizeigewahrsam, wozu soll das gut sein? Ich bin nicht Ihr Feind, das wissen Sie gut. Oder bevorzugen Sie den Polizeigewahrsam? Das wäre einfacher, wir haben Beweise.«

»Sie bluffen, Commissaire.« Er hatte das ganz leise gesagt, mit einem vorwurfsvollen Unterton.

Natürlich bluffte sie. Sie wusste nicht, wie sie es angehen sollte. Sie konnte sich an keinen Krimi erinnern, wo ein Kommissar bluffte, um ein Geständnis zu erhalten. Egal: »Cucheron, Sie haben Astrid Carthago im Laufe des

Vormittags am 14. Februar gesehen. Aber Sie sind kurz nach neunzehn Uhr noch einmal wiedergekommen. Der Wachpolizist auf dem Gehweg gegenüber hat Sie kommen und wieder gehen sehen.«

»Sie bluffen, Commissaire«, antwortete Cucheron genervt. »Sie bluffen: Da war kein Bulle auf dem Gehweg gegenüber.«

»Kein Bulle? Sind Sie sicher?«

Er saß Viviane versteinert gegenüber, die aufgestanden war, als meinte sie ihn so besser überwältigen zu können: »Wie wollen Sie das wissen?«

Cucheron errötete jämmerlich. Er war nur noch ein kleiner Junge, auf frischer Tat ertappt.

Viviane setzte sich wieder und beruhigte ihn mit einem breiten Lächeln. »So ein Fehler in Polizeigewahrsam oder vor dem Richter und Sie sind erledigt, Cucheron. Jetzt unterhalten wir uns nur, da ist es nicht schlimm. Wir haben sowieso einen anderen Beweis.«

Sie steuerte einen schwierigen Übergang an. Sie ließ ihn mit gesenktem Kopf zappeln. Dann hob er den Kopf und warf ihr einen betrübten Blick zu. Das war der Moment. Sie streckte ihre Hand nach Cucherons Handschuhen aus, die ordentlich auf dem Tisch abgelegt waren.

»Sehen Sie sich im Fernsehen manchmal *Die Experten* an?«

Er zuckte mit den Schultern: Als ob das sein Stil wäre!

Sie konnte loslegen: »Schade. Sonst hätten Sie gewusst, dass es besser ist, Baumwollhandschuhe zu tragen statt solcher aus Pekari-Leder. Baumwolle ist pflanzlich, sie hinterlässt keine Spuren. Ein Pekari ist ein Tier, es hat eine DNA. Wussten Sie, dass jedes Paar Handschuhe aus Pekari vom selben Tier stammt, damit die schwarzen Tupfen auf dem braunen Hintergrund gleich sind? Jedes Paar Pekari-Handschuhe hat also seine ureigene DNA. Sie gestatten?«

Die DNA des Pekaris auf einem Paar Handschuhe! Sie stellte sich das Gesicht der Beamten vom Erkennungsdienst vor, und wie sie in Lachen ausbrachen, wenn sie das hören könnten! Viviane streifte ihre Nitrilhandschuhe über, griff sich Cucherons Handschuhe und legte sie mit wichtiger Miene in eine durchsichtige Tüte. Sie wusste, dass dieses Ritual Zeugen stets beeindruckte. »Diese DNA haben wir auf dem Gesicht von Astrid Carthago gefunden, ebenso wie auf dem Hals von Élisabeth Blum. Das Pekari ist hiermit verhaftet. Reden Sie jetzt mit mir? Jetzt sind Sie dran, oder?«

Kapitel 21

Cucheron warf ihr einen bedrückten, aber noch etwas widerspenstigen Blick zu.

»Kommen Sie, spielen Sie nicht den Schüchternen, das bleibt unter uns!«

Er packte alles aus, sehr schnell, wie um sich dessen besser zu entledigen. Ja, er sei Kunde bei Astrid gewesen, habe sie gebeten, die Geister zu befragen, um jede seiner Expertisen abzusegnen, bevor er damit an die Öffentlichkeit ging. *Fast* jede. Im Falle des Sonetts war die von der Kommissarin gesetzte Frist zu kurz gewesen. Er war einen Tag später zu Carthago gekommen. Und Charles Baudelaire, den das Medium befragt hatte, war förmlich gewesen: Das Manuskript der *Großherzigen Magd, die deine Eifersucht erweckt* sei ebenso wenig aus seiner Feder wie das von *Die Eine, die Andere*. Das zweite Gedicht sei überhaupt nicht von ihm. »Stellen Sie sich diese Katastrophe vor, Commissaire! Meine Untersuchungsergebnisse waren schon in allen Medien angekündigt worden. Ich würde mich lächerlich machen.«

»Aber wer hätte davon erfahren?«

»Ihr Assistent, Commissaire, folglich alle Welt! Die

Carthago hat mich ein paar Stunden nach unserer Sitzung angerufen, um mir mitzuteilen, dass Ihr Lieutenant sie um einen Termin gebeten habe, um Charles Baudelaire die beiden Gedichte vorzulegen.«

Viviane seufzte. Das hatte Monot getan! Er hatte die Ermittlungen noch ernsthafter als sie betreiben und selbst den absurdesten Spuren nachgehen wollen! Sie tat sich schwer damit, Cucheron zu folgen, der fortfuhr: »Sie hat mir noch für denselben Abend ein Treffen angeboten, um mit mir darüber zu sprechen. Christophe hatte sie einige Stunden zu seinem Vater geschickt, um Ruhe zu haben. Sie hat die Karten auf den Tisch gelegt. Sie erklärte sich einverstanden damit, das Treffen mit Ihrem Lieutenant abzusagen, wenn sie im Gegenzug eine große Entschädigung erhielte. Kurz, sie erpresste mich. Wenn ich nachgegeben hätte, hätte sie es immer wieder getan. Das hatte ich übrigens vorhergesehen.«

»Sie wollen sagen, Sie hatten vorgesehen, sie zu töten?«

Cucherons Miene verzerrte sich kurz, als mangelte es dieser Frage an Takt. »Hier war es einfacher als mit Blum. Ich hatte keine Wahl, ich habe mich nur gewehrt. Aber ich bin kein Gewalttäter, ich hatte ihr einen stillen, schmerzlosen Tod zugedacht. Ein Tod, der als Selbstmord durchgehen würde.«

Cucheron war wieder in Fahrt gekommen. Sein Ton hatte sich verändert, er war munter, bewundernd. Dieser Typ hatte keine Freunde, aber er vergötterte sich selbst.

Er war mit einer Schachtel fein gemörserter Lexotanil zum Treffen gekommen. Astrid Carthago war keine routinierte Erpresserin. Sie hatte ihn verlegen empfangen und ihm Orangensaft serviert, bevor es ums Geld gehen sollte. Cucheron hatte um Eiswürfel gebeten. Während sie die bereitete, kippte er den ganzen Inhalt der Schachtel ins Glas. Sie trank davon, hielt dann plötzlich inne. Hatte sie das Pulver bemerkt oder seinen Geschmack? Er würde es nie erfahren. Sie stellte das Glas ab und starrte ihren Besucher an.

»Es war furchterregend, Commissaire. Ich hatte das Gefühl, dass sie alle Geister der Unterwelt gegen mich zusammenrief, Beelzebul, Lilith, Strigae, Incubus- und Succubusdämonen. Also habe ich meine Handschuhe angezogen und sie gezwungen zu trinken. Sie hat versucht, Widerstand zu leisten, hat sich verschluckt und ist erstickt.«

Er schloss seinen Bericht und erklärte, wie er ihr den Kopf in den Ofen gesteckt, das Gas aufgedreht und den Abwasch gemacht hatte, bevor er auf den Boulevards eine Nutte abschleppte. Er gab das alles mit Sorgfalt von sich, mit Stolz, wie man ein Küchenrezept weitergibt. Warm servieren, das ist alles, mehr hatte er nicht zu sagen.

Viviane auch nicht. Sie musste diesen klebrigen Beginn eines freundschaftlichen Verhältnisses, das sie initiiert hatte, bewahren. Sie brauchte das, um ein echtes Geständnis zu bekommen, schriftlich. »Wissen Sie, dass Christophe Le Marrec wegen dieser Geschichte seit drei Wochen in Untersuchungshaft sitzt?«

»Ah, das liegt in Ihrer Verantwortung, das können Sie mir nicht vorwerfen.«

Viviane beharrte nicht darauf. Sie bereitete ihre Worte für den letzten Dolchstoß vor. »Mit ihm ist es nicht schlimm, er hat eine Einzelzelle, er wird bald freikommen. Aber mit Ihnen, Cucheron, mit Ihnen wird es schwieriger sein. Heute Abend werden wir Sie wirklich in Polizeigewahrsam nehmen, dann folgen die Ermittlungen und das Urteil. Selbst mit einem sehr guten Anwalt werden Sie mindestens zehn Jahre bekommen. Zehn Jahre Hölle in der Zelle, und Sie werden keine Einzelzelle haben. Da, wo man Sie hineinstecken wird …« Sie ließ das Verb bedrohlich nachklingen und fuhr fort: »… Sie werden mit irgendjemandem zusammengeworfen. Sie können sich die Zellennachbarn nicht aussuchen. Es werden vielleicht brutale Kerle sein, Perverse oder einfach nur Typen mit Entzugserscheinungen.«

Cucheron hörte bestürzt zu. Er war nur noch Angst und Schrecken.

»Sie werden vielleicht der einzige Weiße sein. *Ihr* Weißer. Zehn Jahre! Zehn Jahre, in denen Sie sich nach Ihrer Einsamkeit sehnen werden! Können Sie sich das vorstellen?«

Ja, das konnte Cucheron. Er war nicht mehr blass, sondern grün.

»Aber wir kommen aus derselben Welt, Cucheron, ich werde versuchen, Ihnen zu helfen.«

Der Blick, den er ihr zuwarf, war nicht mehr derselbe. Er war von unendlicher Sympathie getränkt.

»Aber dazu müssen Sie kooperieren: Schreiben Sie mir ein schönes Geständnis über diese beiden Fälle auf, und ich werde ein Arrangement für Sie finden.« Sie hielt ihm einen Stift, dann ein weißes Blatt hin.

Er betrachtete es, unbeweglich, als würde er dessen Unschuld bewundern.

»Sie haben nichts zu verlieren, Cucheron. Ich gebe Ihnen eine Chance. Wenn Sie die nicht nutzen wollen, überstelle ich Sie dem Richter und …«

Mit einer Handbewegung stoppte Cucheron sie. Er warf ihr den Blick eines vertrauensvollen Freundes zu und zog das Blatt zu sich.

»Halten Sie es kurz, aber streuen Sie trotzdem ein paar Details ein, damit es glaubwürdig ist«, flüsterte Viviane ihm zu. Cucheron schrieb mit Sorgfalt. Sie suggerierte ihm das eine oder andere Verb und Adjektiv. Er schien glücklich zu sein, schreiben zu dürfen. Dann legte er endlich seinen Stift ab und hielt Viviane seine Aufgabe hin.

Sie las, atmete durch: Das war ein exzellentes Geständnis, auch wenn sie nicht stolz darauf war. »Erklären Sie noch, dass Sie das aus freien Stücken aufgeschrieben haben, und unterschreiben Sie.«

Sie nahm das Blatt wieder an sich. Sie würden wie zwei alte Komplizen hinausgehen. Nun bereitete Viviane sich auf den letzten Akt vor.

Auf dem Treppenabsatz legte sie ihm die Handschellen auf dem Rücken an, beugte sich über das kleine Geländer, schaute von der vierten Etage hinunter und machte Cucheron ein Zeichen, zu ihr zu kommen. »Sehen Sie unten den Ausgang vom Fahrstuhl? Bis hierher, bis zum fingierten Telefonanruf waren Sie der Stärkere. Von da an gerät

Ihr Leben ins Stolpern. Hinter Gittern wird das nicht einmal mehr ein Leben sein. Aber es gibt eine andere Lösung, das *Arrangement* über das ich mit Ihnen sprach. Kehren Sie an den Anfangspunkt zurück. Hinterlassen Sie Jean-Paul Cucheron in guter Erinnerung. Wenn ich an Ihrer Stelle wäre …«

Mit einer einfachen Kinnbewegung deutete sie den Sprung über das Geländer an. Cucheron machte ein Gesicht wie ein Waisenkind, das seine Freundin vom Sozialamt verliert, sie antwortete mit einem traurigen Lächeln.

Er rührte sich nicht. Dieser Typ war eine Enttäuschung. Weniger mutig, als sie dachte. Sie zählte auf diesen Selbstmord, sie brauchte ihn. Das war er ihr schuldig, nach der Sitzung, die sie sich gerade angetan hatte. Aber Cucheron blieb unbeweglich. Melancholisch betrachtete er den Abgrund, als würde er sein Leben darin sehen. Er schien zu warten, dass man ihm half zu springen, ihn schubste. Das war zu viel für Viviane. Es gab eine elegantere Lösung.

Sie drehte sich um, um mit dem Schlüssel im Schloss herumzuspielen. Sie wollte bei ihrer Ehre behaupten können, dass alles passierte, während sie mit dem Rücken zu ihm stand. Sie hörte seinen schweren Atem.

»Zögern Sie, weil Sie befürchten, dass es weh tut? Wenn Sie mit dem Kopf zuerst springen, merken Sie gar nichts, Sie sind sofort tot. Im Übrigen sterben Sie ja nicht wirklich, Sie werden aufgenommen in den Kreis der glorreichen Abgänge.«

Der Atem wurde langsamer, mächtiger.

»Morgen«, fuhr sie fort, »werden alle Medien von Ihnen sprechen, und wie Sie die Gesellschaft ein letztes Mal herausgefordert haben. Ganze Seiten, Berichte in den Zwanzig-Uhr-Nachrichten. Unbekannte werden Lobreden auf Sie halten. Ich werde Ihre letzten Worte zitieren. Wenn Sie keine haben, ist nicht schlimm, dann frage ich Lieutenant Monot. Der ist Literat, er wird sich etwas sehr Schönes ausdenken. Diese Worte werden, wie Sie, in der Nachwelt weiterleben.«

Der Atem war verstummt. Sie hörte den Aufprall des Körpers vier Etagen weiter unten. Sie drehte sich endlich um und ging hinunter zu ihm ins Erdgeschoss. Er war mit dem Kopf zuerst gesprungen.

Viviane starrte die Leiche an, seltsam ruhig. Wieso hatte sie das getan? Um zu vermeiden, dass er sein Geständnis widerrief? Um jede Spur dieser wenig glorreichen Unterhaltung zu verwischen? In allem war ein Stück Wahrheit, das war ihr ganz klar. Aber die richtige Antwort war viel einfacher. Sie hatte den Fall zu Ende bringen wollen, weil es unglaublich dringend war: Es war das Geschenk für Monot, der in seinem Krankenhausbett auf sie wartete.

Sie musste sich nur noch eine schöne Version der Geschichte ausdenken. Eine offizielle Version. Sie würde ihm das Recht geben, sie für ihre Unvorsichtigkeit zu tadeln, wenn sie sie erzählte.

Genau diese Version hörte Monot sich einige Stunden später in seinem Krankenbett an. Er lächelte Viviane zu. Das Lächeln eines Märtyrers, der von den Engeln fortgetragen wurde.

»Also, unser erster Fall, abgeschlossen?«

»Abgeschlossen, Monot, genau zwei Monate nach Beginn. Das freut mich. Was mich am meisten freut, ist, dass kein Mann aus der Truppe seine Finger im Spiel hatte.«

Er schüttelte langsam den Kopf, schien nicht einverstanden. In einem Atemzug sagte er: »Nein, nicht abgeschlossen. Ihre Vergiftung fehlt.« Er zwinkerte ihr schwach zu, der Flügelschlag eines Schmetterlings, der sie zum Schmelzen brachte. Sie lachte aus vollem Halse. Sie musste für zwei lachen.

Sie wollte hinzufügen, dass es noch einen weiteren Schuldigen gab, der nicht zur Verantwortung gezogen werden konnte, zwangsläufig: die Medien, so schön, wenn man sie von unten betrachtete, die mächtigen, schillernden Medien. Die Medien und die Faszination, die sie ausübten, auf ihre Macher, auf die, die sie vorführten, und auf die, die von ihnen träumten. Die Medien, Schaufenster der Gesellschaft, die jedem Lust machten zu posieren, und sei es nur, um zu schreien: »Schaut her, da bin ich, ich hab's geschafft!«

Aber sie wusste, dieser Schuldige hatte nichts Böses tun können. All das behielt Viviane für sich, sie wollte Monot nicht bekümmern … *Sie sollten nicht;* sie wollte nicht, dass er seine Kommissarin in schlechter Erinnerung behielt. Die Krankenschwester kam. Die Besuchszeit war zu Ende. Viviane durfte morgen früh vor der Operation wiederkommen.

In einer Viertelstunde würde man Monot in den OP bringen. Viviane hatte ihr rosa Kostüm angezogen, in dem sie geradezu schwamm. Sie nahm die Hand ihres Lieutenant, nicht wissend, was sie ihm sagen sollte. Als die Krankenpfleger kamen, fand sie endlich etwas zu sagen. Mit einem Zeichen bat sie, dass man vor der Tür wartete.

»Sie dürfen nicht sterben, Monot. Kein Scherz, wir brauchen Sie noch im Kommissariat, Sie sind ein verdammt guter Bulle.«

Er war von der Beruhigungsspritze schon benommen und lächelte nur, ganz sanft. Es war nicht genug.

»Wenn Sie wieder gesund sind, lade ich Sie zum Abendessen bei Kerzenschein ein, um das Ende des Falls zu feiern, ich ziehe auch ein neues rosa Kostüm an.«

Sie erzählte völligen Blödsinn, sie sollte sich schämen. Und Monot lächelte sie ein zweites Mal an. Es war so schön, dieses Lächeln, sie wollte mehr davon.

»Sie müssen leben, weil ich Sie sehr gern habe, Monot.«

Warum hatte sie sich nur zu diesem jämmerlichen *gern* überwinden können?

Das Lächeln des Lieutenant war breiter geworden und schien noch anzudauern, als die Krankenpfleger ihn schon mit sich nahmen.

Viviane wartete im Zimmer des Lieutenant. Die Operation sollte zwei Stunden dauern, nun war schon die vierte angebrochen, das Zimmer kam ihr immer verlassener vor. Sie ging hinunter zum OP-Saal.

Der Flur war leer, düster. Sie sah den Nephrologen und sein Team aus einem Saal herauskommen. Sie würdigten sie keines Blickes, entfernten sich ernsten Schrittes und sprachen mit trauriger Stimme.

Viviane hatte verstanden.

Ohne auf den Befehl einer Krankenschwester zu hören, die ihr von Weitem hinterherrief: »Sie dürfen da nicht eintreten, das ist verboten«, öffnete die Kommissarin die Tür. Da war der leblose Körper von Augustin Monot, auf einem Rollbett, kaum bedeckt von einem Laken, das Viviane gerade anheben wollte. Sie hatten sich nicht einmal die Mühe gemacht, ihn von diesen schrecklichen Schläuchen zu befreien. Sie brach über diesem Körper zusammen, küsste ihn gierig, bedeckte ihn mit Tränen.

Die Krankenschwester stürmte wütend herein: »Gehen Sie sofort raus!«

Viviane ignorierte sie. Sie würde sich die Zeit nehmen, die sie brauchte. Monot hatte das Recht darauf, genau wie sie. Die Krankenschwester wurde laut: »Gehen Sie. Der Aufwachraum ist für Besucher verboten, wir werden ihn bald hinaufbringen. Hören Sie?«

Aber Viviane hörte sie nicht, sah sie nicht.

Einzig ihr Lieutenant zählte, der kurz die Augen geöffnet und ihr einen Blick von weither zugeworfen hatte. Seine Lippen bewegten sich kaum merklich, er murmelte mit immer noch belegter Stimme: *Entreißt mir die Seufzer, schürt meine Feuer!*

Danksagung

Dank der 3. Pariser Kriminalabteilung, dass es sie gibt. Sie leistet eine exzellente Arbeit und braucht keineswegs Unterstützung von Viviane Lancier und ihren Männern, die ebenso fiktive Figuren sind wie alle anderen Protagonisten dieses Romans. Alle Fakten, Artikel, Bemerkungen und erwähnte Verhaltensweisen sind rein fiktiv. Umso besser für die 3. Abteilung der Pariser Kriminalpolizei.

Ich danke Claire K., die mich bei einer Pizza in das Abenteuer dieses Romans geworfen hat. Und die mich dabei begleitet hat. Ohne sie wäre Viviane nur eine traurige Kommissarin geblieben. Ich müsste viele Pizzen mit ihr essen, um ihr meine ganze Dankbarkeit aussprechen zu können.

Ein korallenfarbenes und nach Vanille duftendes Danke an Magali D. Ihre Erhellungen in Sachen Polizeiarbeit, ihre fröhlichen Einwände haben mir erlaubt, die Intrige in die richtigen Bahnen zu lenken – die der Verflechtungen und Verschachtelungen.

Ich danke Hugues F., der mir geduldig sein Simenon-Wissen und seine Baudelaire-Kenntnisse eingeträufelt hat. Ohne seinen letzten Einwurf hätte ich mich nicht getraut, das Sonett in die Académie Française bringen zu lassen.

Ich danke Yvonne L. M. R., Dichterin emerita, für ihre Intensivkurse in Prosodie. Ich dachte, ich könne Alexandriner schreiben, dabei brütete ich nur Endreime aus.

Danke an Dr. Didier C. Seine Diagnosen und Ratschläge waren sehr wertvoll, als ich nicht wusste, was ich mit einem Lieutenant anfangen sollte, den ich im Eifer des Gefechts verletzt und für einige Tage im Krankenhaus deponiert hatte.

Danke an Françoise de M. Die Freude, die sie mir beim Empfang des Manuskripts vermittelt hat, wird eine der schönsten Erinnerungen in meinem Autorenleben bleiben. Ich wusste, dass es für diesen Text noch manche Wege der Verbesserung gab. Sie auch. In einem Klima bester Zusammenarbeit und Forderung hat sie mich dorthin geführt.

Und Danke dem Vogel, dessen täglicher Gesang meiner Niederschrift den Rhythmus vorgab.

Quellenangaben

»Nackt war die Liebste, nur mit Schmuck behangen –
Sie kennt mein Herz – von Kettenklang umwunden …«

Die Juwelen, Ü: M. Fahrenbach-Wachendorff, Quelle: RUB 9973

»In deinen Röcken, die dein Duft erfüllt,
Will ich mein schmerzbeladenes Haupt vergraben,
Und mich am Dunst der toten Liebe laben,
Der wie aus welken Blüten zu mir quillt.«

Lethe, Ü: M. Fahrenbach-Wachendorff, Quelle: RUB 9973

»Indes sie selbst, zernagt von schwarzen Grübelein,
So ohne Bettgenossen und Gespräch, allein,
Erfrorene Gerippe, von Würmern ganz entstellt,
Verspüren, wie im Winter Schnee herniederfällt.«

Großherzige Magd, Ü: M. Fahrenbach-Wachendorff, Quelle: RUB 9973

»Bei so vielen Schönen, wohin man auch blickt,
Muss ich das Schwanken der Wünsche verstehn;
Doch Lola de Valence kann man funkeln sehn
Wie ein rosa und schwarzes Juwel, das entzückt.«

Lola de Valence, Ü: M. Fahrenbach-Wachendorff, Quelle: RUB 9973

»Dort ist Schönheit und Genuss,
Ordnung, Stille, Überfluss.«

Aufforderung zur Reise, Ü: M. Fahrenbach-Wachendorff, Quelle: RUB 9973